Thomas Clemens

Tod am Wasserturm

Ein Kriminalroman aus dem alten Geesthacht

© 2024 Thomas Clemens
Umschlag, Illustration: Thomas Clemens

Website: thomasclemens.art

Druck und Distribution im Auftrag des Autors:
tredition GmbH, Heinz-Beusen-Stieg 5, 22926 Ahrensburg, Germany

ISBN
Paperback   978-3-384-21627-4
e-Book   978-3-384-21628-1

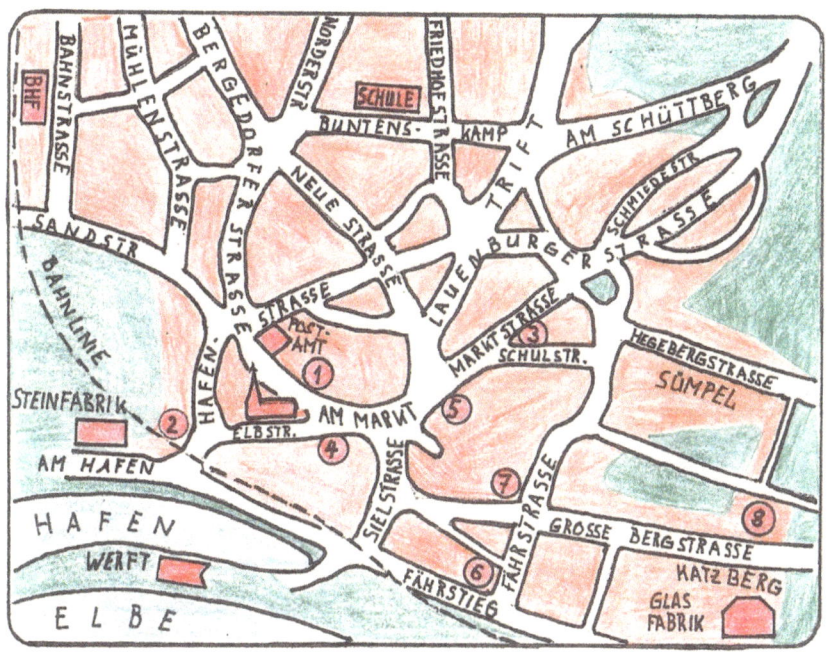

Geesthacht um 1920
(Illustration Thomas Clemens)

1 Polizeirevier (altes Pastorat)   5 Hotel Deutsches Haus

2 Gaststätte Zur Post   6 Fährhaus Ziehl

3 Café Lohmeyer   7 Lindenhof

4 Hotel Stadt Hamburg   8 Waldschänke

„Rache ist eine Speise, die kalt am besten schmeckt"

(Volksmund)

Krümmel, Gelände der Dynamit-AG im Mai 1920

Es gibt kein zurück! Zurück hieße, Gnade walten zu lassen und Gnade schließe ich hier von vorn herein aus. Er hat nichts anderes als den Tod verdient. Das Urteil ist gefällt, gefällt von mir – ich bin zugleich Richter und Vollstrecker. In dieser Nacht werde ich zuschlagen. Ich habe lange gewartet, wie eine Zecke unter einem Blatt auf ihren Wirt lauert. Eine selten dunkle Nacht, kein Mond, nur das blasse Licht einer einzelnen Laterne lässt die Umrisse des niedrigen Gebäudes vor mir erahnen – für Augen, die sich der Dunkelheit angepasst haben. Der Schrei eines Nachtvogels, ein Geräusch aus einem der weiter entfernten Fabrikgebäude sind zu hören – sonst nichts. Dieser Teil der Fabrik ist normalerweise stillgelegt. Das Schwein ist dort allein - ahnungslos, dass sein letztes Stündlein geschlagen hat.

Vergeltung beinhaltet nicht nur den Schaden, sondern auch eine Botschaft. Diese Botschaft ist mir fast noch wichtiger als der Schaden. Die Botschaft an den Delinquenten unmittelbar vor seinem Tod und später die Botschaft an die Lebenden.

Die Tür öffnet sich eher, als ich erwartet habe, aber ich bin bereit und hellwach. Jeder Muskel ist gespannt. Es kann beginnen. Wenn er das Gebäude verlässt, muss er hier vorbei. Noch drei, zwei Meter. Ich springe vor, mein gezielter Faustschlag fällt den Mann, wie einen Baum. Ich wuchte ihn auf meine Schulter, er ist schwer, aber ich spüre nichts, nur meine Kraft.

Kurz nachdem ich den Mann auf den feuchten Waldboden abgelegt habe, erwacht er aus seiner Bewusstlosigkeit. Er will sich befreien, aber ich habe ihn fest im Griff. Ich teile ihm mit wer ich bin, weshalb er sein Leben verwirkt hat und sterben wird. Ich sage ihm auch, wie man seine Leiche finden wird. Ein letzter kläglicher Versuch, sich aus seiner Lage zu befreien scheitert. Für einen Augenblick herrscht wieder Krieg, bin ich im Schützengraben. Dann ist es vorbei! Ich spüre keine Reue.

Krümmel, vier Tage später im Mai 1920, früh am Morgen Tag 1, Mittwoch

Wachmann Funke dreht seine Runde über das riesige Werksgelände der Dynamit-Aktien-Gesellschaft. Er blickt prüfend zum Himmel. Durch vereinzelte Nebelschwaden erkennt er, wie die nächtliche Schwärze sich allmählich in ein dunkles schmutziges Grau verwandelt hat. Bald wird es Tag. Alles ist ruhig – viel zu ruhig. Während des großen Krieges hatte die Fabrik mit ein paar Tausend Arbeitern Tag und Nacht produziert. Jetzt ist nur noch ein Bruchteil der ehemaligen Belegschaft beschäftigt, nachts nur eine Handvoll Arbeiter. Bewacht werden muss das Gelände trotzdem. In den Lagern liegt genug Sprengstoff, um einen Aufstand zu befeuern. Es gibt eine Menge Verrückte in der heutigen Zeit, die das Zeug gebrauchen können. Funke geht an der riesigen Holländerhalle entlang, die wie die umliegenden Gebäude erst vor wenigen Jahren erbaut worden war. Eine trübe Laterne spendet Licht. Caesar, sein Schäferhund, trottet an der Leine neben ihm. Seit einiger Zeit gehen sie nicht mehr mit zwei Mann auf Streife, stattdessen hat er seinen Hund dabei und für den Ernstfall eine Luger mit acht Schuss im Magazin. In den fünf Jahren, die Funke beim Wachdienst der Fabrik ist, hat es allerdings noch keinen Ernstfall gegeben, für den er die Pistole gebraucht hätte. Ein paarmal hatte er ein Kaninchen geschossen, um den kargen Speiseplan zu bereichern. Davon durfte die Fabrikleitung natürlich nichts wissen. „Na, dann wollen wir mal, mein treuer Caesar!", seufzt Funke und klopft dem Hund auf das Fell. Er steigt den Pfad hinauf, der vorbei an den Säurekesselhäusern zum Wasserturm führt. Ein beschwerlicher Weg mit seinem steifen Bein – Heimatschuss gleich am Anfang des Krieges. Danach war er nicht mehr fronttauglich gewesen und beim Landsturm gelandet, der während des Krieges als Wachmannschaft bei der Dynamit-Aktien-Gesellschaft eingesetzt wurde – ein Glücksfall. Von seiner ehemaligen Kompanie hatte kaum einer überlebt.

Nach wenigen Minuten erscheint die Silhouette des Wasserturms aus dem Morgendunst. Raben krächzen. „Zeit für unsere Verschnaufpause, was Caesar?", stöhnt Funke, aber der Hund ist unruhig, zieht an der Leine und knurrt. „Was ist denn los, mein alter Freund?" Funke blickt durch Nebelschwaden in der beginnenden Dämmerung. Er schaut am Turm empor. Er braucht ein paar Sekunden, um seinen Augen zu trauen. Dann durchfährt ihn ein kaltes Grausen. Dort hängt ein menschlicher Körper unter einem der Fenster in der obersten Ebene des Turmes. „Hat sich etwa jemand aufgeknüpft?", murmelt Funke. Nein, so sieht es nicht aus, wie der Kerl dort hängt. „Heh, Mann! Hörst du mich?", ruft der Wachmann, obwohl er bereits ahnt, dass die Person am Turm nicht mehr antworten kann. „Auch das noch!" Funke, den Hund an der Leine, öffnet die schwere Eingangstür des Wasserturmes. Obwohl der Schreck ihm schon Herzklopfen verursacht, eilt er so schnell es sein steifes Bein erlaubt, die gewundene Treppe hinauf. Der Hund zieht an der Leine, dass er ihn kaum halten kann. Vielleicht sind Verbrecher im Turm fällt ihm ein. Er zieht seine Pistole und entsichert sie, aber als er endlich die runde Halle direkt unter der Betonkuppel erreicht, ist niemand dort. Ein Seil ist quer durch die Halle gespannt und führt durch ein Fenster nach draußen. Funke blickt über den Fenstersims nach unten und schreckt zurück. Lange her, dass er so etwas gesehen hatte. Das Seil ist nicht um den Hals, wie Funke es zunächst vermutet hat, sondern um die Brust des Toten gewickelt, den Knoten nach vorn, so dass der Kopf des Mannes in den Nacken gesackt ist. Der Wachmann blickt auf einen zertrümmerten Schädel, auf leere Augen in einem Gesicht voll getrockneten Blutes. Schnell steigt er die Treppe hinab. Kurz darauf eilt er, den Hund an der Leine, den schmalen Pfad entlang durch fahles Morgenlicht, um auf der Wache Alarm zu schlagen.

Geesthacht, 40 Minuten später

„Heinrich, wach auf!" Oberwachtmeister Heinrich Schilde erwacht unsanft aus seinem Traum. Elfriede, seine Frau, rüttelt an seiner Schulter. „Heinrich, es läutet schon zum wiederholten Mal, Schutzpolizist Peters steht vor der Tür!" „Was will der denn, so früh am Morgen", knurrt Schilde. Er wälzt sich aus dem Bett und tappt im Nachtgewand an die Haustür. „Was ist denn los, Peters? Aufstand? Revolution, mal wieder?", schimpft er. „Nee, die Dynamitfabrik in Krümmel hett anropen. Se hett inne Fabrik `n Toten entdeckt." „Wir sind in Krümmel doch gar nicht zuständig, Peters!" „Weet ick doch, aber die Kollegen in Gülzow hett se nich erreicht." „Ist ja schon gut, ich komme gleich in die Wache." Schilde schließt die Haustür vor Peters Nase.

„Was ist passiert, Heinrich?", will seine Frau wissen. „In Krümmel haben sie einen Toten, muss mich da wohl mal drum kümmern", knurrt er, während er eilig die blassgrüne Uniform anlegt und in blitzblank gewienerte Stiefel steigt. Elfriede schlägt erschrocken die Hand vor den Mund. „Wie schrecklich! Aber da bist du doch gar nicht zuständig." „Weiß ich doch. Muss erstmal los. Außerdem leite ich hier die Polizeiwache, weißt du doch." „Und wie kommst du da denn jetzt hin?" „Mit dem Dienstfahrrad, wie denn sonst?", knurrt Schilde. Vor der Spiegelkommode überprüft er Tschako und Koppel auf korrekten Sitz und zwirbelt seinen Schnurrbart, bevor er eilig das Haus verlässt. „Soll ich dir noch schnell ein Brot mit Griebenschmalz machen?", ruft seine Frau hinter ihm her. „Nee, keine Zeit."

Schilde läuft über den Marktplatz zum alten Pastorat, welches die Gemeinde wenige Jahre zuvor von der Kirche übernommen hat. Jetzt befindet sich in dem schmucken Reetdachhaus das Polizeirevier und Teile der Gemeindeverwaltung. In der Wachstube hebt er sofort den Telefonhörer ans Ohr und dreht die Kurbel. „Polizeiwache Geesthacht, leitender Oberwachtmeister Schilde!", brüllt er in den Hörer, als sich die Vermittlung meldet. „Ich brauche eine Verbindung zur Dynamit-Aktien- Gesellschaft in Krümmel!" Als die Verbindung steht, fragt er: „Haben Sie uns wegen einer toten Person auf Ihrem Werksgelände angerufen?" Er hört einen Augenblick zu, was am anderen Ende der Leitung gesprochen wird. „Mal langsam! Wo hängt ein Toter? Am Wasserturm? Hat er sich aufgeknüpft? Eingeschlagener Schädel? In Krümmel bin ich eigentlich nicht zuständig." Kurz darauf nimmt er stramme Haltung an und schnarrt zackig in den Hörer: „Jawohl, Herr Direktor! Mache mich umgehend auf den Weg." Er knallt den Hörer auf den Apparat. „Peters, Sie halten hier zusammen mit Pehmöller die Stellung! Ich muss dringend nach Krümmel." Der Herr Fabrikdirektor persönlich, so so! denkt Schilde und fühlt sich auf einmal sehr wichtig.

Kurz darauf schwingt Oberwachtmeister Schilde sich auf sein *Schlachtross*, ein robustes Dürkopp Armeefahrrad. Er kommt aber nur wenige Meter weit. Der Reifen ist platt. „Verdammt, ich hatte Peters ausdrücklich befohlen, den Reifen zu flicken! Wenn man nicht alles selbst macht", schimpft er und lehnt das Rad an die Hauswand. Eilig überquert er die Bergedorfer Straße und marschiert die Elbstraße hinab. Schilde war als junger Polizist einige Jahre bei der berittenen Polizei gewesen, weshalb ihm ein echtes Pferd ohnehin lieber wäre, als das eiserne Schlachtross.

Wenige Hundert Meter entfernt, am Bahnhof Sandstraße, betätigt Gustav Lohmann das Presslufthorn seiner Akku-Lokomotive. Seit Ende des Krieges wurde das kurze Teilstück von Geesthacht zur Dynamit-Aktien-Gesellschaft von der Fabrik in Krümmel mit einer werkseigenen Lokomotive betrieben, weil die Bergedorf-Geesthachter Eisenbahngesellschaft den Streckenabschnitt wegen Kohlenmangels nicht mehr rentabel betreiben konnte. Nur Fabrikangehörige und ihre Familien durfte die Werksbahn befördern. Auch heute besteht der Zug aus nur drei Waggons, die komplett mit Fabrikarbeitern besetzt sind. Seit per Gesetz der Achtstunden-Tag eingeführt wurde, beginnt die Schicht erst um sieben Uhr. Mit dem typischen Surren setzt sich der Zug in Bewegung und rumpelt am Gelände der Hartsteinwerke entlang. Der Zug gewinnt langsam an Fahrt, bevor Lohmann vor dem Überqueren der Elbstraße erneut das schrille Signalhorn betätigt. Dann sieht er den Uniformierten mitten auf den Gleisen stehen. Mit erhobener Hand signalisiert der, den Zug anzuhalten. „Wo gibt's denn sowas?", schimpft Lohmann." In Anbetracht einer Polizeiuniform zieht der Lokführer es jedoch vor, den Zug zu stoppen. Mit quietschenden Bremsen kommt er kurz vor dem Polizisten zum Stehen. Lohmann steckt den Kopf aus dem Seitenfenster der Lok und schimpft: „Ich hoffe, es gibt triftige Gründe, einen Zug der Dynamit-AG auf freier Strecke anzuhalten." „Die gibt es. Notfall! Muss dringend nach Krümmel!", klärt Schilde ihn im amtlich strengen Tonfall auf und macht Anstalten, die Lokomotive zu besteigen. „Aber nach hinten in den Waggon, wenn ich bitten darf, Herr Wachtmeister!" „Oberwachtmeister!", weist Schilde ihn zurecht. „Mir egal, auf meinem Führerstand hat nicht einmal der Polizeipräsident etwas zu suchen. Eigentlich dürfen wir nur Betriebsangehörige befördern!" Schilde steigt mürrisch auf den Perron des ersten Waggons.

Einige hundert Meter weiter, der Zug hatte gerade wieder einigermaßen Fahrt aufgenommen, traut Lohmann seinen Augen kaum. Er betätigt erneut das Drucklufthorn und dann die Bremse. „Das gibt's doch wohl nicht! Was ist heute bloß los?" Mitten auf den Schienen liegt eine Person. Er steigt von der Lok und stapft auf den Eisenbahnschwellen entlang. „Heh, du kannst hier nicht auf den Schienen pennen!" Er stößt dem Mann mit seiner Schuhspitze gegen die Schulter. Der Mann bewegt sich und stöhnt. Lohmann hilft ihm auf und sieht eine üble Platzwunde an dessen Kopf. Oberwachtmeister Schilde und der Schaffner laufen ihnen vom Zug her entgegen. Die übrigen Fahrgäste sehen aus den Fenstern. „Was ist passiert?" „Der Kerl lag mitten auf den Schienen. Verletzt ist er auch noch", erklärt der Lokführer überflüssigerweise, denn das Gesicht des Mannes ist bedeckt mit verkrustetem Blut. „Sie kommen erstmal mit in den Zug", befiehlt Schilde und hilft dem Verletzten beim Erklimmen der Treppe am Perron, obwohl der Schaffner protestiert, dass das gegen die Beförderungsbestimmungen der Werkseisenbahn verstößt. Schilde beachtet ihn nicht. Der Mann riecht nach Schnaps, scheint noch ziemlich was intus zu haben. „Wer sind Sie? Können Sie sich ausweisen?", fragt er im energischen Tonfall, als der Zug weiterfährt. Der Verletzte stöhnt nur, scheint noch gar nicht ganz bei sich zu sein. „Den kenne ich. Das ist Paul Hartung, bin mit ihm zusammen zur Schule gegangen", ruft einer der Arbeiter, „der war bei der Kaiserlichen Marine. Ist erst seit kurzem wieder in Geesthacht." Schilde trägt den Namen in sein Notizbuch ein. „Wohnhaft?" „Bei der Glasfabrik", stöhnt Hartung und hält sich den verletzten Schädel. „Wo wollten Sie eigentlich hin?" „Nach Hause." „Und wo haben Sie sich die Verletzung geholt? Sieht ja fürchterlich aus." „Weiß nicht", antwortet Hartung gequält. „Na, das werden wir schon noch herauskriegen. Wenn Sie wieder nüchtern sind und ihre Wunde verarztet ist, melden Sie sich auf dem Polizeirevier, verstanden?" Hartung nickt.

Schilde sinniert über seine Rolle nach, falls es sich bei dem Toten in Krümmel tatsächlich um ein Mordopfer handelt. Seit einiger Zeit bezeichnete man die Polizeiwache im alten Pastorat als Kriminalpolizei. Der nächste echte Kriminalpolizist hatte sein Büro allerdings in Bergedorf und die Mordkommission residierte an der Stadthausbrücke in der Hamburger Innenstadt. Mit Kriminalfällen hat Schilde allerdings dauernd zu tun, Diebstahl, Raub, Schlägereien, Aufruhr, die Sitten verfielen nach dem verlorenen Krieg – aber ein Mord? Endlich hält der Zug mit quietschenden Bremsen am Krümmler Bahnhof.

Energisch stapft Heinrich Schilde über den Nobelplatz, vorbei an Beamtenwohnhäusern auf das Werkstor der Dynamit-Aktien-Gesellschaft zu. Sein Blick fällt auf eine stattliche Villa innerhalb des Werkszaunes gelegen, vermutlich das Wohnhaus des Direktors, denkt er. Er selbst war noch nie auf dem Fabrikgelände gewesen. Ein Mann in der Uniform der Wachmannschaft steht am Werkszaun neben einer Blechtafel mit der Aufschrift: *Unbefugtes Betreten des Fabrikgeländes bei Strafe streng verboten, der Direktor.* „Guten Morgen, Sie sind von der Kriminalpolizei?", fragt der Wachmann mit abschätzigem Blick auf Schildes blassgrüne Uniform. „Oberwachtmeister Schilde aus Geesthacht. Das muss fürs Erste reichen. Und wer sind Sie?" „Wilhelm Meinecke, ich führe die Wachmannschaft der Fabrik. „Haben Sie die Kollegen in Gülzow inzwischen erreicht?" „Ja, die müssten in Kürze eintreffen." Ein Glück, denkt Schilde, wo ich hier eigentlich gar nicht zuständig bin. Wahrscheinlich überschreite ich gerade meine Kompetenzen. Andererseits kennt er die Kollegen der Landpolizei aus den umliegenden Orten ganz gut. Sie haben schon des Öfteren zusammengearbeitet. Verbrechen machen vor Kreis- und Ländergrenzen nicht halt. „Wo ist der Tote jetzt?", fragt er Meinecke. „Hängt noch am Turm. Wir haben ihn erstmal nicht angerührt." Schilde nickt. Meinecke räuspert sich. „Zunächst, Herr Oberwachtmeister, falls Sie Zündhölzer oder ein Feuerzeug bei sich tragen, muss ich Sie bitten, diese beim Pförtner zu hinterlegen – Vorschrift!" Schilde greift in seine Tasche, fördert Zündhölzer und Zigarettenetui hervor. „Die Zigaretten lassen Sie am besten auch bei uns. Rauchen ist fast überall auf dem Gelände verboten."

„Erstmal sehen, ob sich der Mann nicht selbst ins Jenseits befördert hat", bemerkt Schilde, als sie sich von der Wachstube entfernen und auf die Fabrikgebäude zugehen. „Wäre ja nicht der erste in diesen Zeiten, der zum Strick greift." „Das sieht mir ganz und gar nicht nach Selbstmord aus, Herr Oberwachtmeister!" „Ach ja? Kennen Sie sich etwa aus mit solchen Dingen?" „Am besten, Sie sehen es sich selbst an, dann verstehen Sie schon", knurrt Meinecke beleidigt.

Schilde hatte die Fabrik bisher immer nur von außen gesehen, jetzt staunt er über die gewaltigen Ausmaße der Produktionsanlagen. Hohe Backsteingebäude, aus denen riesige Fabrikschlote in den Himmel ragen, dicke Rohrleitungen und Kabel, welche über die Werksstraße die Gebäude verbinden. Eine Dampfspeicherlok zieht langsam einen Waggon über die Gleise. Auf einer Laderampe erblickt er aufgestapelte Holzkisten mit der Aufschrift *Explosivo Gelignite*. „Exportware für Südamerika", erklärt Meinecke. Vor einer riesigen Halle parkt ein grauer Lastwagen, ein Regel-Dreitonner, wie sie zu Tausenden für den Krieg produziert worden waren. „Wir können zum Wasserturm hinauf fahren, wir brauchen den Lastwagen dort sowieso, wenn die Leiche abtransportiert wird. Nehmen Sie im Führerhaus Platz, Herr Oberwachtmeister. Ich hole den Fahrer." Kurz darauf erscheint Meinecke mit dem Kraftfahrer. Der Wachschutzleiter steigt auf die Ladefläche. Der Fahrer bückt sich vor dem Kühler und kurbelt den Motor an. Kurz darauf rumpeln sie im Schritttempo eine ansteigende Kopfsteinpflasterstraße hinauf. Der

Lastwagen hat Holzfelgen mit aufgeschraubten Gummiklötzen. Schilde wird kräftig durchgeschüttelt. Er sieht durch das Fenster hohe Sandwälle, hinter denen sich einzelne Fabrikgebäude ducken, darüber sind Drähte in verschiedene Richtungen gespannt. „Blitzableiter", erklärt der Wachschutzleiter. Schließlich erreichen sie den imposanten backsteinernen Wasserturm mit seiner charakteristischen Kuppel. Die Morgensonne hat den Dunst inzwischen fast vertrieben und bescheint den Turm. Zwei Wachmänner und einige Arbeiter stehen in der Nähe. „Kennt jemand den Mann?", fragt Schilde in die Runde. Die Männer schütteln die Köpfe. „Man kann ihn von hier unten ja nicht erkennen", bemerkt einer der Arbeiter. „Wer hat ihn entdeckt?" „Wachmann Funke, ich habe ihn nach Hause geschickt. Er war die ganze Nacht im Dienst." „Wer hat seit der Entdeckung den Turm betreten?" „Nur Funke und ich. Funke ist gleich nach oben und hat nachgesehen, ob der Mann noch lebt. Ich bin dann später auch nochmal hinauf." „Dann sehen wir ihn uns mal genauer an!", entscheidet Oberwachtmeister Schilde. Sie steigen die breite Treppe zum Eingangstor des Turmes hinauf und dann die Stufen empor, welche sich innen an der Turmmauer nach oben winden.

Schilde blickt über den Fenstersims: Vordere Schädelseite an der Stirn massiv zertrümmert, fast schwarzes Blut und eingetrocknete Gehirnmasse erkennbar, notiert er in sein Notizbuch. Das Seil, an dem der Tote hängt, ist straff gespannt, führt quer durch die Halle und ist auf der anderen Seite an einem Kranarm befestigt. Das eiserne Sprossenfenster unter dem der Tote hängt, wurde mit Gewalt herausgebrochen. Das andere Ende des Seils ist dem Toten um die Brust gewickelt und mit einem Knoten verschnürt. „Wer zum Teufel macht sich die Mühe, sein Mordopfer hier oben hinzuhängen, und warum?", grübelt Schilde. Er beugt sich ein weiteres Mal aus dem Fenster und versucht, an die Jacken- und Hosentaschen des Toten heranzureichen. Aber es gelingt ihm nicht. Stattdessen steigt ihm süßlicher Verwesungsgeruch in die Nase. Der Motor eines Automobils unterbricht die Stille. Kurz darauf erscheint das Fahrzeug unterhalb des Turmes. Der Chauffeur steigt aus und öffnet die hintere Tür des Wagens. Der Herr, der aussteigt, ist offensichtlich der

Fabrikdirektor. Wer sonst kann sich mit solch einem monumentalen Automobil, einem Benz 28/60 PS, wenn Schilde sich nicht täuschte, hierher kutschieren lassen? Die herumstehenden Arbeiter zerstreuen sich augenblicklich. Der Herr Direktor spricht mit einem der Wachmänner. Der zeigt hinauf zum Turm. Im selben Moment kommen zwei weitere Uniformierte den Pfad entlang der Schutzwälle herauf. Schilde erkennt Oberwachtmeister Berthold Krogmann aus Gülzow in Begleitung eines Schupos. Gottseidank, der Krogmann, zu dem er ein fast freundschaftliches Verhältnis hat. Schilde macht sich an den Abstieg.

Fabrikdirektor Roewer begrüßt die Polizisten: „Guten Morgen, meine Herren, haben Sie etwas herausgefunden?" „Leitender Oberwachtmeister Schilde aus Geesthacht. Wir haben vorhin am Telefon miteinander gesprochen, Herr Direktor", schnarrt Schilde und nimmt eine militärische Haltung an. Er berichtet von seinen bisherigen Erkenntnissen, die er in seinem Notizbuch vermerkt hat. Berthold Krogmann, der noch gar nicht die Gelegenheit hatte, sich das Mordopfer anzusehen, bemerkt: „Dann hast du ja unsere Arbeit schon gemacht, Heinrich." Der Fabrikdirektor räuspert sich. „Also war es Mord?" „Bisher deutet alles darauf hin, Herr Direktor. Dem Mann wurde der Schädel eingeschlagen, vermutlich bevor ihn jemand dort hingehängt hat.", erklärt Schilde. „Allerdings wissen wir noch nicht einmal, um wen es sich bei dem Opfer handelt, geschweige denn, wer es umgebracht hat." „Ich werde zunächst feststellen lassen, ob jemand von der Belegschaft vermisst wird", schlägt der Fabrikdirektor vor. „Der zuständige Kriminalkommissar aus Ratzeburg ist übrigens auf dem Weg hierher, dauert allerdings ein wenig", mischt Krogmann sich ein, „aber seid ihr in Geesthacht neuerdings nicht auch Kriminalpolizei, Heinrich?" Schilde räuspert sich. „Ja, sind wir wohl." Doktor Roewer blickt mürrisch in die Runde. Schilde hat das Gefühl, dass er den Fall lieber in den Händen der Hamburger Mordkommission hätte. „Gut, dann holen wir den Mann dort herunter, entscheidet der Fabrikdirektor." Er winkt die Wachmänner und den Chauffeur des Lastwagens heran" „Mit Verlaub, Herr Direktor, aber dies ist ein Tatort, und den darf man nicht anrühren, bis die Mordkommission ihn in Augenschein genommen und Untersuchungen durchgeführt hat", klärt Krogmann ihn auf. Gut, der Mann, denkt Schilde und nickt. „Na, hören Sie mal, Sie wollen die Leiche doch wohl nicht den ganzen Tag in der Sonne hängen lassen! Außerdem befinden Sie sich auf dem Werksgelände der Dynamit-Aktien-Gesellschaft. Da habe ich das Sagen!", empört sich der Fabrikdirektor. Die beiden Oberwachtmeister blicken sich an. „Nicht, wenn es um eine Mordermittlung geht, Herr Direktor. Schutzpolizist Brachteisen wird vor dem Eingang zum Turm Posten beziehen und niemanden hinauf lassen." „Na, das werden wir noch sehen. Ich bin mit Polizeioberrat Heinmöller aus Hamburg persönlich bekannt. Ich werde mich beschweren." „Zur Erinnerung, wir befinden uns hier auf preußischem Gebiet, da sind die Hamburger gar nicht zuständig!", spricht Krogmann mit ruhiger Stimme, aber der Herr Fabrikdirektor besteigt bereits sein Automobil. „Hat scheinbar noch nicht mitbekommen, dass die Zeiten sich gewandelt haben", bemerkt Krogmann. „Nutzen wir die Zeit, uns hier ein bisschen umzusehen, bis die Kriminaler aus Ratzeburg da sind. Aber zuerst werde ich mir das Mordopfer ansehen", spricht Krogmann. „Ich habe hier doch gar nichts mehr zu suchen und außerdem hatte ich noch kein Frühstück", bemerkt Schilde. Tatsächlich hatte sein Magen schon ein paarmal geknurrt. Der Anblick des Toten hatte ihm keineswegs den Appetit verdorben. „Würde mich freuen, wenn Du noch bleibst, Heinrich", ruft Krogmann über die Schulter und verschwindet im Turm.

Paul Hartung wälzt sich auf der durchgelegenen Matratze in der stickigen Wohnung in der Glasarbeitersiedlung herum. Nur wenig Tageslicht fällt in die enge Schlafkammer, jedoch genug um die schwarzen Stockflecken, welche die Zimmerdecke überziehen, zu erkennen. Es riecht immer noch nach feuchtem Schimmel, obwohl er gleich nach seiner Ankunft in Geesthacht das undichte Dach repariert hatte. Als gelernter Bootsbauer wusste er, wie man einen Schiffsrumpf kalfatert und so konnte er auch ein Dach abdichten. Allerdings ist das ganze Gebäude so marode, dass im nächsten Winter alles noch schlimmer würde, befürchtet er, aber dann war er hoffentlich schon längst nicht mehr hier. Er versucht sich zu erinnern, weshalb man ihn offensichtlich bewusstlos mit einer

Kopfverletzung auf dem Schienenstrang nach Krümmel fand. Der Zug hatte ihn am Morgen zurück nach Geesthacht gebracht, nachdem dieser Polizist ihm mit seinen Fragen auf die Nerven gegangen war. Dann hatte er sich mühsam nach Hause geschleppt in die Wohnung seiner Mutter, wo er erstmal untergekommen war. Vor wenigen Tagen erst war er nach Geesthacht zurückgekehrt. Für ihn hatte der Krieg noch einige Monate länger gedauert und nun hatte das, was von der einst stolzen Kaiserlichen Kriegsmarine noch übrig war, keine Verwendung mehr für Obermaat Paul Hartung. Andere Arbeit gibt es auch nicht. Die Glasfabrik ist pleite, die Werft, die Pulverfabrik in Düneberg und die Dynamitfabrik in Krümmel sind nur noch Schatten ihrer selbst. Er würde sich wohl in das Heer der Arbeitslosen einreihen müssen, die sich mittags vor der Suppenküche trafen. Wenigstens war er durch den Krieg nicht zum Krüppel geworden, wie viele andere. Seine Mutter steckt den grauhaarigen Kopf durch den Vorhang, der die winzige Schlafkammer von der Wohnküche abtrennt. „Paul, hast du dich geprügelt, oder was ist mit deinem Kopf passiert?" „Bin gestürzt, wahrscheinlich mit dem Kopf auf eine Eisenbahnschiene", stöhnt er. „Die ist härter als dein versoffener Schädel, das solltest du wissen." „Ja, Mutter, danke für den Hinweis." „Das kommt, wenn man nachts besoffen durch die Gegend rennt, anstatt sich Arbeit zu suchen!" „Ja, Mutter!" Frau Hartung hatte, als Paul plötzlich bei ihr auftauchte, ihren Untermieter vor die Tür gesetzt. Vermutlich war der stinkende Kerl nicht nur ihr Untermieter gewesen. Einerseits schien sie froh, einen Grund zu haben, den Mann rauszuschmeißen, andererseits fehlen ihr jetzt die Mieteinahmen. Einer der Gründe, weshalb sie ihrem Sohn ständig auf die Nerven geht, sich Arbeit zu suchen und ihr nicht länger auf der Tasche zu liegen.

Paul steigt in Hose und Stiefel und schlurft nach draußen zur Pumpe, um sich zu waschen. „Meine Herren! Haben wir gesoffen!", murmelt er. Dann blickt er zum Gebäude der stillgelegten Glasfabrik hinüber. Vor dem Krieg war ein Teil seiner Familie dort beschäftigt. Vater war schon vor dem Krieg an der *Glasbläser-Lunge* gestorben. Er selbst hatte es vorgezogen auf der kleinen Werft Bootsbauer zu lernen und sich danach bei der Kaiserlichen Marine beworben.

Wenige Monate später brach der Krieg aus und man stationierte ihn auf dem Schlachtkreuzer Seydlitz. Was war er stolz gewesen, auf diesem gewaltigen Schiff dem Kaiser dienen zu dürfen. Zweimal wurde das Schiff zum Wrack zusammengeschossen, das letzte Mal vor dem Skagerrak. Beide Male wurde der Schlachtkreuzer Seydlitz durch den heldenhaften Einsatz der Leckdiensttrupps, denen Hartung angehörte, über Wasser gehalten und nach Wilhelmshafen eingeschleppt. Hartung und einigen seiner Kameraden verlieh man das Eiserne Kreuz. Drei Jahre später war er maßgeblich an der Selbstversenkung der internierten deutschen Hochseeflotte im britischen Flottenstützpunkt Scapa Flow beteiligt. Ja, davon hatte er seinen Saufkumpanen gestern Abend im Gastraum des Hotels Deutsches Haus berichtet. Die Männer hatten an seinen Lippen gehangen und dafür gesorgt, dass stets ein Bier und ein Köm an seinem Platz stand. Nur Walter Pritschwalski, der auch bei der Marine war, verließ das Lokal schon früh. Der hatte offensichtlich genug von irgendwelchen Kriegserlebnissen.

Nachdem die Kriminalpolizei aus Ratzeburg am späten Vormittag immer noch nicht eingetroffen war, hatte Oberwachtmeister Schilde sich in die Ortschaft Krümmel aufgemacht, um den Wachmann Funke zu vernehmen, während Krogmann sich in der Fabrik umsah. Nach Auskunft der Kollegen wohnt Funke mit seiner Familie in der Haferkoppel, einer kleinen Arbeitersiedlung. Zunächst kehrt er allerdings bei Gastwirt Liepert ein, um sich ein Wurstbrot und eine Fassbrause zu gönnen. Dass auf der Fabrik in der Nacht ein Mord geschehen war, hatte sich längst herumgesprochen und Schilde wurde sofort mit Fragen bestürmt, ob man den Mörder bereits gefasst habe und ob es stimmte, dass ein von Schüssen und Messerstichen durchsiebter Mann blutend am Wasserturm hängt. „Es stimmt, dass es einen Toten gegeben hat, mehr kann und darf ich zurzeit nicht preisgeben. Im Übrigen möchte ich jetzt endlich frühstücken", spricht Schilde und beißt in sein Wurstbrot.

Amalie Funke muss ihren Mann erst wecken, während Oberwachtmeister Schilde in der Küche der Familie von einer vierköpfigen Kinderschar neugierig beäugt wird. Die Behausung ist feucht und dunkel. „Sie haben den Toten also zuerst gefunden. Wann war denn das?", beginnt Schilde die Vernehmung, nachdem Frau Funke die Kinderschar nach draußen getrieben hat und die Männer am Küchentisch Platz genommen haben. „Es war noch nicht richtig hell, vor Sonnenaufgang, vielleicht halb sechs. Ich breche immer gegen fünf Uhr zu meinem letzten Rundgang an der Wache auf. Kurz vor sechs bin ich wieder zurück. Um sechs habe ich Feierabend." Schilde schreibt in sein Notizbuch. „Ist Ihnen auf der Strecke jemand begegnet?" Funke überlegt einen Augenblick. „Am Nitrierlager waren zwei Mann und oben an den Säurekesselhäusern habe ich auch jemanden gesehen, der hat dort irgendetwas überprüft. Es sind ja nachts nur ein paar Leute auf der Fabrik." „Sie haben den Mann an den Säurekesselhäusern nicht erkannt?" „Nee, Herr Oberwachtmeister, war dunkel, neblig und zu weit weg." „Aber der Mann war einer der Fabrikarbeiter und verhielt sich unverdächtig?" „Ich glaube schon. Wenn es jemand gewesen wäre, der auf dem Gelände nichts zu suchen hat, hätte wohl der Hund angeschlagen." Schilde notiert alles in seinem Notizbuch. „Machen Sie die Runde mehrmals in der Nacht?" „Wir wechseln uns ab, sind ja nur noch vier Mann in der Nachtschicht. Letzte Nacht war ich zweimal dran." „Dann waren Sie in der vergangenen Nacht schon vorher am Wasserturm gewesen?" „Ja, aber da war es stockfinster. Und neblig" „Haben Sie keine Lampe?" „Schon, aber ich ... also erzählen Sie es bitte nicht dem Meinecke, meinem Vorgesetzten." „Schon gut", winkt Schilde ab. „Ich hatte die Runde verkürzt, wissen Sie mit meinem steifen Bein ganz zum Turm hoch." „Sie waren also vorher gar nicht beim Turm?" Funke nickt verlegen. „Man kann in der Dunkelheit in tiefer Nacht sowieso kaum etwas erkennen. Außerdem hatte ich ja den Caesar dabei, der hätte schon angeschlagen, wenn da etwas gewesen wäre." „Ihr Wachhund?" „Ja, Herr Oberwachtmeister." „Und Ihre Runde über das Fabrikgelände ist stets die gleiche? Zur gleichen Uhrzeit?" Funke nickt. Schilde schüttelt den Kopf über die berechenbare Art, das riesige Gelände zu bewachen. Verbrecher haben leichtes Spiel in der Nacht dort ihr Unwesen zu treiben. „Wer legt denn fest, welche Wege Sie auf Ihren Kontrollgängen gehen?" „Der Wachdienstleiter Meinecke." Schilde macht sich weitere Notizen. „Haben

Sie schon mal jemanden auf der Fabrik erwischt, der dort nichts zu suchen hatte?" „Naja, bei den Unruhen, kurz nach Kriegsende, als dieses rote Gesocks die Wachmannschaft entwaffnet und die Fabrik besetzt hat. Die Kriegsgefangenen haben auch versucht sich am Eigentum der Fabrik zu bereichern. Damals waren wir noch eine richtige Wachabteilung, über dreißig Mann. Hat trotzdem nichts genützt." Schilde erinnert sich noch zu gut an die turbulente Zeit nach Kriegsende, als der Arbeiter- und Soldatenrat für einige Wochen die Macht übernommen hatte. „Aber in der letzten Zeit ist nichts Auffälliges passiert?" „Nee, während meiner Wache nicht, Herr Hauptwachmeister. Fragen Sie mal den Meinecke. Der führt Buch über besondere Vorkommnisse." „Gut, Herr Funke. Ach, wer hat eigentlich außer dem Herrn Direktor etwas zu sagen auf der Fabrik?" „Naja, der leitende Beamte, Herr Dr. Giesel ist gleichzeitig der stellvertretende Direktor. Dann kommen die anderen Beamten, darunter die Meister, dann die Vormänner und ganz unten die Arbeiter", erklärt der Wachmann. „Und der Wachschutzleiter hat dann ungefähr soviel zu sagen wie ein Meister?" „Könnte man so sagen", bestätigt Funke. Und in der Nachtschicht sind auch Beamte und Meister auf der Fabrik?" „Ja, ein Beamter und meistens ein oder zwei Meister", antwortet Funke. „Und welcher Beamte und welche Meister waren in der letzten Nacht im Dienst?" „Das weiß ich nicht, habe nur Vormann Ahrens einmal gesehen. Der vertritt den alten Meister Wagenfurth häufig." „Wann war das, als Sie den Herrn Ahrens gesehen haben?" „Am Abend, bei Schichtbeginn am Werkstor. Caesar hat freudig gebellt, als er ihn sah. Der Ahrens hat dem Hund manchmal ein Stück Wurst gegeben, soll eigentlich nicht sein, aber naja ..." „Schon gut, Herr Funke, das war es erstmal." Schilde erhebt sich und tippt mit der Hand an den Tschako.

Draußen blickt Schilde auf seine Taschenuhr. Mittagszeit. Hätte er, wie üblich in der Wache in Geesthacht Dienst geschoben, würde er zu Mittag den kurzen Weg in die Marktstraße hinüber laufen und mit seiner Frau und seiner Tochter ein deftiges Mittagessen zu sich nehmen. Hier steht er auf der staubigen Straße und wird von einem Dutzend Kinder ehrfürchtig beäugt. Er beschließt, zurück auf das

Fabrikgelände zu gehen. Vielleicht ist die Kriminalpolizei aus Ratzeburg endlich eingetroffen.

Oberwachtmeister Krogmann und Schupo Brachteisen stehen unterhalb des Wasserturms im Schatten und behalten den Eingang im Blick. Endlich nähert sich der Wachdienstleiter mit einer Person in grauer Zivilkleidung. Der Mann trägt eine bauchige Tasche, wie manche Ärzte sie benutzen. „Die werte Kriminalpolizei aus Ratzeburg gibt sich die Ehre – endlich! Brachteisen, kennst du den Kommissar?", fragt Krogmann den Schupo. Der schüttelt den Kopf. „Guten Tag, ich bin Kriminalsekretär Markwart aus Ratzeburg", stellt der Fremde sich vor. Die Männer begrüßen sich mit Handschlag. „Sie kommen allein?", fragt Krogmann entgeistert. „Oberkommissar Giese ist zur Kur, sein Stellvertreter Kommissar Froschleib hat gerade wichtige anderweitige Dienstgeschäfte. Ich werde Herrn Kommissar Froschleib heute Abend anrufen und über den Stand meiner Ermittlungen informieren. Als ranghöchster Polizeibeamter vor Ort übernehme ich ab sofort die Leitung der Ermittlungen", erklärt Markwart, der aussieht, als ob er gerade erst die Reifeprüfung einer höheren Lehranstalt bestanden hat. Die Hamburger Mordkommission hat ein eigenes Dienstauto und einen Polizeifotograf, der in solchen Fällen mit ausrückt. Die Ratzeburger schicken uns dieses blasse Bürschchen, denkt Krogmann. „Gut Herr Markwart, ein Kollege aus Geesthacht und meine Wenigkeit haben bereits ein bisschen vorgearbeitet, solange wir noch die Ranghöchsten waren." Er unterrichtet den Kriminalsekretär über den bisherigen Ermittlungsstand und zeigt nach oben zum Turm, wo die Leiche in der Sonne hängt. „Wir sollten den Tatort zügig und abschließend in Augenschein nehmen, Herr Markwart, damit wir den armen Kerl dort herunterholen können." Markwart nickt, noch ein wenig blasser um die Nase und zögert. „Nun, denn, Herr Kriminalsekretär, wollen Sie vielleicht vorangehen als ranghöchster Polizeibeamter?"

Markwart sieht sich am Tatort in der obersten Turmebene um, bevor er vorsichtig über den Fenstersims auf den, von Fliegen umschwärmten, zerstörten Schädel der Leiche blickt. Der Kriminalsekretär wendet sich angewidert ab, schwankt und entfernt sich würgend ein paar Schritte, bevor er sich übergibt. „Noch nie einen Toten gesehen, Herr Kriminalsekretär?" „Schon. So einen allerdings noch nicht. Habe wohl etwas Falsches gegessen", stammelt er und wischt sich den Mund mit seinem Taschentuch. Tatsächlich war es wohl der süßliche Verwesungsgeruch, der ihm augenblicklich in die Nase stieg. Da kotzt der Kerl den Tatort voll. Gedient hatte er wahrscheinlich auch nicht. Krogmann schüttelt empört den Kopf. „Die Tatwaffe? Hat man die gefunden?", fragt der Kriminalsekretär, nachdem er sich wieder etwas gefangen hat. „Nein, wir wissen ja noch nicht einmal, um was für eine Tatwaffe es sich handeln könnte." Markwart blickt nachdenklich an dem Seil entlang, das quer durch die Halle gespannt ist. Er geht um den riesigen Wasserbehälter herum, auf die andere Seite der Halle. Ein Kranarm ist außen am Gebäude angebracht, sodass man eine schwere Last mittels Flaschenzug hochziehen und durch eine breite Luke ins Innere der obersten Turmebene bringen kann. „Mit dem Kran und dem Flaschenzug wird der Mörder sein Opfer hier hinaufgezogen haben. An dem Flaschenzug sind sicherlich Fingerabdrücke", vermutet Markwart. „Fingerabdrücke? Was soll das denn?", bemerkt Krogmann. „Der Abgleich von Fingerabdrücken ist bereits seit mehr als einem Jahrzehnt als Mittel der Beweissicherung bei der preußischen Kriminalpolizei etabliert", doziert der Kriminalsekretär. „Meine Ausrüstung zur Sicherung der Spuren wird in Kürze mit dem Lastauto der Fabrik hierher gebracht. Kümmern Sie sich bitte um eine Bahre und ein paar Männer, die das Opfer bergen und nach unten bringen!", spricht Markwart jetzt etwas selbstsicherer. „Geht in Ordnung", bestätigt Krogmann und legt die Hand an den Tschako.

Zwanzig Minuten später rumpelt knatternd der graue Dreitonner mit Oberwachtmeister Schilde neben dem Fahrer heran. Er hält auf dem Platz vor dem Wasserturm. Schilde hat einen Lederkoffer mit Markwarts Ausrüstung dabei. Mehrere Männer springen von der Ladefläche und laden eine Bahre ab

„Niemand berührt etwas am Kran!", befiehlt Markwart als sie sich unter der Kuppel in der oberen Turmebene versammelt haben. „Bergen Sie schon mal vorsichtig die Leiche und legen sie auf die

Bahre! Bevor wir sie nach unten bringen, muss ich die Spuren sichern und nach Fingerabdrücken am Kranhaken, den Ketten und dem Flaschenzug suchen." Die Männer blicken ihn befremdlich an und schütteln die Köpfe, als Markwart in aller Ruhe damit beginnt, verschiedene Stellen am Kran mit feinem Rußpulver zu bestäuben, um Fingerabdrücke sichtbarer zu machen – ein mühsames Geschäft, das Geduld erfordert.

Eine dreiviertel Stunde später liegt die Leiche auf einer Bahre unterhalb des Turmes. Markwart diktiert Schilde: „Das Mordopfer ist von kräftiger Statur, vermutlich noch keine dreißig Jahre alt, trägt übliche Arbeitskleidung, die Schuhe fehlen, keine Papiere in den Taschen. Er ist schon mindestens zwei Tage tot. Die Leichenstarre hat sich bereits wieder gelöst. Außerdem deutet der Verwesungsgeruch ebenfalls darauf hin, dass er schon einige Zeit nicht mehr lebt. Keinerlei Blutspuren im Wasserturm. Haben Sie alles notiert, Herr Oberwachtmeister?" Schilde nickt. „Ich kenne den", meldet sich einer der Arbeiter, der mitgeholfen hatte den Toten vom Turm zu holen. „Was? Warum sagen Sie das denn nicht gleich?", erregt Krogmann sich. „Musste erstmal genauer hingucken, war mir nicht sicher wegen seiner Verletzung im Gesicht." „Und wie heißt der Mann?", fragt Markwart." „Herbert Zantek. Habe mich schon gewundert, weil ich ihn einige Zeit nicht gesehen habe." „Wann haben Sie ihn denn zuletzt gesehen?" „Schon paar Tage her. Das war so ein Einzelgänger, war leicht aufbrausend, mit dem wollste nicht so gern was zu tun haben." „Und wo auf der Fabrik hat er gearbeitet?" „In der NC." „Wo?" „NC, Nitrocellulose-Herstellung bei Meister Wöhrbeck." „Danke, Herr?" „Schnede, Horst Schnede." „Herr Schnede, würden Sie dem Meister Wöhrbeck Bescheid geben, dass ich ihn sprechen möchte?" Markwart gibt Schilde ein Zeichen, den Namen zu notieren, bevor er sich wieder der Leiche zuwendet. Das Seil, an dem der Täter sein Opfer am Turm drapiert hat, hatten sie noch nicht entfernt. „Ein charakteristischer Knoten, finden Sie nicht?", sagt Markwart zu den drei Polizisten. „Dat is ´n Palstek, sieht man doch!", brummt jemand aus der Gruppe der Arbeiter. „Ach ja? Ein Seemannsknoten, kennen Sie sich aus?" „Jo! Habe mal im Hamburger Hafen gearbeitet. Genauso schlägt man eine Last an." „Wie?"

„Na, wie der Tote mit dem Seil angeschlagen wurde." „Also ist unser Täter möglicherweise jemand der mit Seefahrt oder Hafenarbeit zu tun hatte", konstatiert Schilde. „Eine Grundregel der modernen Kriminalistik besagt, sich nicht zu früh festzulegen, Herr Oberwachtmeister", doziert Markwart. „Wir müssen so genau wie möglich herausbekommen, wann er getötet wurde. Vermutlich wurde er erschlagen. Dann hat man ihn fachmännisch, wie sagten Sie?" „Angeschlagen." „Ja, richtig, fachmännisch angeschlagen und mit dem Kran außen am Turm hochgezogen und dort oben am Fenster verzurrt. Hierzu musste der Täter das Sprossenfenster heraushebeln", vermutet der Kriminalsekretär, und dazu braucht man eine Brechstange und einen schweren Hammer. Wir haben aber kein Werkzeug gefunden." „Wahrscheinlich hat der Täter das Fenster einfach mit dem Kran rausgerissen. Er brauchte doch nur das Seil quer durch die Halle an das Sprossenfenster zu knoten. Mit dem Flaschenzug des Krans reicht die Kraft sicher aus. Dennoch, merkwürdige Vorgehensweise, ein solches Risiko einzugehen, den Toten vom eigentlichen Tatort hierher zu schleppen, ihn mit dem Kran nach oben ziehen und dort in aller Ruhe mit dem Seil alles anzutüdeln, wenn man einen Mord begangen hat", findet Krogmann. „Da könnten Sie Recht haben, aber der Täter kann das Fenster auch schon in der vorangegangenen Nacht herausgerissen haben. Das Opfer ist, wie ich schon sagte, mindestens zwei Tage tot. Wir sehen uns das Fenster noch einmal genauer an", sagt Markwart. „Aber zunächst müssen wir den Tatort finden, wo der Mann getötet wurde, dort muss es Blutspuren geben und vielleicht auch die Tatwaffe. Die Schuhe des Toten müssen auch irgendwo sein." Markwart teilt Krogmann, Schilde und Brachteisen ein, die Umgebung im Umkreis von 50 Metern um den Wasserturm nach verdächtigen Spuren und Gegenständen abzusuchen. „Das Opfer wiegt mindestens 180 Pfund, viel weiter kann der Täter den Mann wohl kaum getragen haben", vermutet Markwart. „Herr Kriminalsekretär", mischt Krogmann sich ein, „ein gesunder Mann kann das eineinhalbfache seines Körpergewichtes über eine längere Strecke auf der Schulter tragen. Fragen Sie mal die Arbeiter, was manche den ganzen Tag schleppen müssen."

Als die Männer ausschwärmen, um die Umgebung abzusuchen, steigt Markwart ein weiters Mal auf den Turm. Er muss einen Moment verschnaufen, als er in der obersten Ebene des Wasserturms angekommen ist. Er blickt hinauf zur Betonkuppel mit der zentralen Turmlaterne. Umlaufende Fenster werfen changierendes Licht auf das Dach des Wasserbehälters, aus dem ein gedämpftes Plätschern zu hören ist. Der Behälter hat einen schweren runden Metalldeckel. Markwart kann ihn ein Stück anheben und in das düstere Innere des Kessels blicken. Er sieht sich auch das herausgerissene Sprossenfenster genauer an. Tatsächlich ist es in einer Art verbogen, die darauf schließen lässt, dass es mit dem Kran aus dem Mauerwerk gerissen wurde. Er geht wieder auf die andere Seite der Halle, überlegt, ob er etwas übersehen hat.

Zurück auf dem Platz vor dem Eingang zum Wasserturm blickt Markwart zu der Bahre hinüber wo der Tote liegt, den zertrümmerten Schädel durch ein Tuch bedeckt. „Die Leiche muss so schnell wie möglich in die Gerichtsmedizin nach Hamburg. Dort arbeiten sie mit modernsten Methoden. Bis das geklärt ist, muss sie kühl gelagert werden." Ein grauhaariger Mann kommt über den Platz vor dem Wasserturm. „Wöhrbeck, mein Name. Waren Sie es, der mich sprechen wollte?", wendet er sich an den Kriminalsekretär. „Richtig. Danke, dass Sie hierhergekommen sind, Herr Wöhrbeck. Sie haben sicher schon von dem Leichenfund am frühen Morgen gehört?" „Ja, sowas spricht sich schnell rum." Er blickt am Turm hoch und dann zur Bahre. „So so, der Zantek also", knurrt Wöhrbeck. Markwart kostet es Überwindung, das Tuch zur Seite zu ziehen, um den zerstörten Schädel des Opfers zu entblößen. Er schätzt Wöhrbeck so ein, dass ihn der Anblick des Toten nicht sonderlich erschüttern wird. „Ja, das ist er. Wer macht denn sowas? Ich habe im Krieg schon weitaus Schlimmeres gesehen, aber trotzdem, ganz schön brutal!", bemerkt Wöhrbeck. „Wer soetwas getan hat, versuche ich gerade herauszufinden. Hatte Herr Zantek Feinde in der Belegschaft?" „Weiß ich nicht, aber besonders beliebt war der nicht. Ich hätte so einen Kerl nicht eingestellt, aber da fasst du dich ja manchmal an Kopp, wem die hier Arbeit geben", schüttelt er den Kopf. „Weshalb hätten Sie ihn nicht eingestellt? War er faul oder verstand er sein

Handwerk nicht?" „Nee, ordentlich gearbeitet hat er, obwohl er schon einige Tage nicht zur Arbeit gekommen war. Ich habe das ja schon nach oben gemeldet. Zantek war einfach ein Mors, ein Eigenbrötler, weigerte sich in die Gewerkschaft einzutreten, half niemandem, war in keinem Verein, hielt sich aus allem raus, war aber aufbrausend. Einmal hat er einen Kollegen ziemlich rüde angepackt. Aber, dass ihm deshalb jemand von den Kollegen den Schädel einschlägt, glaube ich nicht, Herr Kommissar!" „Kriminalsekretär, nicht Kommissar." Wöhrbeck blickt Markwart forschend an. „Habe mich schon gewundert. Sie sind noch ziemlich jung." Markwart überhört die Bemerkung. „Wissen Sie, ob der Herr Zantek Familie oder Angehörige hat?" Wöhrbeck überlegt einen Augenblick und schüttelt den ergrauten Schädel. „Glaub´ nicht." Markwart weist auf einen Anbau seitlich am Turm, aus dessen Dach eine Rohrleitung in den Wasserturm führt. „Was befindet sich in jenem Schuppen, Herr Wöhrbeck?" „Das Pumpenhaus." „Arbeitet dort jemand?" „Ja, Pumpen-Ritsche, der Pumpenwärter. Er ist aber nur tagsüber hier. Sein richtiger Name ist Richard Ossendorff. Da drüben ist er ja", sagt Wöhrbeck und zeigt auf einen Arbeiter der in der Nähe steht. „Ritsche, komm mal her!", ruft er.

„Herr Ossendorff, wann waren Sie zuletzt im Turm, fragt Kriminalsekretär Markwart den Pumpenwärter. „Am Montagmorgen, da überprüfe ich immer, ob alles in Ordnung ist, nirgendwo was rauskleckert und so." „Vor zwei Tagen also?" Ossendorff nickt. „Ist Ihnen etwas aufgefallen? Zum Beispiel eine Beschädigung am Fenster, oder dass jemand sich am Kran zu schaffen machte?" „Nee, habe nur die Routineüberprüfungen gemacht. Eigentlich gibt es im Turm selten etwas zu tun. Die Pumpen und Ventile sind ja hier unten", erklärt Ossendorff. „Also war das Fenster unbeschädigt?", fragt Markwart erneut. „Weiß nicht, ob mir aufgefallen wäre, wenn ein Fenster kaputt ist." Markwart nickt. „Wir nehmen trotzdem Ihre Fingerabdrücke." „Was soll das denn jetzt? Verdächtigen Sie mich etwa?", beschwert Ossendorff sich. „So können wir Ihre Fingerabdrücke von denen des Mörders unterscheiden, Herr Ossendorf", sagt Markwart. „Naja, viel habe ich da ohnehin nicht zu bieten." Der Pumpenwärter zeigt ihm seine Hände. An der rechten Hand fehlen

Daumenkuppe, Zeige- und Mittelfinger an der linken Hand die Fingerkuppen von Ringfinger und kleinem Finger. „Kriegsverletzung?", fragt Markwart. „Nee, Betriebsunfall. Habe die Flossen nicht schnell genug aus der Presse gekriegt." Markwart winkt mit der Hand ab. Mit seinen verstümmelten Händen hätte er kaum diesen Mord begehen können, außerdem kommt ihm der Kerl nicht verdächtig vor.

Kurz darauf kommen die Polizisten von ihrer Erkundung des Geländes zurück. „Nichts, gar nichts, Herr Kriminalsekretär!", ruft Krogmann schon von Weitem und winkt mit der Hand ab. „Die Spuren oben im Turm waren leider auch ausgesprochen spärlich, kaum frische Fingerabdrücke", fasst Markwart zusammen. „Ich brauche eine Liste sämtlicher Leute, die heute Nacht auf dem Werksgelände waren. Wir werden die Männer vernehmen und feststellen, wer eine seemännische Vergangenheit hat. Auch nehmen wir von allen die Fingerabdrücke. Dann brauche ich von der Personalabteilung alles was dort über den Herrn Zantek vermerkt ist", legt Markwart die nächsten Schritte fest. „Wenigstens hat das blasse Bürschchen einen Plan", denkt Krogmann, während Markwart auf das Lastauto zugeht und seine Ausrüstung auflädt. „Ach, Herr Markwart, haben sie keine Fotoausrüstung dabei? Wäre gut, wenn wir den Tatort und das Opfer auf Fotos festhalten können, von wegen moderner Kriminaltechnik", schlägt Krogmann vor. „Nein, dazu ist es ohnehin zu spät, wir müssen uns mit Gedächtnisskizzen behelfen." Wenn er etwas am schlechtesten konnte, sagt Schilde sich, dann ist es zeichnen oder skizzieren. Er konnte nur Strichmännchen, außerdem merkt er seine Müdigkeit. Längst ist Kaffeezeit. Im Geesthachter Polizeirevier hätte um diese Zeit Nele, seine Tochter, einen Becher Malzkaffee und vielleicht sogar ein Stück Butterkuchen an seinen Schreibtisch gebracht.

Geesthacht, Polizeirevier, zur gleichen Zeit

Nele Schilde half regelmäßig in der Gemeindeverwaltung aus, deren Büros ebenfalls im alten Pastorat untergebracht sind. Sie wollte unbedingt etwas Richtiges arbeiten und Schilde hatte, nachdem Nele keine Ruhe gab, seine Beziehungen bei der Verwaltung spielen lassen. Nele sortierte Akten und Papiere, führte Botengänge aus und versorgte die Gemeindeverwaltung und die Polizei mit Kaffee, wenn es denn welchen gab. Neuerdings erledigte sie sogar den Schriftverkehr des Bürgervorstehers Rudolf Messerschmidt. Sie beherrschte die Rechtschreibung recht gut und konnte auch die Schreibmaschine schnell genug bedienen. Jetzt aber hat sie Feierabend und das Wetter verspricht einen milden und schönen Abend. Sie tritt vor das Gebäude, wo der Schupo Peters mit dem Dienstfahrrad ihres Vaters im früheren Pastoratsgarten hantiert. Offensichtlich hat er den Reifen geflickt und gerade überprüft, ob die Luft auch hält. „Guten Abend, Herr Peters", flötet sie und schenkt dem Schupo ein Lächeln - nicht ohne Hintergedanken. „Guten Abend, Fräulein Schilde, Feierabend?" „Ja, ist das Fahrrad wieder heil?" Peters nickt ein wenig stolz. „Ich kann es ja zu uns nachhause schieben, dann kann mein Vater morgen früh gleich damit losfahren", schlägt sie vor. „Nun, äh, eigentlich steht das Fahrrad ja immer im Schuppen der Polizeiwache", wendet er ein. „Och, Herr Peters, nun seien sie mal nicht so. Ich mache es schon nicht kaputt", spricht sie mit einem Augenaufschlag, bei dem Peters ihr kaum einen Wunsch abschlagen kann. „Na, dann nehmen Sie es man mit, Fräulein Schilde. Aber stellen Sie es in den Schuppen oder in die Diele, dass es nicht geklaut wird." „Herr Peters, wo ist es sicherer als im Hause des leitenden Polizeibeamten?", lacht sie. Sie fasst das Fahrrad am Lenker und schiebt es auf die Bergedorfer Straße. Peters, zwar benommen von dem Liebreiz der Tochter seines Chefs, hat trotzdem ein mulmiges Gefühl. Neles betörendes Lächeln steht den Flausen, die sie im Kopf hat, gegenüber und er wird das Gefühl nicht los, dass sie gerade irgendeinen Unsinn plant. Es wäre nicht das erste Mal, und sie hatte so ein Funkeln in den Augen.

Nele war schon ein paarmal Rad gefahren, allerdings nicht auf einem so hohen Herrenrad, erst recht nicht auf dem *Schlachtross*, wie Vater sein Dienstrad manchmal nennt. Mit einem Kleid auf so ein Rad zu steigen ist nicht nur gefährlich, weil es leicht in die offene Kette geraten kann. Es ist auch unschicklich, weil man das Kleid wegen der Stange nach oben ziehen muss. Als sie aus dem Blickfeld der Polizeiwache ist, steigt sie vorsichtig auf und radelt los. Ein bisschen wacklig, aber es geht ganz gut, wenn man erst einmal im Sattel sitzt, findet Nele und tritt in die Pedale, fährt über den Marktplatz, die Lauenburger Straße entlang, vorbei an der Apotheke, weiter die Lauenburger Straße hinauf und hinüber in die Schulstraße. Dann geht es in wildem Tempo am Café Lohmeyer vorbei, wo Herr Wolf, der gerade sein schmales Fuhrwerk mit Brot beladen hat, eilig seinem Pferd ins Zaumzeug greift, als Nele an ihm vorbeirast. Einige Leute im Café und auf der Straße sehen ihr hinterher, auch weil der Saum ihres Kleides weit über ihre Knie gerutscht ist. Nele denkt sich nichts dabei. Dafür macht ihr das Radfahren viel zu viel Spaß. Nochmal kräftig in die Pedale treten, nur noch ein kurzes Stück, bis sie wieder vor ihrem Elternhaus ist.

Oberwachtmeister Schilde will mit Kriminalsekretär Markwart am Krümmler Bahnhof den Zug besteigen. Der Schaffner stellt sich ihnen in den Weg. „Tut mir leid, die Herren, aber wir dürfen lediglich Werksangehörige befördern", teilt er dem Kriminalsekretär mit. Ehe der etwas sagen kann, drängt Schilde sich vorbei. „Sehen Sie nicht die Uniform der Polizei?", meckert er den verblüfften Schaffner an. „Und dieser Herr ist Angehöriger der preußischen Kriminalpolizei!", setzt Schilde hinzu. „Nach den Beförderungsbedingungen ...", setzt der Schaffner an. „Papperlapapp! Sie befördern die Polizei jetzt nach Geesthacht! Sonst sorge ich dafür, dass man Sie sonst wohin befördert!", schimpft Schilde und drängt sich an ihm vorbei in den Waggon. „So geht das!", raunt er dem Ratzeburger zu und setzt sich auf die hölzerne Sitzbank.

Zuvor hatten sie im Büro der Fabrik die Personalakte des Opfers einsehen können. Der Arbeiter Herbert Zantek war 31 Jahre alt, hatte im Wohnheim für ledige Arbeiter der Fabrik gelebt. Er war bereits von 1910 bis 1914 hier auf der Fabrik tätig gewesen und meldete sich im August 1914 freiwillig zur Kaiserlichen Marine. Die Fabrik stellte ihn vor einigen Monaten wieder ein, weil er sich mit Sprengstoff auskennt und früher schon auf der Fabrik gearbeitet hat. Da er ein paar Tage nicht zur Arbeit erschienen war, hatte man ihm bereits gekündigt. Die Kündigung konnte jedoch nicht zugestellt werden, weil er nicht auffindbar war. Auch im Wohnheim wurde er nicht mehr gesehen.

Markwart wollte sich in Geesthacht eine Unterkunft besorgen, vorher noch von der Geesthachter Polizeiwache einige Telefongespräche führen, um Kommissar Froschleib Bericht zu erstatten und Genehmigung einzuholen, die Leiche in die Hamburger Gerichtsmedizin zu überführen. Am Nachmittag sorgten sie noch dafür, dass die Leiche unter Verschluss in einem der Kühlhäuser der Dynamit-Aktien-Gesellschaft untergebracht wurde. Danach wurden noch vier Arbeiter der Nachtschicht, die man schon am Nachmittag in die Fabrik befohlen hatte, vernommen. Zwei von ihnen hatten Zantek ebenfalls identifiziert. Während Schilde und Markwart auf den Zug warteten, unterhielten sie sich ein wenig und lernten sich näher kennen. Vielleicht war das blasse Bürschchen, wie Krogmann und er den Kriminaler aus Ratzeburg insgeheim nannten, doch ganz in Ordnung.

Der Zug setzt sich surrend in Bewegung. Schilde blickt auf die Elbe, wo ein Raddampfer der Reederei Basedow schwarz qualmend den Fluss hinaufdampft. Er ringt mit sich, ob er Markwart heute zum Abendessen in seine Wohnung einladen sollte. Kann nicht schaden, sich gut mit ihm zu stellen und der Eintopf, den Elfriede gekocht hat, wird sicher auch das blasse Bürschchen satt machen. Allein seine Tochter Nele könnte ihn blamieren, mit ihrem aufmüpfigen Verhalten. Bei ihr wusste man nie, welche Flausen gerade in ihrem hübschen Kopf herumspukten. Adele und Martha, seine beiden älteren Töchter, hatte er glücklich unter die Haube gebracht. Adele war mit einem Beamten aus Bergedorf vermählt, hatte ihm bereits zwei Enkel geschenkt. Martha hatte im Jahr zuvor einen Handwerksmeister aus Kirchwerder geheiratet. Nachwuchs ist unterwegs. Aber Nele? Nicht dass sie keinen Liebreiz besaß, nein, ganz im Gegenteil. Und zweifellos ist sie eine, wie man sagte, plietsche Deern. Die Kehrseite ihres wachen Verstandes sind jedoch ihre Flausen und Widerworte - kein Benehmen, jedenfalls nicht das einer Beamtentochter. Einen vernünftigen Ehemann bekam sie so eher nicht. Der Zug gibt ein schrilles Signal, um die Sielstraße zu überqueren. Wenige Augenblicke später steigen sie am Werkbahnhof an der Sandstraße aus und laufen das kurze Stück zum Geesthachter Bahnhof hinüber, um nach einer Droschke zu sehen. „Wenn Sie heute Abend nichts Besseres vorhaben, sind Sie bei mir zum Abendessen herzlich willkommen, Herr Markwart. Es gibt deftigen Eintopf", verkündet Schilde. „Gern, vielen Dank." Markwart winkt nach dem einzigen Pferdefuhrwerk vor dem Bahnhof. „Dann übernehme ich die Droschkenfahrt."

Schutzpolizist Peters will gerade Feierabend machen, als Schilde mit dem Kriminalsekretär aus Ratzeburg hereinpoltert. „Guten Abend, Peters. Irgendetwas vorgefallen heute?" „Zwei Bengels sind bei Haaker beim Kartoffeln klauen erwischt worden. Pehmöller und ich haben sie verwarnt und laufen lassen. Die beiden Jungs sind noch Schulkinder, stammen aus einschlägig bekannten Familien. Da ist sowieso nichts zu holen. Wahrscheinlich schicken die ihre Kinder regelmäßig zum Klauen", erklärt der Polizist. Wenn es weiter nichts ist, denkt Schilde insgeheim. Was soll man auch tun, wenn man die Familie nicht satt kriegt. Wir können über jeden Tag dankbar sein, wo es so ruhig bleibt in Anbetracht der Versorgungslage. „Dann machen Sie mal Feierabend, wir bleiben noch ein wenig hier. Herr Kriminalsekretär Markwart muss noch einige Telefonate mit seiner Dienststelle führen." Peters verabschiedet sich. „Ach Peters? Ist mein Dienstfahrrad repariert?" „Ja, Herr Oberwachtmeister, war gar nicht so einfach. Der Gummireifen ist schon ziemlich mitgenommen." „Steht das Rad hinten im Schuppen?" „Nein, ihr Fräulein Tochter kam gerade vorbei, als ich es fertig hatte. Sie hat angeboten, es zu Ihnen nach Hause zu schieben." „Ach? Hat sie das?" „Ja, das Rad sollte jetzt bei Ihnen im Schuppen stehen", spricht er mit zweifelndem Unterton und verschwindet schnell.

Nele hatte schmerzhaft erfahren müssen, dass sich ein Herrenrad recht heimtückisch verhält, wenn man vergisst, dass sich eine Stange zwischen Lenker und Sattelstütze befindet und vor Schreck stark die Handbremse betätigt wird. Das Vorderrad war seitlich weggerutscht, sie hatte die Kontrolle über das Rad verloren, war gegen den heimischen Gartenzaun gefahren und auf die Seite gekippt. Jetzt war ihr Kleid eingerissen und sie hatte am Knie und an der Hand Schürfwunden, die ganz schön weh taten. Aber das ist nicht so schlimm, findet Nele. Schlimmer ist, dass ein paar Nachbarn es wohl mitbekommen haben. Noch schlimmer ist, dass das Vorderrad von Papas Dienstfahrrad jetzt verbogen ist und eiert, wenn man es dreht. Auch die monströse Karbidlampe an der Lenkstange hat etwas abbekommen. Schnell hatte sie sich berappelt, das Fahrrad aufgehoben und in den Schuppen geschoben. Nun sitzt sie auf der Gartenbank hinter dem Haus und grübelt, wie sie ihrem Vater das Missgeschick erklären soll.

Während Markwart seine Telefongespräche führt, geht Schilde seine Tagesnotizen durch. Sein Blick fällt auf den ersten Eintrag des Tages: *Männliche Person namens Paul Hartung liegt bewusstlos auf Bahngleis unterhalb der Glasfabrik, Kopfverletzung, offensichtlich betrunken, wohnhaft Glasarbeitersiedlung, Große Bergstraße, hat bei der Kaiserlichen Marine gedient.* Verdammt nochmal, der ist verdächtig, ziemlich kräftig ist er auch. Den kassieren wir heute noch ein. Kurz darauf bespricht er die Sache mit Markwart. Sie beschließen, diesem Hartung gleich einen Besuch abzustatten, ihn über Nacht in Haft zu nehmen und am nächsten Morgen ausführlich zu vernehmen.

Als die beiden Polizisten das Gelände der ehemaligen Glasfabrik erreichen, steht die Sonne schon tief und beleuchtet zinnoberfarben die hohe Giebelwand des Fabrikgebäudes. Gegenüber duckt sich das langgestreckte niedrige Wohngebäude für die Glasarbeiter der ersten Stunde. Damals, vor über 70 Jahren, als die Glashütte gegründet wurde, waren es einmal fortschrittliche Wohnstätten. Heute sind es lediglich feuchte und schimmelige Behausungen. Trotzdem steht keine Wohnung leer, meist wohnen dort sogar mehr Menschen als vorgesehen. Neben der kritischen Ernährungslage herrscht eine große Wohnungsnot. Schilde findet schnell heraus, wo Familie Hartung wohnt. Er klopft an eine Tür, während Markwart sich auf die Gebäuderückseite begibt. Schilde kann sich nicht vorstellen, wie das blasse Bürschchen einen Kerl wie Hartung aufhalten will, falls er flüchten sollte. Er hätte dort lieber so einen Kleiderschrank wie Schupo Pehmöller postiert. Eine verhärmte ältere Frau öffnet. Schilde schlägt ein muffig-schimmliger Geruch entgegen. „Frau Hartung?" „Ja." „Oberwachtmeister Schilde. Ist hier ein gewisser Paul Hartung wohnhaft?" „Hat er was ausgefressen, oder was wollen Sie von ihm?" „Ist er zuhause?" „Nee, ist vorhin weggegangen, wahrscheinlich besäuft er sich mit seinen Kumpels von damals." „Welche Kumpels von damals?" „Mönsch, Herr Wachmeister, weet ick doch nich!" „Und in welchem Lokal pflegt Ihr Sohn, sich zu betrinken?" „Hat er mir nicht gesagt. Noch was?" Schilde blickt ihr in die Augen. Sie hält seinem strengen Blick stand. „Wollnse nachgucken, Herr Wachmeister?" Sie tritt zur Seite und weist mit der Hand in ihre Behausung. „Danke, Frau Hartung, ich komme ein andermal vorbei." Er wendet sich ab. Wir kriegen ihn schon, aber jetzt ist endlich Feierabend, sagt Schilde sich und winkt den Kriminalsekretär herüber.

Nele liebt es, barfuß zu laufen - Vorfreude auf die warme Jahreszeit. Deshalb hat sie Schuhe und Strümpfe ausgezogen, um im Garten das kühle Gras unter ihren Füßen zu spüren. „Nele, komm endlich rein und hilf mir, aufzudecken! Dein Vater ist gerade nachhause gekommen. Wir haben heute Abend einen Gast", ruft Mutter ihr vom Küchenfenster aus zu.

Oberwachtmeister Schilde hatte seinem Gast gerade seine Frau Elfriede vorgestellt, als Nele mit der Suppenschüssel das Zimmer betritt. Sie läuft immer noch barfuß herum. „Guten Abend Papa, hattest du einen anstrengenden Tag?", fragt sie fröhlich. Schilde antwortet nicht, wirft ihr stattdessen einen vorwurfsvollen Blick zu. „Das ist Herr Kriminalsekretär Markwart aus Ratzeburg. Er isst heute mit uns zu Abend, meine Tochter Nele", stellt er die beiden in sachlich strengem Tonfall einander vor. Nele gibt Markwart artig die Hand und deutet einen Knicks an. „Guten Abend, Herr

Kriminalsekretär. Sind Sie wegen der Krümmler Leiche hier? Wie spannend!" Es hatte sich in Geesthacht längst herumgesprochen, dass man in Krümmel einen Toten gefunden hatte. Schilde wirft seiner Tochter einen grimmigen Blick zu. Dann wendet er sich an seinen Gast. „Nehmen Sie schon Platz, Herr Markwart. Soll meine Frau Ihnen eine Flasche Bier bringen? Entschuldigen Sie mich bitte kurz, ich bin sofort zurück." Er fasst Nele fest am Arm und schiebt sie in die Küche. „Was fällt dir ein, hier halb nackt im Haus herumzulaufen, wo wir einen Gast haben?", zischt er, wobei er sie immer noch fest am Arm hält. „Und dann deine vorlaute Klappe!" „Aber Papa ..." „Halt den Mund jetzt! Keine Widerworte! Hast du gesehen, wie der Herr Markwart auf deine nackten Beine geblickt hat? Benimm dich endlich wie eine Beamtentochter und nicht wie ein Bauerntrampel. Du gehst jetzt in dein Zimmer und kleidest dich gefälligst vollständig an! Du isst heute in der Küche!" Schilde stapft zurück in die Wohnstube. In den letzten Jahren waren die Kleidersäume 30 Zentimeter nach oben gerutscht. Aus der Notwendigkeit während des Krieges Stoff zu sparen, war inzwischen eine Modeerscheinung geworden, weiß er. Aber deshalb musste seine Tochter nicht gleich in einer derart koketten Art ihre nackten Waden vor anderen Leuten zur Schau stellen.

„Haben Sie eigentlich etwas erreicht mit Ihren Telefonaten vorhin?", fragt Schilde den Ratzeburger Kriminalsekretär, während sie ihren Eintopf löffeln. „Kommissar Froschleib will sich Morgen mit der Hamburger Mordkommission ins Benehmen setzen. Vermutlich möchte die preußische Polizei die Leitung der Ermittlungen in der Hand behalten, aber die fachlichen Dienste der Hamburger Kriminalpolizei in Anspruch nehmen. Man müsste den Leichnam sonst womöglich nach Lübeck transportieren. Ich befürchte ein Kompetenzgerangel." „Bis die eine Regelung gefunden haben, ist unsere Leiche komplett verfault. Dann brauchen wir die Gerichtsmedizin auch nicht mehr." „Heinrich, wie unappetitlich! Wir sind beim Essen!", ermahnt seine Frau ihn. „Entschuldigung Elfriede, du hast recht, wechseln wir das Thema", lenkt Schilde ein. Sie reden eine Zeitlang über die Neuordnung der Polizei, die man nach Beendigung des Kaiserreiches mit der Ausrufung der Republik begonnen hatte. Die Polizeiarbeit hatte sich dadurch eher verschlechtert, findet Schilde. Er berichtet seinem Gast, dass Geesthacht nicht nur wegen der beiden Sprengstofffabriken, die den Ort westlich und östlich flankieren, ein Pulverfass sei, sondern auch politisch. Die erwerbslose Arbeiterschaft hänge immer radikaleren Ideen an. Er befürchte sogar Aufstände wegen der schlechten Versorgungslage. Bis dann eine Hundertschaft Schutzpolizei aus Hamburg einträfe, könne Schlimmes passieren. Markwart pflichtet ihm bei und erinnert an den erst wenige Wochen zurückliegenden Putschversuch eines gewissen Wolfgang Kapp. Kapp hatte mit Hilfe einiger Freikorps versucht, die junge Republik und ihre demokratischen Errungenschaften wieder abzuschaffen, war aber gescheitert. „Pah! Die Gewerkschaften und die Sozialisten nehmen für sich in Anspruch, mit ihrem Generalstreik allein den Putsch vereitelt zu haben. Dabei hatten wir Beamte durch unsere unerschütterliche Loyalität zur Regierung einen wesentlichen Anteil am Scheitern des Putsches", tönt Schilde. Markwart sieht ihn zweifelnd an. „Kapp war selbst ein preußischer Verwaltungsbeamter, allerdings ein ziemlich hohes Tier. Ich denke, diese unschönen Dinge sind noch nicht vorbei, Herr Schilde. Die Republik steht auf tönernen Füßen. Wenn ich an die in Versailles diktierten Zwänge und auf die gegenwärtige Versorgungslage unserer Bevölkerung blicke, wird mir klamm ums Herz und in sechs Wochen sind Reichstagswahlen." „Dennoch, dafür, dass Reichspräsident Friedrich Ebert ein Sozi ist, hat er die Dinge ganz gut im Griff", bewertet Schilde die Situation. Trotzdem trauert er dem Vorkriegs-Kaiserreich unter der Regentschaft seiner Majestät Wilhelm Zwo ein wenig nach. Die Polizei hatte im Kaiserreich stattliche blaue Uniformen mit schräg verlaufender goldener Knopfleiste und anderem Zierrat. Dazu trugen sie Pickelhauben und Säbel – das sah nach etwas aus – dagegen die schmucklosen blassgrünen Uniformröcke, die sie jetzt hatten. Aber ein Beamter, besonders ein Polizeibeamter, hat sich stets der Regierung gegenüber loyal zu verhalten, die gerade das Zepter der Macht in den Händen hält. Und jetzt sind eben die Sozis am Ruder.

Nele sitzt allein am Küchentisch und löffelt lustlos ihren Eintopf. Warum ist ihr Vater so streng mit ihr? Was hatte sie vorhin denn

Schlimmes getan? Die Sache mit dem kaputten Fahrrad, die sie ihm noch nicht gebeichtet hatte, wenn er sie dafür ausschimpft und bestraft, das könne sie ja verstehen. Vater verhält sich immer noch wie im Kaiserreich, das sie nur als Kind während des großen Krieges wahrgenommen hatte. Vater ist ein richtiger Chauvinist. Das Wort kennt sie erst seit wenigen Tagen. Jemand von der Gemeindeversammlung, eine Abgeordnete der USPD, hatte das Wort benutzt und ihr erklärt. Außerdem haben wir jetzt eine Republik, und da haben alle Leute Rechte, auch die Frauen. Die dürfen nämlich jetzt wählen und gewählt werden. Seit dem letzten Jahr sitzen sogar drei Frauen in der Geesthachter Gemeindeversammlung. Sie selbst ist noch zu jung, aber Mutter und auch Linde, die dürfen wählen. Fahrradfahren dürfen Frauen sowieso. Ihr Vater verbietet es ihr trotzdem. Wie gern hätte sie ein eigenes Fahrrad. Es gibt sogar Radfahrvereine für Frauen, aber sie ist nur Mitglied im Jungfrauenverein. Die Bezeichnung Jungfrauenverein bezog sich auf junge Frauen und nicht auf Jungfrauen. Sie übten dort Volkstänze und führten sie auch manchmal vor. Wenn es nach Papa geht, ärgert sie sich, hat sie stets artig bei der Hausarbeit zu helfen und irgendwann einen tüchtigen Beamten zu heiraten. Dann hätte sie ihrem Eheherrn den Haushalt zu führen, sich um Kinder, Wäsche, Essenkochen und den Hausputz zu kümmern, im Übrigen jedoch den Mund zu halten, wenn es um wichtige Dinge geht. Jetzt hat er sie auch noch vom gemeinsamen Abendessen verbannt. Dabei hätte sie zu gern erfahren, was ihr Vater und der Kriminalbeamte aus Ratzeburg über den Toten in Krümmel zu berichten haben. Wenigstens hatte sie ihrem Vater vor einigen Wochen abgerungen, einige Stunden in der Woche in der Gemeindeverwaltung aushelfen zu dürfen. Was hatte es sie für Überredungskünste gekostet, aber am Ende ließ Vater sogar seine Beziehungen als Leiter der Geesthachter Polizei spielen. In der Gemeindeverwaltung schätzt man ihre Arbeit. Interessant ist es auch. Sie bekommt dort einiges mit, was gerade beschlossen wurde, wofür Gelder beantragt werden mussten und solche Dinge. Manches versteht sie zwar noch nicht richtig, aber sie hat trotzdem schon eine Menge gelernt.

Frau Hartung ist noch wach, als ihr Sohn sich in ihre Behausung schleicht. „Paul! Bist du es?" „Ja, Mutter!" „Die Polizei war hier, wollte dich sprechen. Hast du was Kriminelles gemacht?" „Nein, Mutter. Ich habe die beiden vorhin gesehen und mich drüben bei der Fabrik versteckt." „Warum versteckst du dich, wenn du nix gemacht hast?" „Der Kerl mit der Uniform hat mich heute morgen schon befragt. Ich hatte keine Lust, noch mehr dämliche Fragen zu beantworten, habe Kopfweh." Frau Hartung drückt sich aus ihrem Korbstuhl und tritt energisch auf ihren Sohn zu. Sie blickt zu ihm hoch, ist fast zwei Köpfe kleiner als er. „Die Kerle von der Polizei werden wiederkommen. Hör zu Paul, ich will hier keinen Ärger. Das Leben ist auch so schon schwer genug. Morgen suchst du dir endlich Arbeit! Mir fehlt das Geld von dem Untermieter, den ich deinetwegen rausgesetzt habe." Paul verschwindet wortlos in der winzigen Schlafkammer. Wenigstens hat er nicht getrunken, denkt Frau Hartung.

Paul lässt sich auf seinem Bett nieder. Er hatte am Nachmittag oben am Tafelberg gesessen und auf die Elbe geblickt, um in Ruhe nachzudenken, und um dem dauernden Lamento seiner Mutter zu entkommen.

Geesthacht - Tag 2, Donnerstag

Oberwachtmeister Schilde im akkurat sitzenden grünen Uniformrock, glänzend polierten Stiefeln, den Tschako auf dem Kopf, den Schnurrbart gezwirbelt, verlässt das Haus um fünf Minuten vor halb acht in der Frühe. Um Punkt halb acht will er sich mit Markwart auf der Polizeiwache treffen und diesen Paul Hartung festnehmen. Er hatte gestern Abend für sich beschlossen, Markwart nicht mehr insgeheim als blasses Bürschchen zu titulieren. Vor dem Hintergrund, dass er erst 25 Jahre alt ist, kann man ihn durchaus als kompetenten Kriminalbeamten bezeichnen. Ein gebildeter, loyaler Beamter des gehobenen Dienstes mit anständigen Manieren. Ein bisschen sensibel vielleicht und nun ja, er ist offensichtlich Abstinenzler und hatte nicht gedient, aber darüber kann man hinwegsehen. Dass der junge Kerl im Dienstrang höher steht als er, der bald 30 Jahre Polizeidienst auf dem Buckel hat, wurmt ihn ein bisschen. Aber so ist es nun einmal. Also: „Frisch ans Werk!", denkt er gerade, als Ottilie Krüppgans ihm zügigen Schrittes entgegen kommt, seine Nachbarin und größte Klatschbase von Geesthacht. Sicher wird sie ihm gleich wegen der Leiche am Wasserturm auf die Nerven gehen. „Einen schönen guten Morgen, Herr Schilde. Geht es der Nele denn wieder besser?" Wenn Ottilie mit einer Amtsperson redete, bemühte sie sich hochdeutsch zu sprechen, ansonsten redete sie nur plattdeutsch. „Nele? Wieso soll es ihr nicht gut gehen, Frau Krüppgans?" „Na, die ist doch gestern Abend mit dem Fahrrad so doll hingefallen - direkt vor Ihrer Gartenpforte. Mein Friedrich und ich wollten schon raus, dachten: Die arme Nele, hoffentlich hat sie sich nichts getan. Aber sie ist wieder aufgestanden und hat das Fahrrad schnell in den Garten geschoben." „Meine Tochter Nele? Mit dem Fahrrad gestürzt? Sie hat doch gar kein ..." „Ganz sicher war es Ihre Tochter! Frau Nevermann von nebenan hat es auch gesehen." „Nun, Frau Krüppgans, jedenfalls hat sie sich offensichtlich nicht verletzt. Gestern Abend war sie gesund und munter." Der Glockenschlag von der Sankt-Salvatoris Kirche weht herüber – halb acht! „Ich muss los, Frau Krüppgans, guten Tag." Er tippt sich mit der Hand an den Tschako und geht eilig davon. „Hat Sie doch trotz strengem Verbots

mein Dienstfahrrad benutzt, diese Göre! Na, die kann was erleben!",
knurrt er.

Markwart ist bereits am Telefonieren, als Schilde die Wache betritt. Peters ist gerade auf Streife. Schutzpolizist Pehmöller sitzt am
Schreibtisch und beißt von seinem Rundstück ab. Essen während
des Dienstes und der ganze Schreibtisch voller Krümel, Schilde
schüttelt den Kopf. „Wenn du in Ruhe zu Ende gefrühstückt hast,
sag nur Bescheid, Pehmöller. Wir haben noch eine Festnahme vorzunehmen", spricht er mit triefendem Sarkasmus. Schupo Pehmöller schluckt eilig seinen Bissen hinunter, verschluckt sich und muss
husten. Dann springt er auf und folgt Schilde nach draußen. Markwart hatte, den Telefonhörer am Ohr, signalisiert, dass sie den Verdächtigen ohne ihn in die Wache bringen sollen.

„Sie schon wieder!", meckert Hedda Hartung, als sie Oberwachtmeister Schilde vor ihrer Haustür erblickt. „Paul! Paul raus aus den
Federn, die Polizei steht vor der Tür!", keift sie. Kurz darauf er-
scheint Paul Hartung in grauer Unterwäsche im Flur. Er hat einen
Lumpen um den Kopf gewickelt, der seine Kopfverletzung bedeckt.
„Herr Hartung, ziehen Sie sich an! Wir müssen Sie mitnehmen", ver-
kündet Schilde. „Was hat er denn gemacht? Mit seinem versoffenen
Schädel eine Eisenbahnschiene ramponiert?", lästert Frau Hartung,
während ihr Sohn wortlos in seiner Schlafkammer verschwindet.
„Wir haben ein paar Fragen an ihn."

„Was wollen Sie denn noch? Ich habe Ihnen doch schon alles gesagt", beteuert Hartung, als er, flankiert von Schilde und Pehmöller,
die Große Bergstraße entlang geht. Pehmöller hält ihn mit festem
Griff am Ellbogen. „Das werden Sie schon früh genug erfahren",
knurrt Schilde. Vor dem Lindenhof an der Kreuzung zur Fährstraße
steht Ottilie Krüppgans mit zwei anderen Frauen ihres Kalibers,
neugierig zu ihnen herüber blickend. Na, dann weiß ja heute Mittag
die ganze Stadt, dass wir jemanden abgeführt haben, ärgert Schilde
sich.

Schilde ist enttäuscht, dass Kriminalsekretär Markwart fordert,
die Vernehmung selbst zu übernehmen. Markwart hatte zuvor

persönlich Hartungs Fingerabdrücke auf Papier gebannt und in seinen Unterlagen verstaut. Schilde zieht sich an seinen Schreibtisch zurück und macht sich an den Bericht des gestrigen Tages. Die Vernehmung bekommt er ja trotzdem mit.

Hartung sieht mitgenommen aus, was an seiner Kopfverletzung liegen mag, ängstlich oder verdächtig wirkt er nicht. „Waren Sie wegen ihrer Verletzung beim Arzt?", fragt Markwart. „Nein." „Dann erzählen Sie mal! Sie waren bis vor kurzem bei der Marine. Seit wann sind Sie wieder in Geesthacht?" „Seit einer knappen Woche." „Was haben Sie vorgestern am Tag gemacht?" „Mittags war ich in der Suppenküche, danach auf Arbeitssuche." „Wo?" „In Krümmel auf der Dynamitfabrik." „Aha, soso!", macht Markwart und notiert etwas. „Und? Hat man Sie eingestellt?" „Natürlich nicht, die suchen niemanden zurzeit." „Mit wem haben Sie dort gesprochen?" „Weet ick doch nicht. Der Wachmann hat mich gleich abgewiesen, der Mors!", erregt Hartung sich. „Und dann?", fragt Markwart. „Bin ich zurück. Hab noch bei den Hartsteinwerken gefragt. Die hatten auch keine Stelle frei." „Sind Sie mit dem Zug nach Krümmel und zurück gefahren?" „Die befördern nur Werksangehörige." „Also zu Fuß", bemerkt der Kriminalsekretär und notiert es. „Später habe ich am Hafen den Ludwig Schwiertz getroffen, ein ehemaliger Schulkamerad. Wir haben ein bisschen geredet, was wir im Krieg erlebt hatten. Dann hat er mich auf ein Bier bei Mosel im *Deutschen Haus* eingeladen", berichtet Hartung von sich aus weiter. „Wie spät war es zu dem Zeitpunkt?" „Naja, wir haben ja vorher eine Zeitlang am Hafen verbracht. Als wir bei Mosel eintrafen, war es noch hell, vielleicht acht Uhr abends." „Mit wem haben sie dort den Abend verbracht." Hartung konzentriert sich kurz. „Hartwig Lange, Hermann Drewitz, Walter Pritschwaltzki, Karl-Heinz Hellmann und Ludwig, der mich eingeladen hatte." „Sie hatten sich sicher viel zu erzählen?", fragt Markwart, während er die Namen notiert. „Ja, wir hatten uns jahrelang nicht gesehen. Bis auf Hermann waren alle im Krieg gewesen, Walter sogar bei der Marine." „Waren außer Ihren Bekannten noch andere Leute dort?" „Ja, wenige, aber ich kannte keinen von denen." „Wann haben Sie das Lokal verlassen?" „Weiß ich nicht mehr. Wir waren viele Stunden dort. Irgendwann wollten sie schließen." „Waren alle bis zum Schluss da?" Hartung überlegt angestrengt. „Pritschwalski ist schon früh gegangen, hat kaum etwas getrunken. Der ist ziemlich angeschlagen durch seine Kriegsverwundung. Der wohnt jetzt auf dem Gelände der Lungenheilstätte, soweit ich weiß. Ludwig ist mit mir raus auf den Marktplatz, kurz darauf haben sich unsere Wege getrennt. Weiß nicht mehr wo." Schilde mischt sich ein. „Was hatten Sie denn auf den Gleisen am Elbufer verloren? Sie hätten doch nur durch die Große Bergstraße gehen müssen. Also, weshalb sind Sie nicht direkt nach Hause gegangen?" „Kann mich nicht mehr genau erinnern. Wahrscheinlich bin ich einen Umweg gelaufen. Ich war voll, wie 'n Amtmann und es war stockfinster, Herr Wachtmeister!" „Oberwachtmeister!", korrigiert Schilde. „Und dann sind Sie immer weiter gelaufen und haben irgendwann wieder in Krümmel vor dem Werkstor gestanden", vermutet Schilde. Er ist der Meinung, dass Markwart den Verdächtigen viel zu vorsichtig befragt. Markwart wirft Schilde einen ärgerlichen Blick zu. „Nein, Sie wissen doch, wo Sie mich auf den Schienen gefunden haben", meckert Hartung. „Ihr Kopf zeigte in Richtung Geesthacht, als wir Sie fanden. Also kamen Sie aus Richtung Krümmel! Und die Kopfverletzung haben Sie doch nicht von dem Sturz?" „Das ist doch absurd. Was wollen Sie mir für ein Verbrechen andichten?" „Sie wissen, was vorgestern Nacht in Krümmel passiert ist?", kommt Markwart Schilde zuvor. Hartung schüttelt langsam den Kopf. Scheinbar hatte es sich noch nicht bis zu ihm herumgesprochen. „Herr Hartung", fährt Markwart fort, „Kennen Sie Herrn Herbert Zantek?" „Nein, wer soll das sein?" „Er wurde ermordet." „Und jetzt verdächtigen Sie mich?" Markwart sagt nichts, fragt stattdessen: „Sie wissen was ein Palstek ist?" „Wollen Sie mich veräppeln, Herr Kommissar?" „Kriminalsekretär!", korrigiert Markwart. „Ich bin gelernter Bootsbauer und danach viele Jahre auf einem Kriegsschiff gefahren. Einen Palstek knote ich Ihnen mit verbundenen Augen auf dem Kopf stehend!"

Nele musste heute nicht in die Schreibstube des Gemeindeamtes. Daher half sie ihrer Mutter tatkräftig. Tatkräftiger als üblich, um schon mal im Voraus für Schönwetter zu sorgen, bevor heute Abend das Donnerwetter wegen des kaputten Fahrrades über sie hereinbrechen würde. Heute ist Waschtag. Sie hatten früh am Morgen ein Feuer in dem steinernen Ofen unter dem Waschtrog entzündet und die beißende Waschlauge erhitzt, dann die Kochwäsche hineingegeben und mit Holzpaddeln gerührt. Die Waschlauge hatte wie Feuer an ihrer Schürfwunde gebrannt. Beim Kurbeln der Wringmaschine hatten sie sich abgelöst. Über den gestrigen Abend hatten Mutter und sie nicht geredet. Jetzt hängt Nele im Garten die Wäsche auf, während ihre Mutter das Mittagessen vorbereitet. Nele hatte sich durch die harte Arbeit von ihrem schlechten Gewissen abzulenken versucht. Immer wieder blickt sie zum Schuppen, wo noch niemand das kaputte Fahrrad entdeckt hat. Vielleicht ist das Vorderrad gar nicht so schlimm verbogen und es fällt nicht auf, hofft sie immer wieder und weiß doch, dass das nicht stimmte. Schließlich schleicht sie in den Schuppen. Dort steht es das schwarze *Schlachtross* ihres Vaters. Sie hebt es am Lenker an und dreht das Vorderrad. Es eiert ganz schrecklich. Wie kann man es nur reparieren, dass Vater es bloß nicht merkt. Er ist sicher wieder den ganzen Tag in Krümmel, wo sie den Toten gefunden haben und kommt erst am Abend. Aber spätestens morgen wird er das kaputte Rad entdecken.

„Hess schon hört, Elfriede", ruft Ottilie Krüppgans über den Gartenzaun. „Din Mann hett den Mörder schon afführt hüüt Morgen!" „Kiek an, Ottilie!" hört Nele, die hinter der offenen Schuppentür verborgen bleibt, die Stimme ihrer Mutter. „Und weet keen dat weer?" „Nee, Ottilie, säch mol!" „Paul Hartung. Seit einer Woche wedder dor und da mookt de glix eenen dot! Sowat awer ook! Ick kenn den noch as ´n lütten Bengel. Weer domols schon ´n bannigen Rotzlöffel." „Dat kanns man seggen!", bestätigt Elfriede. „Ach, dor is ja die Nele!", krakelt Ottilie, als sie die Polizistentochter an der Schuppentür entdeckt hat. „Mama, ich glaub in der Küche kocht was über!", ruft Nele mit gespielter Aufregung dazwischen, ehe Ottilie Krüppgans Neles Fahrradsturz, der ihr sicher nicht entgangen ist, herausposaunt. „Ogottogott die Graupensupp! Ick mutt inne Köök, Ottlilie", ruft Elfriede Schilde und rennt mit wehender Schürze ins Haus.

Nach dem Mittagessen beschließt Nele, ihrer Freundin Linde einen Besuch abzustatten. Wenn Vater erst von dem kaputten Dienstrad erfährt, bekommt sie mit Sicherheit Stubenarrest. Daher muss sie die Gelegenheit nutzen noch einmal hinaus zu kommen. Schnell erledigt sie den Abwasch und tritt auf die Marktstraße. Linde wohnt in der Mühlenstraße in einer Dachwohnung, keine zehn Minuten Fußweg. Die Wohnung teilt sie sich mit einer Cousine und deren beiden Kleinkindern. Linde ist Kriegswitwe. Sie hatte 1916 einen jungen Mann aus Geesthacht geheiratet. Kurz nach der Hochzeit musste er wieder an die Front und ein paar Wochen später kam die Nachricht, dass er auf dem *Feld der Ehre* für Kaiser und Vaterland gefallen sei. Linde hatte danach zwei Jahre auf der Düneberger Pulverfabrik gearbeitet. Jetzt lebt sie von einer kargen Kriegswitwenrente und Gelegenheitsarbeiten. Schon vor dem Haus hört Nele das Geschrei der Kinder. Sie öffnet die Haustür und steigt die Treppe hinauf.

„Nele, schön dass du mich besuchen kommst!", begrüßt Linde sie. Sie hat eines der Kleinkinder, einen quengelnden dreijährigen Jungen, dem der Rotz aus der Nase läuft, auf der Hüfte sitzen. Das kleinere Kind, ein Mädchen, liegt in einer Wiege und brüllt wie am Spieß. „Passe gerade auf die Bälger von Henni auf. Sie muss dringend etwas besorgen." Sie reicht Nele den rotznäsigen Jungen, um sich um das brüllende Mädchen zu kümmern. „Sie hat schon wieder die Windeln voll!", rümpft Linde die Nase. Nele setzt sich auf einen Korbstuhl und wiegt den kleinen Jungen auf ihrem Schoß, während Linde der Kleinen die Windeln wechselt. Der Junge ist ziemlich müde und weint. Kurz darauf haben sie es tatsächlich geschafft, dass beide Kinder eingeschlafen sind. „Wenn Henni zurück ist, können wir ja an die frische Luft gehen, das schöne Wetter genießen. Nele berichtet ihrer Freundin von ihrem Missgeschick mit Vaters Fahrrad und dass er sowieso schon sauer auf sie ist, weil sie sich angeblich nicht wie eine Beamtentochter benimmt. Linde lacht nur, wie sie es meistens tut, wenn Nele von den konservativen Ansichten des Oberwachtmeisters berichtet. „Das Vorderrad kann man bestimmt wieder gerade biegen. Das ist doch nicht so schlimm! Außerdem weiß ich gar nicht, was dein Vater sich immer so aufregt. Ich finde du bist wirklich eine brave, folgsame Beamtentochter." „Ich will aber gar nicht so brav sein", schmollt Nele. „Bist du aber, Kleines!" Linde streichelt ihr zärtlich über die Wange. „Gottseidank ist Vater im Moment sehr beschäftigt, wegen des Toten in Krümmel." „Ich habe davon gehört. Hoffentlich finden sie den Mörder bald", entgegnet Linde. „Ich glaube, mein Vater hat ihn schon verhaftet. Jedenfalls erzählte Frau Krüppgans vorhin sowas." „Und? Hat sie auch gesagt, wer es ist? Ein Geesthachter?" Nele versucht sich an den Namen zu erinnern. „Der heißt Paul Hartung", fällt ihr ein. „Was? Der?" „Kennst du ihn etwa? Der soll erst seit ein paar Tagen wieder in Geesthacht sein." „Und ob ich den kenne", seufzt Linde. Nele sieht sie fragend an. „Meine erste Liebe. Habe ein paarmal mit ihm getanzt, er hat mich geküsst, ich habe mir Hoffnungen gemacht, dass mehr daraus wird. Ich war damals erst sechzehn Jahre alt." Sie schweigt. „Und warum wurde nicht mehr daraus?", hakt Nele nach. „Er hatte andere Pläne, ging zur Marine. Zweimal hat er mir noch geschrieben. Ich habe die Briefe weggeworfen, weil ich enttäuscht war. Später hatte ich gedacht, er wäre womöglich gefallen. Dann habe ich Georg kennengelernt, und kurz darauf haben wir geheiratet – Kriegsheirat! Ein paar Wochen später ...", sie bricht ab, sieht nachdenklich auf den Boden und murmelt: „Aber der Paul, der bringt doch keinen um."

Paul Hartung geht in der provisorischen Arrestzelle, welche man im alten Pastorat hinter den Räumen der Kriminalpolizei eingerichtet hatte, auf und ab. Eine Sauerei, dass sie ihn verdächtigen und hier festhalten – Vorläufige Ingewahrsamnahme, hatte der Polizist es genannt. Er hatte nichts Verbotenes getan - er, Obermaat Hartung, Träger des Eisernen Kreuzes.

Am späten Vormittag hatten Schilde und Markwart sich mit der Eisenbahn auf den Weg nach Krümmel gemacht. Erneut hatte der Schaffner lamentiert, gegen die Beförderungsbedingungen zu verstoßen. „Ja, ja, Herr Eisenbahndirektor!", hatte Schilde ihn angeblafft und leise ein „Klei mi am Mors!" hinzugefügt. Zuvor hatte Markwart mit diversen Dienststellen telefoniert, dass die Fräuleins in den Vermittlungsstellen wunde Finger bekommen mussten von der Stöpselei. Immerhin, Kommissar Froschleib würde am Nachmittag in Krümmel eintreffen, um die Leitung der Ermittlungen dort zu übernehmen. Die Hamburger Mordkommission würde ein Auto schicken, das die Leiche in die Gerichtsmedizin in die Hansestadt bringen würde. Ein Kriminalbeamter aus Hamburg würde ebenfalls an den Ermittlungen beteiligt werden. Wahrscheinlich würde die Polizeiwache Geesthacht im Verlaufe der Ermittlungen als Einsatzzentrale dienen. „Am Abend müssen wir diesen Hartung wieder rauslassen, sofern wir nicht belastendes Material gegen ihn finden, Herr Oberwachtmeister." Schilde ist anderer Meinung. Für ihn ist der Hartung sehr verdächtig und er ist in einer Art aufsässig, die ihm ausgesprochen missfällt.

Meinecke, der Leiter der Wachmannschaft, empfängt Markwart und Schilde am Werkstor der Dynamit-Aktien-Gesellschaft. Er führt sie diesmal in das nahegelegene Verwaltungsgebäude, wo Oberwachtmeister Krogmann ein leerstehendes Bürozimmer requiriert hatte, um die von Markwart telefonisch angewiesenen Vernehmungen vorzunehmen. Er hatte sich dabei auf wenige Fragen zu beschränken und von jedem Fingerabdrücke zu nehmen. „Wie viele Männer befanden sich denn in jener Nacht offiziell auf dem Werksgelände?", fragt Markwart weiter. „Dr. Giesel, der Betriebsleiter der Nitrocellulosefabrik, Ernst Ahrens, als Vertreter des Werkstattmeisters, vier Wachmänner, zwei Feuerwehrmänner, zwei Vormänner und 14 Arbeiter." „Wie viele von ihnen haben Sie bereits vernommen?" „Bis auf Dr. Giesel und zwei Arbeiter alle. Niemand hat etwas Verdächtiges bemerkt - wie auch - die Männer arbeiteten überwiegend getrennt in verschiedenen Gebäuden." „Gute Arbeit, Herr Krogmann! Dann hoffen wir mal, dass die Kollegen aus Hamburg bald hier sind und die Leiche untersuchen können." Dass sein Vorgesetzter Kommissar Froschleib aus Ratzeburg bald eintrifft, gefällt ihm nicht so sehr. Einer der Wachschutzleute betritt den Raum. „Draußen sind zwei Reporter von der Zeitung. Sie wollen über den Mordfall berichten." „Auch das noch!", knurrt Markwart. Dann wendet er sich an die Polizisten: „Männer, wir sollten die Zeit nutzen und uns auf dem Werksgelände gründlich umsehen. Wir haben den eigentlichen Tatort noch nicht gefunden. Suchen Sie zunächst den Werkszaun auf Beschädigungen ab. Möglicherweise kam der Täter illegal auf das Fabrikgelände. Bilden Sie zwei Gruppen." Er weist auf die beiden Oberwachtmeister. „Gut, wir beide und wer bildet die zweite Gruppe?", knurrt Schilde, dem der Gewaltmarsch über das ausgedehnte Werksgelände gar nicht behagt. „Meinecke stellt jedem von Ihnen einen seiner Wachmänner zur Seite. Oberwachtmeister Krogmann, Sie gehen im Uhrzeigersinn am Werkszaun entlang. Oberwachtmeister Schilde, Sie gehen in die entgegengesetzte Richtung. In der Mitte werden sie sich begegnen. So wird der Zaun von beiden Gruppen unabhängig komplett abgesucht", erklärt Markwart, „ich werde mich währenddessen um die Zeitungsleute kümmern. Übrigens wegen der laufenden Ermittlungen geben wir den Namen des Opfers zunächst nicht preis."

Wider Erwarten besteht Wachschutzleiter Meinecke sogar darauf, Schilde persönlich entlang des Werkszaunes zu begleiten. Vom Werkstor her hören sie das Bellen der Hunde. „Sie haben Wachhunde, weshalb lassen wir nicht einen der Hunde an der Leiche schnuppern und nehmen ihn mit auf Patrouille?", schlägt Schilde vor. „Meinetwegen", knurrt der Wachschutzleiter unwillig. Wir müssen dann aber den ganzen Hang hinauf zum Kühlhaus 4, wo sich der Tote befindet."

Später gehen sie, Wachhund Caesar an der Leine führend, in Richtung der sogenannten *Schiefen Ebene*. Schilde, in dessen Elternhaus es stets einen Hund gab, hatte angeboten das Tier zu führen. Er hatte sich allerdings gewundert, dass Caesar für einen Wachhund sehr zutraulich ist. Ob der Hund als Wachhund abgerichtet sei, hatte er den Wachschutzleiter gefragt. „Eigentlich schon, aber wenn alle möglichen Leute das Tier streicheln oder mit irgendetwas füttern, verweichlicht so ein Hund irgendwann. Aber wir sind froh, dass wir die Hunde haben", erklärt Meinecke verdrossen. Schilde lässt Caesar erneut an dem Stoffstreifen schnuppern, den sie vom Hemd des Toten geschnitten hatten. Das Tier zeigt sich unbeeindruckt. Schilde blickt hinab auf den kleinen verwaisten Hafen. Den Hang hinauf verläuft ein Industriegleis, das durch ein vergittertes Tor gesperrt ist. „Nur noch selten wird dort etwas verladen", bemerkt Meinecke.

„Das Fabrikgelände ist komplett von einem zweimeterzwanzig hohen Zaun umgeben", erklärt der Wachschutzleiter weiter und weist mit dem Arm Richtung Elbe. „Wie oft kontrollieren Sie den Zaun?" „Jeden Tag. Zuletzt gestern Mittag. Da wies er keine Beschädigungen auf. Meiner Meinung nach, völliger Unsinn entlang des Zaunes nach Spuren zu suchen." Schilde ignoriert die letzte Bemerkung und tritt an den Zaun. Er biegt ein wenig den Draht hin und her. „Nicht unmöglich den Zaun zu überwinden, wenn man in der Nacht mit einem Boot anlandet und eine Leiter dabei hat. Oder man schneidet mit einer Drahtschere ein Loch hinein. Verbrecher könnten hier ziemlich unbemerkt eindringen." Meinecke verdreht genervt die Augen. „Könnten sie. Ja, Herr Oberwachtmeister. Wir können nicht überall gleichzeitig sein. Aber der Eindringling weiß das ja nicht und wir haben Wachhunde und sind bewaffnet. Es wäre ziemlich riskant bei Dunkelheit hier einzudringen."

Meinecke weist auf eine Gruppe von Backsteingebäuden am Elbhang und erklärt: „Die meisten Gebäude in diesem Teil des Geländes wurden erst während des großen Krieges im Rahmen des Hindenburg-Programms gebaut." „Wurde dieses Gebäude auch während des Krieges gebaut?", fragt Schilde und weist auf eine riesige langgestreckte Halle. „Ja", antwortet Meinecke. „Die Holländerhalle, ebenso die neue Schwefelsäurefabrik, das neue Kraftwerk, zahlreiche Lagerhäuser, Nitrierhäuser, die Schwefelkiesverladung und auch der Wasserturm gehören dazu. „Weshalb heißt das große Gebäude eigentlich Holländerhalle?", fragt Schilde, „wurde es von Holländern gebaut?" „Nein. Es heißt so wegen der Mahlwerke, sogenannte Holländer, wie sie auch in der Papierindustrie verwendet werden. Die Nitrocellulose wird damit zu einem Brei vermahlen." „Sie kennen sich ja gut aus", spricht Schilde in einem lobenden Tonfall. Meinecke schweigt. Schilde fragt sich einmal mehr, weshalb der Mörder sein Opfer an den Turm hängt, anstatt es auf Nimmerwiedersehen verschwinden zu lassen. Schließlich gibt es auf der Fabrik genug Säure, um einen Leichnam vollständig aufzulösen oder auf ebenso unappetitliche Weise mittels dieser Maschinen in der Holländerhalle zu beseitigen.

Sie haben das Ende der Halle erreicht und achten auf den Zaun und auf etwaige Spuren, ob jemand hinüber gestiegen ist. Schilde entdeckt ein riesiges Stahlgerüst am Elbufer, von dem mehrere Drahtseile hoch durch die Luft aufs Werksgelände führen. Sie enden in einem Gebäude oben am Hang. „Was ist das?", fragt Schilde. „Eine Drahtseilbahn. Sie haben damit Schwefelkies zur alten Schwefelsäurefabrik gefördert. Die Anlage ist seit Kriegsende stillgelegt." Schilde bleibt stehen und blickt nachdenklich zu den durchhängenden Seilen empor. „Selbst wenn der Mörder ein Zirkusartist ist, über die Seile kommt man nicht ins Werk – unmöglich! Und die Gondeln sind zu klein für einen Menschen", erklärt der Wachschutzleiter kopfschüttelnd. „Aber dort ist ein Tor im Zaun", stellt Schilde fest. „Es ist stets verriegelt", sagt Meinecke und geht weiter. „Wer hat denn den Schlüssel?" „Die Schichtmeister haben einen unter Verschluss und ich habe natürlich auch einen." Er weist auf ein riesiges Schlüsselbund an seinem Gürtel. „Glauben Sie, dass der Mörder jemand aus der Belegschaft ist?", fragt Schilde unvermittelt. „Viele Arbeiter gehören nicht zur Stammbelegschaft, sondern sind in einer befristeten Notstandmaßnahme und haben die Aufgabe Fabrikanlagen zu demontieren oder Aufräumarbeiten durchzuführen. Da sind bestimmt einige Verdächtige dabei, sicher eine Menge Kommunisten unter ihnen, Herr Oberwachtmeister." „Aber nachts ist nur Stammbelegschaft auf dem Gelände?" „Richtig!", bestätigt Meinecke. Sie folgen eine Zeitlang dem Werkszaun, der sich nun von der Elbe entfernt und den Hang hinauf führt. Schilde kann nichts Auffälliges, wie Beschädigungen am Zaun oder verdächtige Spuren feststellen. Der Hund verhält sich unauffällig. Bald darauf kommt ihnen Krogmann in Begleitung eines weiteren Wachmannes entgegen. Caesar gibt Laut und wedelt mit dem Schwanz, als er den Wachmann erkennt. „Etwas Auffälliges entdeckt?", fragt Krogmann. „Nichts!", schüttelt Schilde den Kopf. „Bei uns auch nicht", knurrt Krogmann. Beide Gruppen gehen aneinander vorbei, um die bereits von der anderen Gruppe inspizierte Strecke zu überprüfen, wie Kriminalsekretär Markwart es befohlen hatte. Der Weg entlang des Werkszaunes führt weiter bergan, durch ein kleines Wäldchen, bevor sie wieder offenes Gelände erreichen und der Blick auf ein

Muster aus rechteckig von Sandwällen umgebenen kleinen Gebäuden fällt. „Was wird dort hergestellt?", fragt Schilde. „Es sind Patronierhütten. Dort werden die Geschosshülsen mit Sprengstoff gefüllt. Weil es sehr gefährlich ist, müssen die Gebäude einzeln stehen und mit Schutzwällen umgeben werden – Betriebsvorschrift. Es gibt hier mehr als ein Dutzend solcher Hütten. Aber meines Wissens arbeitet dort seit Längerem niemand mehr – alles stillgelegt", erklärt Meinecke. Plötzlich wird der Hund unruhig, gibt Laut und zieht an der Leine. Schilde lässt ihn erneut an dem Stofffetzen schnüffeln. Caesar nimmt eine Fährte auf und führt die beiden Männer geradewegs auf die Patronierhütten zu.

Geesthacht, zur gleichen Zeit

Nele und Linde gehen spazieren. „Frag doch den Peters mal, ob er dir mit dem kaputten Fahrrad helfen kann. Der ist doch ganz nett", schlägt Linde vor. „Meinst du?", zweifelt Nele. „Klar, du musst ihn natürlich ein bisschen bezirzen, dann macht er das Rad bestimmt wieder heil, ohne es deinem Vater zu erzählen." Nele blickt unglücklich. „Meinst du der kann sowas?" „Klar, soll ich mitkommen? Ich kenne den ganz gut. Na los!" Sie hakt sich bei Nele unter und zieht sie mit sich in Richtung Polizeiwache.

Die beiden Freundinnen haben Glück. Tatsächlich sitzt Schupo Peters allein in der Wachstube über Papiere gebeugt. „Guten Tag, Erwin", begrüßt Linde den Polizisten. Er blickt verwundert auf. „Nanu Sieglinde! Ist etwas passiert?" Dann erblickt er Nele, die entgegen ihrer üblichen Verhaltensweisen, schüchtern in der Tür steht. Nele und Sieglinde, das ist wahrhaftig ein Gespann, denkt er. Mochte die Polizistentochter Flausen im Kopf haben, Sieglinde Wollenweber hatte nicht nur das, sondern es faustdick hinter den Ohren! „Nein, Erwin, es ist nichts passiert, jedenfalls nichts, wo die Polizei offiziell einschreiten muss." Sie lächelt mit einem Hauch Koketterie. Peters errötet. „Nun, was kann ich denn für euch beide tun?", fragt er schließlich. „Meiner Freundin Nele ist ein Missgeschick mit dem Fahrrad ihres Vaters passiert." „Aha! Dachte mir schon so etwas!", spricht er wieder mit amtlicher Strenge. „Ich bin mit einem Fuß auf dem Pedal ein Stück gerollert, mein Kleid hat sich am Pedal verfangen und ich bin gegen die Gartenpforte gefallen. Davon ist das Vorderrad verbogen, es eiert ganz fürchterlich. Und die Lampe hat, glaube ich, auch etwas abbekommen", platzt Nele heraus. „Soso!", macht Peters etwas weniger streng. „Der Herr Oberwachtmeister ist immer so streng mit Nele, Erwin", versucht Linde den Schupo zu besänftigen und schenkt ihm ein weiteres Lächeln. „Und was soll ich jetzt machen?", fragt er. „Erwin, du bist doch immer so geschickt. Du kriegst das Rad bestimmt wieder gerade gebogen. Also, Nele schiebt das Fahrrad hierher und während du es reparierst, besorge ich dir ein großes Stück Butterkuchen von Lohmeyer, und wenn du mich beim nächsten Tanzvergnügen aufforderst, kriegst du bestimmt keinen Korb." „Beamtenbestechung auch noch!", knurrt Peters und lässt ein paar Sekunden verstreichen, bevor er Nele mit einem Kopfrucken signalisiert, dass sie das Fahrrad holen soll.

Niemand ist im Garten. Nele schleicht in den Schuppen und schiebt das Schlachtross heraus. Vor dem Haus gegenüber steht Friedrich Krüppgans und raucht seine Pfeife. Auf Anweisung seiner Frau Ottilie muss er draußen rauchen, steht ziemlich unter ihrem Pantoffel, wie alle Nachbarn wissen. Im Gegensatz zu seiner Frau sagt Friedrich fast nie etwas. Auch jetzt nickt er Nele nur freundlich zu. Auf der Marktstraße kommt Linde ihr entgegen. Sie hatte wohl noch ein wenig mit Peters geplaudert, wegen der Beamtenbestechung. Jetzt ist sie auf dem Weg zum Café Lohmeyer, um den Butterkuchen zu besorgen. Nele hält sie am Arm fest. „Linde, du hast doch selbst kein Geld. Womit willst du den Kuchen nur bezahlen?", flüstert sie. „Lass mich nur machen. Ich habe noch was gut bei dem Konditorlehrling", lacht sie.

„Ohauaha!", stöhnt Peters, nachdem er das Vorderrad mit wenigen Handgriffen ausgebaut hat, „da ist ja `ne ordentliche Acht drin!" „Kriegen Sie es wieder hin?", fragt Nele besorgt. „Mal sehen." Er legt das Rad auf den Boden der Polizeiwache, stellt sich mit einem Fuß auf die Felge und bearbeitet das Rad mit gezielten Fußtritten. Immer wieder hebt er das Rad auf und dreht es prüfend in der Luft. „So, besser krieg ich es nicht hin", spricht er schließlich und baut das Vorderrad wieder ein. Anschließend biegt er die Karbidlampe wieder gerade. „Danke, Herr Peters", sagt Nele artig, „und Sie sagen doch meinem Vater nichts?" Betörender Augenaufschlag! „Lassen Sie das Rad man gleich hier, Fräulein Schilde. Wenn der Herr Oberwachtmeister, also Ihr Vater fragt, sage ich, dass ich angewiesen habe, es mir zu bringen, weil ich es brauchte." Er nickt ihr wohlwollend zu, genau in dem Moment, als Linde mit einem in Papier gewickelten Stück Kuchen hereinkommt, gefolgt von Schutzpolizist Pehmöller. „Mann, Mann, Erwin, kaum ist man auf Streife, da sind gleich zwei hübsche Mädels auf der Wache! Du bist mir einer!", posaunt er heraus. Peters lässt den Kuchen gerade rechtzeitig in einer Schreibtischschublade verschwinden, bevor Pehmöller ihn entdeckt.

Ehe er etwas sagen kann, hören sie ein Pochen und Rufen aus den hinteren Räumlichkeiten der Polizeiwache. „Wann lasst ihr mich endlich raus? Ich habe nichts getan! Außerdem habe ich Hunger!" Nele weiß, dass sich dort, wo die Stimme herkommt, eine Arrestzelle befindet. Ihr Vater hatte sie ihr einmal gezeigt. Peters geht auf Nele und Linde zu und schiebt sie resolut zur Ausgangstür. „So, ihr beiden müsst jetzt mal gehen. Wir haben schließlich noch anderes zu tun!"

„Meinst du, das war der Paul Hartung, der da gerufen hat?", fragt Linde ihre Freundin, als sie die Bergedorfer Straße entlang gehen. „Vermutlich, ich kenne ihn ja nicht." „So ein Quatsch, der murkst doch keinen ab!", schimpft Linde. „Vielleicht ja doch. Der schreckliche Krieg soll viele Männer böse gemacht haben, hat mein Vater mal gesagt. Denk nur an Hennis Mann!" „Ach der! Der ist nicht böse, der ist ein Mors, dass er sie mit den Bälgern sitzen lässt." Mein Glück, denkt sie, denn falls Hennis Mann tatsächlich zurückkommt, würde sie dort wohl nicht mehr wohnen können, und säße auf der Straße. Kurz darauf verabschieden sich die beiden, weil Nele findet, dass sie schon ganz schön lange von zu Hause weg ist und sie will heute nichts machen, was die Laune ihrer Eltern verschlechtern könnte, auch wenn ihre Sorge wegen des Fahrrades sich weitgehend in Luft aufgelöst hatte.

Krümmel, auf dem Gelände der Dynamit-AG - nachmittags

Wachhund Caesar gibt Laut vor einer Gittertür, die einen tunnelartigen Durchgang durch den Sandwall zu einer der Patronierhütten verschließt. Über dem Gelände sind kreuz und quer Drähte gespannt - Blitzableiter, wie Meinecke zuvor erklärt hatte. „Muss erst dem Betriebsleiter Bescheid sagen und den Schlüssel holen. Da darf aus Sicherheitsgründen niemand ohne Genehmigung hinein." „Vielleicht können wir über den Wall steigen", schlägt Schilde vor, der einen zusätzlichen Fußmarsch vermeiden will und es gar nicht einsehen will, dass die Polizei bei einer Mordermittlung vor einer verschlossenen Tür warten muss. „Das Übersteigen der Schutzwälle, Herr Oberwachtmeister, ist strengstens verboten – auch für die Polizei! Sie bewegen sich nicht vom Fleck, während ich den Schlüssel hole!" Schilde schiebt den Riegel an der Gitterpforte zurück und öffnet sie. „Ist gar nicht verriegelt, Herr Meinecke!" „Was? Das ist gegen die Sicherheitsvorschriften!", schimpft der Wachschutzleiter. „Vielleicht ist jemand drinnen!", vermutet Schilde und folgt dem an der Leine ziehenden Hund auf das Gelände. „Halt! Ich gehe voran. Das ist gefährlich!", bestimmt Meinecke mit schneidendem Tonfall und zieht seine Luger aus dem Holster. Möglicherweise ist es auch gefährlich, hier mit einer Pistole herumzuhantieren, überlegt Schilde, wo er nicht einmal seine Zündhölzer mit auf das Werksgelände nehmen durfte. Ihm wird ein wenig mulmig. Auch die Eingangstür zur Patronierhütte ist nicht verriegelt, wie es Vorschrift wäre, solange dort niemand arbeitet. Caesar bellt erneut und zerrt an der Leine. Schilde klopft ihm beruhigend das Fell. „Halten Sie den Hund fest und bleiben Sie am Eingang stehen!" befiehlt Meinecke und schaltet das elektrische Licht ein. In der Mitte des Raumes befindet sich eine Maschine mit einem großen Handrad an der Seite und einem Metalltrichter obendrauf. Einige Kästen mit Metallhülsen stehen herum, weitere Hülsen liegen auf dem Boden, als ob jemand vor Kurzem etwas hergestellt hat. „Wir müssen sofort die Fabrikleitung informieren", entscheidet Meinecke und schließt die Tür vor Schildes Nase. „Was befindet sich in dem Verschlag?", fragt Oberwachtmeister Schilde und weist auf eine Bretterbude, die direkt an die Patronierhütte angebaut ist und eine eigene Eingangstür hat. Der

Hund hatte ihn darauf gebracht, weil er an jener Tür geschnuppert und geknurrt hatte. „Die Arbeiter wechseln dort ihre Kleidung und ihre Schuhe. In den Patronierhütten muss spezielle Kleidung getragen werden." Schilde will die Tür öffnen, aber sie ist verschlossen.

Auf dem Weg zum Verwaltungsgebäude kontrolliert der Wachschutzleiter einige Zugänge anderer Patronierhütten. Sie sind alle ordnungsgemäß verschlossen. „Niemand, der seine Sinne halbwegs beisammen hat, würde seinen Arbeitsplatz in einer Patronierhütte so hinterlassen", schimpft Meinecke, „nach Beendigung der Produktion muss alles pieksauber aufgeräumt werden. Nicht ein Krümel Sprengstoff, Werkzeug oder sonst irgendetwas darf dort liegenbleiben. Alles muss ordnungsgemäß verschlossen werden und die Schlüssel beim verantwortlichen Leiter des Betriebes verwahrt werden. Sie haben keine Vorstellung, wie gefährlich das ist!"

Als Schilde und Meinecke das Verwaltungsgebäude erreichen, sehen sie einen Opel-Lastwagen am Werkstor stehen. Auf der Pritsche steht eine lange Holzkiste, offensichtlich ein Sarg für das Mordopfer. Kommissar Froschleib ist ebenfalls eingetroffen. Froschleib, Markwart und Kommissar Lehnhardt, der Kollege der Hamburger Mordkommission, diskutieren in dem requirierten Bürozimmer über die weitere Vorgehensweise. Krogmann lehnt am Türrahmen und schweigt. „Wir haben neue Erkenntnisse!", platzt Schilde dazwischen. Froschleib bedenkt ihn mit einem herablassenden Blick: „Und wie bitteschön lautet Ihr Name, Wachtmeister, der sich erfrecht eine Besprechung der Kriminalpolizei zu unterbrechen?" „Oberwachtmeister Schilde aus Geesthacht, Herr Kommissar. Während Ihrer Besprechung haben wir auf Anweisung des Herrn Kriminalsekretärs Markwart, das Gelände nach verdächtigen Spuren abgesucht und sind möglicherweise fündig geworden." „Soso, möglicherweise", giftet Froschleib. „Dann berichten Sie mal, Oberwachtmeister!", fährt Kommissar Lehnhardt dazwischen, ehe Froschleib fortfährt, Schilde weiter herunterzuputzen. Schilde informiert die Anwesenden, dass der Hund eine Fährte aufgenommen habe und sie zu der offenen Patronierhütte geführt hat. Dort sähe es so aus, als ob jemand illegal Munition produziert habe und dabei gestört worden sei. Das Ganze lasse möglicherweise einen Zusammenhang zu dem Toten vom Turm vermuten. Zur genauen Inaugenscheinnahme der betreffenden Örtlichkeiten müssen gewisse Sicherheitsvorkehrungen getroffen werden und der Fabrikleiter Dr. Giesel zugegen sein, erklärt Schilde weiter. „Den wollte ich sowieso noch sprechen", wirft Markwart ein. „Die Vernehmung des Herrn Dr. Giesel überlassen Sie gefälligst mir, Herr Kriminalsekretär!", fährt Kommissar Froschleib ihn an, „und ob es einen Zusammenhang zwischen dem Fundort des Opfers am Wasserturm und der offenen Patronierhütte geben könnte, überlassen Sie bitte dem gewogenen Urteil der Kriminalpolizei, Herr Wachtmeister!" „Oberwachtmeister, wenn schon denn schon, Herr Kommissar", blafft Schilde.

Der Betriebsleiter sieht übermüdet aus. Sein Dienst hätte erst am Abend begonnen. Er steht zusammen mit den beiden Kommissaren sowie Markwart, Meinecke, Krogmann und Schilde vor dem Eingang der Patronierhütte. Auch zwei Arbeiter in spezieller Kleidung und Filzschuhen stehen bereit. „Fast alle Patroniermaschinen mussten gleich nach dem Krieg als Reparationsleistung an die Siegermächte abgeliefert werden, genau wie die meisten anderen Maschinen im Werk. Nur in dieser und einer weiteren Patronierhütte stehen noch Maschinen", berichtet Dr. Giesel. „Wann wurde hier regulär zuletzt gearbeitet?", fragt Lehnhardt. „Seit Kriegsende nicht mehr." „Das heißt, der Herr Zantek hat hier nicht gearbeitet?" „Nein, der hatte hier nichts zu suchen", sagt Dr. Giesel. „Gut, dann sehen wir uns den Raum mal an", entscheidet Froschleib. „Meine Herren, die Patronierhütte ist mit Sprengstoff verunreinigt. Ich muss Sie bitten, Filzschuhe zu tragen und äußerst vorsichtig zu sein. Vermeiden Sie es, dass Staub an Ihre Kleidung kommt. Und bitte nur zwei Personen. Ich komme mit hinein. Danach wird der Raum von den beiden Arbeitern gereinigt und verschlossen werden."

„Also wurde hier vor kurzem gearbeitet?" „Ja, die Patroniermaschine wurde nicht gereinigt, überall liegen Hülsen und Werkzeug herum, und in dem Behälter dort befindet sich offener Sprengstoff", empört sich Dr. Giesel. „Wie lange könnte es denn her sein, dass hier jemand drin war und diese Unordnung verursacht hat?"

„Höchstens ein paar Tage. Der Wachdienst kontrolliert das regelmäßig. Es wäre aufgefallen." „Und wo werden die Metallhülsen produziert?" „Wir bekamen sie von einer Metallwarenfabrik geliefert. Wir haben noch einigen Lagerbestand." „Und wo ist die fertige Munition?" Giesel sieht sich um. „Hier sind fertige Granaten." Der Betriebsleiter weist auf eine Kiste mit einem Dutzend der Geschosse. „Vermutlich ist jemand bei der Produktion gestört worden", wiederholt Froschleib Schildes Vermutung. „Genau so sieht es aus", bestätigt Dr. Giesel, „Um welche Munition handelt es sich?", fragt Lehnhardt. Der Betriebsleiter wirft einen prüfenden Blick auf die herumliegenden Hülsen und auf die Patroniermaschine. „Sieben Achtundfünfzig, das übliche Kaliber für einen leichten Minenwerfer." Die Kommissare sehen sich mit der gebotenen Vorsicht alles genau an, fahnden nach Spuren und Anzeichen eines Kampfes, was freilich äußerst riskant wäre inmitten dieser Sprengstoffhölle, meinen beide. „Ich nehme an", fragt Lehnhardt den Betriebsleiter, „dass man die Maschine zur Bedienung an diesem Handrad und dem Hebel berührt?" „Ganz richtig, Herr Kommissar!" „Dann werden wir den Bereich mit der gebotenen Vorsicht auf Fingerabdrücke untersuchen." Lehnhardt beginnt damit einen Hebel und auch die fertigen Granaten vorsichtig mit feinem Rußpulver zu beschichten, um mögliche Fingerabdrücke abzunehmen.

Während die Herren Kommissare mit Dr. Giesel in der Patronierhütte sind, sieht Oberwachtmeister Schilde sich in dem jetzt offenen Anbau um. Er hat immer noch den Hund an der Leine. Die beiden Arbeiter hatten sich dort umgekleidet. In dem Raum befinden sich zwei Spinde und eine hölzerne Bank, sowie ein kleines Steinbecken mit einem Wasserhahn und einer Bürste, um Schuhe oder Kleidung abzubürsten, vermutet er. Der Hund ist immer noch unruhig, gibt vor dem Spind Laut. Schilde entdeckt dort drei Paar Schuhe. „Darf ich mal in die Schränke sehen", fragt er die beiden Arbeiter. „Dor is´ nur unsere Kledage drin!", erklärt einer der beiden und nickt zustimmend. Schilde sieht in die Spinde. Übliche Arbeitskleidung befindet sich darin. „Wem gehört denn das überzählige Paar Schuhe dort?" „Uns nicht, wir haben jeder nur zwei Füße", witzelt einer. Schilde lässt Caesar an dem überzähligen Paar Schuhe schnüffeln.

Vielleicht gehörten sie dem Toten. Der Hund nimmt tatsächlich eine Fährte auf und führt Schilde von der Patronierhütte weg. „Wo wollen Sie hin?", ruft Meinecke hinter ihm her. Die ganze Zeit schon beobachtet er die Polizisten mit Argwohn, als ob ihm die ganze Ermittlung hier in der Patronierhütte gar nicht behagt. „Der Hund hat eine neue Fährte aufgenommen, vielleicht führt er uns zum Tatort", sagt Schilde. Markwart, der gerade nichts zu tun hat, folgt ihm. Meinecke zögert, bevor er sich ihnen ebenfalls anschließt. Caesar führt die Polizisten ein Stück den Hang hinauf und schließlich in ein dichtes Gebüsch. „Caesar, wo willst du denn hin. Ich werde meine Uniform ruinieren!", spricht Schilde. Der Hund bleibt stehen und bellt. „Ist da etwas?", ruft Markwart vom Rand des Gebüsches. Schilde hält einen aufgeweichten Filzschuh in die Höhe. „Was ist das denn?", fragt Markwart. „Solche Schuhe müssen die Arbeiter in den Patronierhütten anziehen", antwortet Meinecke. „Dann gehörte er vielleicht dem Zantek", bemerkt Schilde. „Sind dort weitere Spuren? Blut? Eine Tatwaffe?", fragt Markwart. Schilde sieht sich um. „Nichts, nur der einzelne Schuh." Sie gehen zurück zur Patronierhütte. „Das Opfer hatte keine Schuhe an, als wir es am Turm gefunden haben. Wahrscheinlich passen ihm die Galoschen, die wir in dem Umkleideraum gefunden haben", resümiert Schilde.

„Gute Idee, Herr Schilde, den Wachhund mitzunehmen", lobt Markwart, als sie nach Abschluss der Untersuchungen in der Patronierhütte zurück zum Verwaltungsgebäude laufen. „Wir sollten für die Polizeiarbeit viel häufiger Hunde einsetzen. Ihre Nase ist um ein Vielfaches empfindlicher als das menschliche Riechorgan." So ein Polizeihund, wie der Caesar, das wäre etwas, findet auch Schilde. „Ohne den Hund wären wir nicht darauf gekommen, dass der Tote möglicherweise mit einer illegalen Produktion von Munition in Zusammenhang steht." „Noch wissen wir es ja nicht. Die Herren Kommissare haben zwar Fingerabdrücke abgenommen, die noch ausgewertet werden, jedoch keine weiteren brauchbaren Spuren. Dennoch deutet einiges darauf hin, dass der Herr Zantek illegal in der Patronierhütte Granaten hergestellt hat", bemerkt Markwart. „Und wie kommt der einzelne Filzschuh ins Gebüsch? Da der Hund, die

Fährte aufgenommen hat, ist er vermutlich ebenfalls von dem Opfer." „Ja, das denke ich auch", bestätigt Markwart.

„Haben Sie eigentlich die Zeitungsleute über den Mord informiert?", will Schilde wissen. „Allerdings. Die Kerle wussten natürlich schon, dass das Opfer oben am Wasserturm hing. Kein Wunder – ein Teil der Belegschaft hat den armen Kerl stundenlang dort hängen sehen. Ich habe den Namen des Opfers nicht preisgegeben. Das sollten wir so lange wie möglich geheim halten" „Hoffentlich lesen wir ihn morgen früh nicht trotzdem in den Zeitungen", seufzt Schilde. Die beiden erreichen die Pförtnerei, wo Schilde sich seine Rauchutensilien aushändigen lässt und sich von Markwart und dem Wachmann, der ihnen die ganze Zeit nicht von der Seite wich, verabschiedet. „Ach, vergessen Sie nicht, heute Abend diesen Hartung freizulassen. Wir haben nichts gegen ihn in der Hand und dürfen ihn nicht länger festsetzen", erinnert Markwart, „Ich muss noch zu einer Besprechung mit den beiden Herren Kommissaren", stöhnt er. Diesen Hartung habe ich ganz vergessen, überlegt Schilde, als er den Weg zum Krümmler Bahnhof einschlägt.

„Da laufen sie, die ahnungslosen Kerle von der Polizei." Ich betrachte meine geschwärzte Fingerkuppe. Auch mein Fingerabdruck wird euch nichts nützen – gar nichts! Nirgendwo werdet ihr brauchbare Spuren finden, bevor ich, der Richter, mein Werk vollendet habe und die Schuld dieser Bastarde gesühnt ist. Ich trete aus dem Schatten eines Fabrikgebäudes und blicke den Polizisten hinterher, wie sie schwatzend zum Werkstor gehen.

Als Schilde sich eine dreiviertel Stunde später dem alten Pastorat nähert, erkennt er schon von weitem eine kleine Menschenansammlung. Der halbe Katzberg hat sich versammelt. Schupo Pehmöller versperrt mit seiner stattlichen Figur den Eingang. Er hält einen Karabiner mit aufgepflanzten Bajonett aus der Waffenkammer vor der Brust. Eine zeternde Frauenstimme ist zu hören. „Was ist das hier für ein Tumult?", donnert Schilde. „Da sind Sie ja endlich! Lassen Sie meinen Sohn raus! Er hat nichts verbrochen", schimpft Hedda Hartung. „Jawoll! Rauslassen!", fordern zwei Männer und drei weitere Frauen lautstark. „Ruhe!", brüllt Schilde. „Pehmöller, lassen Sie den Gefangenen raus." Kurz darauf erscheint Paul Hartung in der

Tür und wird mit großem Lamento von seinen Leuten empfangen. „Hartung! Wir haben ein Auge auf dich!", droht Schilde. „Klei mi an Mors!", murmelt Hartung und geht mit den anderen davon. Weitere unflätige Bemerkungen sind aus der Gruppe zu vernehmen. „Aufrührerisches Gesindel!", schimpft der Oberwachtmeister und blickt ihnen grimmig hinterher.

Endlich Feierabend, endlich zuhause, denkt Schilde, als er polternd die Diele seines Hauses betritt. Er hängt seinen Tschako an den Haken. Wie viele Kilometer er heute wohl gelaufen war? Aber sie sind ein ganzes Stück weiter gekommen. Diesen respektlosen Hartung laufen zu lassen, hält er allerdings für falsch. Aber nach diesen neuen Gesetzen, welche die Sozis erlassen hatten, durfte er ihn, ohne stichhaltige Gründe nicht länger festsetzen. „Da bist du ja, Vater!", begrüßt Nele ihn, diesmal vorschriftsmäßig bekleidet, wie es sich für eine Beamtentochter geziemt. „Dein Essen steht auf dem Tisch. Soll ich dir mit den Stiefeln helfen?" „Danke mein Kind", sagt er mit müder Stimme. Aber er wäre kein erfahrener Polizeibeamter, dass ihm nicht sofort auffällt, dass Nele sich verdächtig verhält. Viel zu brav gibt sie sich. Da ist sicher etwas vorgefallen. „Hast du mir etwas zu sagen, meine Tochter?", fragt er argwöhnisch. „Nein, Papa." „Soso", brummt er und setzt sich an den Küchentisch. Müde löffelt er seine Suppe, tunkt ab und zu ein Stück Brot hinein. „Warst du heute im Gemeindeamt, Nele?", fragt Schilde unvermittelt. „Nein, Vater. Morgen habe ich wieder Dienst." Sie sieht ihren Vater fragend an. „Dachte nur, was man dort so redet, wegen des Toten in Krümmel." „Ich kann ja Morgen ..." „Du sagst gar nichts dazu, verstanden!" „Nein Vater, natürlich nicht." „Aber du sperrst deine Ohren auf und erstattest mir Bericht!" „Ja, Vater. Ich denke, du hast den Mörder schon verhaftet", spricht sie, um ihrem Vater doch noch etwas zu dem Fall in Krümmel zu entlocken. „Wer sagt das denn?" „Alle reden darüber!" „Wir haben nur einen Verdächtigen vernommen. Er ist wieder auf freien Fuß gesetzt." „Glaubst du denn, dass er es war?", hakt sie weiter nach. „Schluss jetzt, bring mir lieber ein Bier und die Zeitung!"

Geesthacht - Tag 3, Freitagmorgen

Claus Wiechmann, ein weiterer Wachtmeister sitzt am Schreibtisch, als Schilde am nächsten Morgen die Polizeiwache betritt. Wiechmann, eigentlich ein Bergedorfer, verstärkt gelegentlich die Geesthachter Polizei. Er ist starker Raucher mit nikotingelbem Schnurrbart. Die ganze Wachstube ist bereits verqualmt. „Moin Wiechmann, keiner da heute Morgen?" „Immerhin bin ich da. Deinen Schupo habe ich schon auf Streife geschickt." „Soso!", knurrt Schilde und öffnet ein Fenster, um frische Luft herein zu lassen. „Und die Herren Kriminaler?" „Peters sagte, die sind in aller Frühe nach Hamburg aufgebrochen, wegen der Gerichtsmedizin und der Auswertung der Beweisstücke und Fingerabdrücke. Nur dieser käsige Kriminalsekretär soll sich noch hier bei euch rumtreiben. Den wollten sie wohl nicht dabeihaben." „Und jetzt haben Sie dich zur Verstärkung hierher geschickt?" Wiechmann nickt. „Soll hier ein paar Tage Dienst schieben, während du wohl die Kriminaler weiter unterstützen sollst!" „Schön, dass ich als letzter davon erfahre", meckert Schilde. Er geht zu seinem Schreibtisch, entnimmt der Schublade ein paar Blätter Papier und legt sie vor Wiechmann auf den Tisch. „Dann kannst du dich ja mit dem liegengebliebenen Fällen beschäftigen, Diebstahl eines Huhns, Waldfrevel, Randale, Beleidigung, Sachbeschädigung an einer Gaslaterne, Erregung öffentlichen Ärgernisses und so weiter. Ich kann mich dann in Ruhe dem Mordfall widmen." Wiechmann würdigt die Papiere mit keinem Blick. Stattdessen wedelt er mit der Zeitung. „Über den Toten aus Krümmel steht alles schon hier drin." Schilde lässt sich die Zeitung reichen, die Geesthacht mit dem Frühzug aus Bergedorf erreichte. Er überfliegt den Artikel. „Verdammt, der Name des Opfers steht bereits in der Zeitung!", schimpft er und wendet sich ab.

Wiechmann lässt sich gern mal nach Geesthacht abordnen, um sich hier ein wenig auszuruhen, ist Schildes Eindruck. Sicher fallen mir im Laufe des Vormittags weitere Aufgaben für ihn ein und sei es nur, um ihm bei seinem Müßiggang einen Strich durch die Rechnung zu machen. Grimmig vertieft er sich in seine Notizen vom Vortag.

Gerade als der 12-Uhr Glockenschlag von der Sankt-Salvatoris-Kirche ertönt und Schilde sich zum Mittagessen an den heimischen Küchentisch begeben will, läutet der Telefonapparat. Es ist Markwart, der von der Dynamit-Aktien-Gesellschaft anruft. Schilde möge doch so schnell wie möglich in Krümmel erscheinen. „So schnell, wie möglich, jawohl Herr Kriminalsekretär!", bestätigt er und hängt auf. „Na, Heinrich? Musst du los?", fragt Wiechmann, der schon mehrmals über den Papieren eingedöst war, jetzt durch das Läuten des Telefons aber hellwach ist. „Ja, Wiechmann, nach Krümmel. Das heißt, du hältst hier die Stellung. Pehmöller, auf Streife!" Dann stapft er in aller Ruhe zu seiner Wohnung und setzt sich an den Küchentisch, wo Elfriede Brathering mit Kartoffelmus serviert. Er ärgert sich über den faulen Wiechmann, der jetzt den ganzen Nachmittag Zigaretten rauchend aus dem Fenster schauen würde. Er macht sich daran, den Hering auf seinem Teller zu zerlegen. „Wo ist eigentlich Nele?", fragt er seine Frau. „Die hat sich heute Morgen etwas zu essen mit zu ihrer Arbeit genommen. Nach der Arbeit wollte sie Sieglinde Wollenweber besuchen." „Gefällt mir gar nicht, dass sie mit der soviel zusammen ist. Die ist doch viel zu alt für sie und mit ihrem Ruf steht es auch nicht zum Besten", knurrt Schilde. „Heinrich, vielleicht ist es gar nicht so verkehrt, wenn sie eine etwas ältere Freundin hat. Außerdem sind die beiden zusammen im Jungfrauenverein. Nele war übrigens sehr fleißig in den letzten Tagen. Du solltest nicht so streng mit ihr sein!"

Schilde hatte beschlossen, mit dem Dienstrad nach Krümmel zu fahren bei dem schönen Wetter. Außerdem ist er es leid, sich erneut mit diesem dämlichen Schaffner über die Beförderungsbedingungen der Werksbahn der Dynamit-AG auseinanderzusetzen. Schon nach wenigen Metern bemerkt er das Schlackern des Vorderrades. „Nanu, das war vorher aber nicht", brummt er. Dann fällt ihm ein, dass Ottilie Krüppgans zwei Tage zuvor beobachtet hatte, dass Nele mit dem Rad gestürzt war. Deshalb war sie gestern Abend so merkwürdig brav. „Die werde ich mir heute Abend mal vorknöpfen."

Eine halbe Stunde später erreicht Schilde schwitzend das Verwaltungsgebäude der Fabrik. Er lehnt das lädierte Dienstfahrrad an die Hauswand.

„Die Kollegen aus Hamburg haben eben angerufen. Sie haben die Fingerabdrücke bereits abgeglichen", teilt Markwart ihm mit. An den Bedienhebeln des Patronierers und an anderen Stellen in der Patronierhütte haben sie tatsächlich Fingerabdrücke des Mordopfers gefunden. Zantek war also dort. Von diesem Hartung wurden übrigens nirgendwo Spuren identifiziert. Die spärlichen Fingerabdrücke an dem Kran und am Flaschenzug oben im Wasserturm konnten nicht sicher zugeordnet werden. Außerdem haben die Gerichtsmediziner festgestellt, dass dieser Herbert Zantek wohl schon einige Tage bevor er gefunden wurde, tot war. An seiner Kleidung befand sich neben den Sprengstoffspuren auch Abrieb von Mauerwerk aus rotem Backstein, sowie Waldboden und Tannennadeln. Ach, und die Schuhe, welche Sie im Umkleideraum der Patronierhütte fanden, passen dem Opfer, wenngleich damit nicht bewiesen ist, dass sie ihm tatsächlich gehörten. Das Seil, mit dem der Tote am Turm aufgehängt wurde, stammt mit hoher Wahrscheinlichkeit aus dem Hauptmagazin der Fabrik." „Interessant. Weshalb haben Sie mich herbestellt, Herr Kriminalsekretär?", fragt Schilde. „Es sind weitere Vernehmungen durchzuführen mit den Arbeitern, die in den vorangegangenen Nächten Schicht hatten. Wir beide werden in den nächsten Tagen zusammenarbeiten. Das ist mit den Herren Kommissaren so abgesprochen." Schilde nickt zustimmend. „Ist der Kommissar Froschleib eigentlich immer so ... na, Sie wissen schon?" „So ein Mors, wollten Sie sagen", errät Markwart. „So wollte ich es eigentlich nicht ausdrücken", grinst Schilde, obwohl er es genau so meinte. Markwart schweigt einen Augenblick, bevor er das Thema wechselt. „Ach, Herr Oberwachtmeister, Sie konnten doch so gut mit dem Hund umgehen. Schauen Sie doch mal, ob Sie sich das Tier ein weiteres Mal ausleihen können. Aber wenden Sie sich am besten an diesen Funke. Dem Meinecke traue ich nicht über den Weg." Den letzten Satz spricht der Kriminalsekretär im Flüsterton.

Geesthacht - zur selben Zeit

Nele hatte sich nach der Arbeit in der Gemeindeverwaltung mit Linde verabredet. Es ist noch früh am Nachmittag und ein wunderbarer Frühlingstag – Kaiserwetter, wie Vater immer sagt. Der blaue Himmel ist betupft mit kleinen Wölkchen. Überall blühen die Obstbäume und der Flieder. Sie wollen einen Spaziergang am Elbufer machen. Als Nele das Haus in der Mühlenstraße erreicht, steht Linde bereits mit einem Fahrrad vor der Haustür. „Linde, wo hast du denn das Fahrrad her?" „Grete Harland hat es mir geliehen, dafür, dass ich ihr einen Gefallen getan habe. Wir können damit gleich einen Ausflug unternehmen", lacht sie. „Wir?", fragt Nele entgeistert. „Ja. Eine fährt, die andere sitzt auf dem Gepäckträger. So macht man das!", erklärt Linde und klopft auf die Wolldecke, die sie auf den Gepäckträger geklemmt hat. „Meinst du, das geht?" „Wieso nicht. Steig auf! Oder willst du fahren?" Nele schüttelt den Kopf. Diesmal ist es zwar ein etwas kleineres Damenrad und nicht Vaters *Schlachtross*, aber mit Linde auf dem Gepäckträger, das traut sie sich nicht zu. „Du bist sicher, dass wir nicht stürzen?" „Nein, bin ich nicht. Könnte durchaus passieren, dass wir umfallen." Nele zögert. „Nun steig schon auf!" Nele setzt sich mit einem mulmigen Gefühl seitwärts auf den Gepäckträger, die Beine auf der kettenabgewandten Seite. Sie hält sich an der Sattelstange fest. Linde stößt sich mit mehreren kräftigen Stößen ab, schlenkert bedenklich umher, gewinnt aber schließlich an Fahrt. „Linde! Nicht so schnell!", quietscht Nele so laut, dass die Leute aus den umliegenden Gärten ihnen kopfschüttelnd hinterherschauen. Später fahren sie einen sandigen Weg zwischen den Dünen entlang und erreichen schließlich die ersten Gebäude der Düneberger Pulverfabrik, wo Linde früher gearbeitet hat. „Wo willst du eigentlich ganz hin, Linde? Hier ist es doch gar nicht schön!" Sie blickt auf die hohen Schornsteine, als sie an den Fabrikgebäuden aus rotem Backstein und der eisernen Ladebrücke am Düneberger Hafen vorbeifahren. „Warts nur ab, wir sind bald da!" Kurz darauf schieben sie das Rad einen schmalen Pfad zwischen hohem Gestrüpp entlang, der auf einen, dem Fabrikgelände vorgelagerten Werder führt. Schließlich erreichen sie einen Teich. Linde breitet die Decke auf einer kleinen Wiese aus, die von zartgrünen Sträuchern umgeben ist. Das Surren tausender Insekten und das Gezwitscher zahlreicher Vögel ist zu hören. Auf dem Wasser schwimmt gerade eine Entenfamilie vorbei. „Guck mal die Küken, wie süß!", ruft Nele verzückt, „woher kennst du dieses wunderschöne Plätzchen?" „Als ich noch auf der Fabrik war, sind wir oft nach Feierabend hergekommen und haben gebadet, manchmal den ganzen Abend hier verbracht, bis es dunkel wurde. Alle nennen diesen See nur *den Korken*. Komm! Gehen wir ins Wasser. Es ist bestimmt nicht mehr kalt", schlägt Linde vor und zieht bereits ihr Kleid aus. Nele zögert. „Du kannst doch schwimmen? Das Wasser ist tief." „Ja, schon", entgegnet Nele, „aber wir haben doch gar keine Badesachen dabei", wendet sie ein. Linde hat sich bereits ihres Unterkleides entledigt. „Badesachen brauchen wir hier nicht!" „Wenn uns jemand sieht, Linde!" „Wer soll uns denn bitteschön sehen, Fräulein brave Beamtentochter?" „Die beiden dort zum Beispiel", sagt Nele und weist hinüber zum nahen Schilf. Linde, die gerade ihr Hemd ausgezogen hat und ungeniert mit entblößten Brüsten dasteht, späht zu den beiden Personen hinüber, die rasch hinter Sträuchern verschwinden. „Ein Liebespaar! Die sind froh, wenn wir sie nicht sehen", kichert Linde und fängt an, Neles Kleid aufzuknöpfen. „Sei kein Spielverderber. Du hast selbst gesagt, dass du nicht immer so brav sein willst." Nele blickt sich noch einmal um, dann zieht sie sich bis auf die Unterwäsche aus. Als sie sich umdreht sieht sie ihre Freundin bis zu den Knien im Wasser stehen – splitternackt! Nein, das traut sie sich nicht. Wie kann ihre Freundin so schamlos sein. Zaghaft taucht sie einen Fuß ins Wasser. „Nele! Zieh die Sachen aus! Die kriegst du sonst nachher nicht wieder trocken." Nele blickt sich um. Niemand ist zu sehen. Dann zieht sie ihr Hemd aus und stakst ins Wasser. Es ist doch ziemlich kalt, findet sie und will das Wasser verlassen, auch weil sie sich unwohl fühlt, so entblößt in der Öffentlichkeit. Dann trifft sie ein Schwall kalten Wassers. Linde spritzt sie nass, kommt lachend auf sie zu. Nele kreischt. „Komm schon, du Frostkötel!" Nele will fliehen, aber ihre Freundin hat sie bereits eingefangen und umfasst sie eng von hinten. Nele spürt Lindes nackte Brüste an ihrem Rücken.

Krümmel, Fabrikgelände der Dynamit-AG - früher Abend

Als Schilde und Markwart endlich Feierabend machen und das Fabrikgelände der Dynamit-AG verlassen, sind sie ziemlich ernüchtert über den Fortschritt der Ermittlungen. Die Vernehmung von zwei Dutzend Arbeitern hatte keine weiteren Anhaltspunkte zu dem Fall gebracht. Keinem der Befragten war etwas aufgefallen, niemand hatte in der Nähe der Patronierhütten gearbeitet. Nur wenige hatten mit Herbert Zantek zu tun, offensichtlich vermisste ihn auch keiner wirklich. Niemand von den Befragten hatte sich verdächtig benommen mit Ausnahme dieses Wachschutzleiters vielleicht. Mit dem stimmte irgendetwas nicht, fanden beide. Aber Meinecke hatte ein recht sicheres Alibi für jene Nacht als Zantek an den Wasserturm gehängt wurde. Im Grunde genommen müssten sie die ganze Belegschaft vernehmen und überprüfen, da der Mord schon Tage bevor Wachmann Funke die grausame Entdeckung am Wasserturm machte, geschehen war. Das Verbrechen musste sich auch nicht unbedingt nachts ereignet haben, was den Kreis der möglichen Zeugen und Verdächtigen gewaltig vergrößerte. Dann hatten sie Wachmann Funke ins Werk beordert, damit er ihnen mit seinem Hund bei der Spurensuche half. Aber es gab nichts mehr, was sie dem Tier zur Aufnahme einer Fährte anbieten konnten. Caesar verhielt sich unauffällig und nahm keine neue Spur auf. Nicht einmal am Wasserturm oder an der Patronierhütte, die nun gereinigt und ordnungsgemäß verschlossen war, hatte Caesar Laut gegeben. „Was denken Sie?", holt Markwart den Oberwachtmeister aus seinen Gedanken. Schilde freut sich, dass Markwart ihn nach seiner Meinung fragt. „Also, nehmen wir einmal an, unser Opfer stellt heimlich Munition her. Weshalb tut er das? Weil er sie verkaufen kann, oder will er sie selbst verwenden?" „Oder jemand beauftragt ihn, aber ich wollte Sie nicht unterbrechen", wirft Markwart ein. Schilde fährt fort: „Dann wird er von dem Täter überrascht, es kommt zum Kampf. Dem Opfer wird mit einem schweren, stumpfen Gegenstand der Schädel eingeschlagen." „Dann hätten wir in der Patronierhütte Blut gefunden", wirft Markwart ein. „Richtig, also ist das Opfer geflüchtet, es trägt noch diese Filzschuhe, von denen wir einen im Gebüsch gefunden haben. Der Täter holt ihn ein und schlägt ihm den Schädel ein.

Bevor der Täter ihn erreichte, muss dieser Zantek versucht haben, sich zu verteidigen." „Weshalb, Herr Schilde?" „Der Schädel wurde ihm von vorn eingeschlagen und er ist ein kräftiger Kerl." Markwart nickt bedächtig. „Oder man hat ihn zu Fall gebracht und als er möglicherweise wehrlos am Boden lag, erschlagen. Allerdings wundert es mich, dass der Hund uns nicht zu dieser Stelle geführt hat. Der Tote muss stark geblutet haben", ergänzt Schilde. „Sehr gute Analyse, Herr Schilde. Weshalb sind Sie eigentlich nicht zur Kriminalpolizei gegangen?" „Bin nun mal bei der Schutzpolizei gelandet", sagt Schilde, obwohl an seiner Polizeiwache seit geraumer Zeit ein Schild mit der Aufschrift *Kriminalpolizei – Außenstelle Geesthacht* hängt. Immerhin hatte er es auch ohne Ausbildung zum Kriminaler ganz schön weit gebracht – leitender Oberwachtmeister, obwohl es diese Dienstgradbezeichnung bei der Schutzpolizei offiziell gar nicht gibt. Die beiden haben den Bahnsteig am Bahnhof Krümmel erreicht, aber der Zug ist noch nicht da. „Wir werden den Tathergang sicher etwas genauer rekonstruieren können, wenn wir alle Ergebnisse der Gerichtsmedizin und die Auswertung aller Beweisstücke vorliegen haben", erklärt der Kriminalsekretär. „Das zweite große Rätsel bei dem Fall liegt auf der Hand, nicht wahr Herr Schilde?" „Weshalb lässt der Täter das Opfer nicht einfach liegen oder versteckt es irgendwo im Unterholz. Stattdessen hängt er den Kerl an den Turm", sagt Schilde. „Genau richtig! Und nicht nur das. Es hätte für eine Zur-Schau-Stellung ja gereicht, ihn an diesem Kranarm hängen zu lassen. Unser Täter macht sich jedoch die Mühe ihn an der Vorderseite des Turmes aufzuhängen, wozu er ein Fenster aus der Wand brechen muss. Man nennt das in der Kriminalistik Inszenierung. Der Täter will damit eine Botschaft senden." Jetzt wurde es dem Oberwachtmeister doch ein wenig zu bunt, welche Theorien sein Gesprächspartner gerade entspann. „Vielleicht ist der Mörder einfach nur krank im Kopp, dass er sowas macht", bemerkt Schilde. „Da steckt mehr dahinter. Wir werden es herausbekommen, Herr Schilde. Ein äußerst interessanter Fall, der das gesamte Wissen der modernen Kriminalistik erfordert." Schilde nickt müde. In der Ferne erkennen sie den herannahenden Zug. Ich werde mit dem Zug zurückfahren. Für das Fahrrad ist Platz auf dem Perron, entscheidet Schilde.

Nele hört die energische Polizeibeamtenstimme ihres Vaters, gerade als sie in ihrem Zimmer ihre Frisur ein wenig richten will, damit niemand Verdacht schöpft, über das, was am Nachmittag am *Korken*, jenem See in Düneberg, vorgefallen war. „Nele! Komm sofort her! Sofort!" Das duldet keine Sekunde Aufschub, erkennt Nele und erscheint so schnell wie möglich auf der Diele. „Ja, Vater?" „Eine Unverschämtheit ist das!", poltert Schilde. „Vater ich ..." „Und wie siehst du überhaupt aus?" „Gerade war ich dabei, meine Haare ..." Schilde winkt ab. „Du bist trotz strengen Verbots mit einem amtlichen Dienstfahrrad der Polizei durch den Ort gefahren, wie eine Furie, wie man hört. Ein junges Mädchen auf einem Männerfahrrad!", empört er sich und schüttelt vorwurfsvoll den Kopf. „Dann hast du das Dienstfahrrad beschädigt und die größte Unverfrorenheit: Du hast es nicht einmal für nötig befunden, mir Bericht zu erstatten! Man sollte dich übers Knie legen." „Es tut mir sehr leid, was mit dem Fahrrad passiert ist, Vater. Es kommt nicht wieder vor", spricht sie mit Tränen in den Augen. „Du wirst das Haus eine Woche lang nicht verlassen. Du wirst sämtliches Unkraut im Garten jäten. Du wirst das ganze Haus putzen – aber picobello! Verstanden?" „Ja Vater!" Nele will sich abwenden. „Ich bin noch nicht fertig! Das Tanzvergnügen und den Jungfrauenverein kannst du dir in der nächsten Zeit ebenfalls abschminken!" Nele hat einen Kloß im Hals, kann nichts mehr sagen. Sie blickt auf den Boden. „Jetzt verschwinde aus meinen Augen!" Er scheucht sie mit einer wedelnden Handbewegung in ihr Zimmer.

Wenn ihre Gefühle nicht ohnehin so in Aufruhr wären, hätte sie jetzt wütend ins Kissen geboxt über Vaters Standpauke und die Strafen, die er ihr aufgebrummt hat. Aber das ist alles gar nichts gegen das, was sie am Nachmittag mit Linde angestellt hatte oder besser gesagt, Linde mit ihr. Es war so verkehrt, so verboten. Sie schämt sich und läuft in ihrem Zimmer hin und her. Es war verkehrt und doch so unglaublich schön gewesen, und genau das ist es, was sie so irritiert. Sie hatten ausgelassen im Wasser herumgetobt, miteinander gerauft wie zwei Straßenjungen. Plötzlich hatte Linde sie geküsst und gestreichelt. Auf der Wiese ging es dann weiter, Linde hatte sie mit zarten Berührungen ihrer Fingerspitzen und ihrer Zunge halb wahnsinnig gemacht – und sie, Nele, hatte alles geschehen lassen. Nicht nur das. Sie hatte die Zärtlichkeiten sogar erwidert, es passierte ganz von allein. Was war nur in sie gefahren? Dann hatten sie Stimmen gehört – Männerstimmen. Sie hatten sich gerade noch rechtzeitig ihre Kleider überwerfen können. Die Männer kamen von der Pulverfabrik und waren gut gelaunt. Linde, kannte zwei von ihnen und flachste ein wenig mit ihnen herum. Die Männer hatten noch versucht, die beiden jungen Frauen zum Bleiben zu überreden, aber sie waren dann gegangen. Nele nahm wieder auf dem Gepäckträger des Fahrrades Platz und sie fuhren nach Hause, als wenn nichts geschehen wäre. Vor Lindes Haustür hatte ihre Freundin ihr noch einen tiefen, zärtlichen Blick zugeworfen und war im Haus verschwunden. „So schön und so verkehrt!", denkt Nele immer wieder und sie weiß jetzt schon, dass sie so etwas noch einmal mit Linde erleben möchte. Aber es darf nicht wieder passieren – nie wieder! Nele erinnert sich an ihr erstes Tanzvergnügen im vergangenen Herbst. Bruno, ein Junge, vielleicht ein oder zwei Jahre älter als sie, hatte sie hinter einem Schuppen geküsst, ziemlich ungeschickt, so empfand sie es. Dann war er zudringlich geworden, seine Hände hatten grob nach ihr gegriffen. Sie hatte sich losgerissen, ihn empört weggestoßen und war wieder in den Tanzsaal gerannt. Von dem Erlebnis hatte sie Linde sogar einmal erzählt. „Vergiss den Trottel!", war Lindes Kommentar. „Wenn dich ein Mann küsst oder berührt, muss es kribbeln, sonst taugt er nichts", hatte sie erklärt. Nele hatte sich damals nicht vorstellen können, wie sich dieses Kribbeln anfühlt – jetzt weiß sie es.

Geesthacht - Tag 4, Samstag

Gelegentlich fuhr ein Automobil durch Geesthacht. Dies geschah jedoch so selten, dass jedes Mal, wenn sich so ein Fahrzeug mit lautem Geknatter näherte, die Leute erstaunt oder neugierig stehenblieben und den Hals reckten. Meist saß ein Chauffeur mit Staubkappe und Schutzbrille am Steuer und ein gut gekleideter Herr, selten auch mal eine Dame, im Fond des Gefährtes. Auch Oberwachtmeister Schilde, Wachtmeister Wiechmann und Schupo Peters erheben sich von ihren Stühlen, als direkt vor dem alten Pastorat ein grüner Opel hält. Offensichtlich ein Automobil der Fahrbereitschaft der Hamburger Kriminalpolizei. Kommissar Lehnhardt sitzt am Steuer. Schilde und Peters nehmen Haltung an, als Lehnhardt aus dem Opel steigt und sich lässig mit dem Finger an die Hutkrempe tippt. Gut gelaunt betritt er die Wachstube und greift sich die Zeitung von Wiechmanns Schreibtisch. „Na, meine Herren, was gibt's Neues in der Welt?" „Die Preußische Polizei hat in Potsdam 30 Nudisten festgenommen, tanzten da total nackich so einen Reigen auf einer Wiese", berichtet Wiechmann amüsiert. „Und das in Potsdam, einer Stadt die preußischer kaum sein kann", lästert Kommissar Lehnhardt. „Der Sittenverfall schreitet bedenklich voran, seit die Sozialisten an der Macht sind", bemerkt Schilde. Ab in die Irrenanstalt mit der ganzen Nacktbande, findet er. „Da muss man gar nicht erst nach Potsdam reisen!", tönt Peters, „hier bei uns vor der Haustür, sozusagen, sind solche Umtriebe ebenfalls zu beobachten." „Wo denn?", fragt Schilde empört. „Am *Korken*, diesem See in Düneberg, da sollen Nudisten gesehen worden sein." „Aha! Woher weißt du das denn so genau, Peters?", argwöhnt Schilde. „Naja, hört man halt so", sagt Peters. Schilde schüttelt den Kopf. „Gut, dass es preußisches Gebiet ist. Da sind wir eigentlich nicht zuständig." Wiechmann grinst. „Spaß beiseite, meine Herren", spricht Kommissar Lehnhardt. „Wo steckt denn dieser Markwart?" „Heute noch nicht aufgetaucht. Vielleicht ist er gleich wieder nach Krümmel gefahren", vermutet Schilde. „Dann fahren wir auch dorthin. Auf der Fahrt können Sie mir berichten, was es in dem Fall Neues gibt, Herr Oberwachtmeister!"

Leutnant zur See Alfred von Reichenberg marschiert die Große Bergstraße hinauf. Gut, dass er Obermaat Hartung gefunden hatte. Der Zufall hatte erheblich dazu beigetragen. Von Reichenberg hatte sich unter falschem Namen im Hotel *Deutsches Haus* am Marktplatz einquartiert. Er musste herausfinden, was mit dem Kontaktmann bei der Dynamit AG geschehen war. Vermutlich musste er einen neuen Mann dort einschleusen. Und den glaubt er jetzt gefunden zu haben. Ein paar Tage zuvor war er zufällig Zeuge eines Saufgelages im Gastraum des Hotels geworden. Die Männer redeten laut über ihre Kriegserlebnisse. Erst als einer aus der Gruppe berichtete, dass er während des Krieges auf dem Schlachtkreuzer Seydlitz diente und sogar an der Selbstversenkung in Scapa Flow beteiligt war, hatte er Obermaat Paul Hartung erkannt. Dennoch hatte von Reichenberg sich nicht gleich zu erkennen gegeben.

Obermaat Hartung ist genau der Mann, den die Organisation braucht: Treuer Kamerad der Kaiserlichen Kriegsmarine, Skagerrak-Veteran, technisch versiert und er kann mit Sprengstoff umgehen. Von Reichenberg kennt Hartung persönlich, da auch er auf Seydlitz gedient hatte. Zudem ist Hartung jetzt arbeitslos, ungebunden und unzufrieden mit seiner Situation, wie er mitbekommen hatte. Von Reichenberg erreicht das Gelände der Glasfabrik. Es wirkt verwaist. Umso besser. Er muss nicht lange suchen oder gar jemanden fragen. Er entdeckt Hartung vor dem armseligen Arbeiterwohnhaus

„Obermaat Hartung?", spricht von Reichenberg mit gedämpfter Stimme. „Ja, der bin ich, allerdings kein Obermaat mehr", antwortet Hartung, während er intensiv überlegt, woher er den Mann kennt. „Erkennen Sie mich nicht? Leutnant von Reichenberg", hilft der Offizier ihm auf die Sprünge. Hartung nimmt sofort Haltung an und entbietet einen militärischen Gruß wie in alten Zeiten, obwohl beide Zivil tragen. „Guten Morgen, Herr Leutnant!" „Stehen Sie bequem, Obermaat!", sagt von Reichenberg mit leiser Stimme. „Es muss nicht der halbe Ort mitkriegen, wer ich bin. Gehen wir ein Stück!" Hartung nickt. Die beiden laufen an den verlassenen Gebäuden der Glasfabrik vorbei und steigen den Hang zum Elbufer hinab. „Wie haben Sie mich eigentlich gefunden, Herr Leutnant?" „Manchmal hilft der Zufall ein bisschen nach, Obermaat." Der Offizier berichtet ihm von dem Abend im *Deutschen Haus*, als er das Gespräch mitbekommen hatte. „Haben Sie schon Arbeit gefunden?", fragt von Reichenberg. „Nein, ist nicht so einfach zurzeit." „Ich könnte dafür sorgen, dass man Sie bei der Dynamit AG einstellt." „Herr Leutnant, zufällig habe ich bereits versucht, dort Arbeit zu bekommen – aussichtslos. Sie stellen niemanden ein!" „Obermaat! Unser deutsches Vaterland ist mehr denn je in Gefahr durch diese unselige Bürde, die uns in Versailles auferlegt wurde", beginnt von Reichenberg. „Sie wissen, dass in einigen Provinzen unseres Reiches abgestimmt wurde und Nordholstein hat sich bereits für Dänemark entschieden. Danzig scheint verloren und nun ist Oberschlesien von polnischen Aufständischen bedroht. Die Regierung in Berlin tut nichts!" Der Leutnant macht eine Pause, blickt Hartung forschend an. „Und was hat das mit der Arbeit auf der Dynamitfabrik, die sie mir vermitteln wollen, zu tun?" „Herr Obermaat, über das, was ich Ihnen jetzt sage, dürfen Sie mit niemandem reden, verstanden?" „Jawohl, Herr Leutnant!" „Ich gehöre zum Führungsstab eines Geheimbundes, der Organisation Consul, OC genannt. Wir bekämpfen diese unseligen sozialistischen Strömungen, das Judentum und diese sogenannte Republik, welche sich feige und leichtfertig dem Diktat der Versailler Verträge unterworfen hatte. Um diesen Kampf zu führen, benötigen wir Waffen und Munition. Letztere haben wir uns von der Dynamit-AG beschafft. Wenn ich recht erinnere, haben Sie eine Ausbildung zum Feuerwerker absolviert." „Herr Leutnant, ich verstehe nicht ganz..." „Sie fangen bei der Dynamit-AG an. Die Fabrik in Krümmel hat einen staatlichen Auftrag erhalten. Die geräumten Seeminen aus der Nordsee sollen vernichtet werden. Die erste Ladung wird in den nächsten Tagen dort angeliefert. Jede dieser Minen enthält 20 Kilogramm TNT. Die Vernichtung läuft folgendermaßen ab: Nachdem die Zünder entfernt wurden, wird Dampf in das Innere der Mine eingeleitet, wodurch sich der Sprengstoff verflüssigt und in ein Wasserbecken läuft. Dadurch wird er ungefährlich. Hier kommen Sie ins Spiel. Anstatt den flüssigen Sprengstoff ins Wasser laufen zu lassen, fangen Sie ihn in Behältern auf und lassen ihn abkühlen, wodurch er wieder fest wird. Sie schaffen die Behälter beiseite. Wir haben

Wege, den Sprengstoff unbemerkt nach draußen zu bringen. Wir werden daraus Handgranaten und Mörsergranaten herstellen und im Freiheitskampf in Oberschlesien einsetzen." „Das ist illegal, Herr Leutnant!", sagt Hartung mit leiser Stimme. Von Reichenberg bleibt stehen, blickt Hartung ernst in die Augen. „Den Sprengstoff für unsere Zwecke vor der Vernichtung zu bewahren, mag nach den Gesetzen dieser unseligen Republik illegal sein, aber es dient einer großen Sache, einer wichtigen Sache. Denken Sie an die Freikorps, die dort in Oberschlesien um die Freiheit ringen. Außerdem wird Deutschland nicht lange eine Republik bleiben, glauben Sie mir!" „Und wenn man mich erwischt, gehe ich ins Zuchthaus", bemerkt Hartung. „Sollte das tatsächlich passieren, haut die Organisation sie raus, darauf haben Sie mein Ehrenwort!" Hartung überlegt durchaus, was das Ehrenwort eines Herrn Leutnant wert ist, der selbst gar kein Angehöriger der Marine mehr ist. Dennoch lehnt er das Angebot vor dem Hintergrund seiner Perspektivlosigkeit nicht ab. Der Offizier zückt seine Geldbörse und reicht Hartung 20 Mark. „Das sollte fürs Erste reichen, Obermaat! Die Organisation legt noch etwas obendrauf, wenn Sie erfolgreich sind. Und noch etwas, nennen Sie niemandem meinen richtigen Namen und Dienstgrad!" Hartung schüttelt den Kopf, während er das Geld aus der Hand des Offiziers empfängt. Dennoch fühlt er sich überrumpelt. Er will noch etwas sagen, aber von Reichenberg legt mit einer knappen militärischen Geste die Hand an die Hutkrempe. „Sie hören von mir, Herr Obermaat!" Der Offizier entfernt sich mit schnellen Schritten.

Kommissar Lehnhardt parkt den Opel direkt vor dem Verwaltungsgebäude der Dynamit-AG, nachdem der Wachschutz sie an der Pforte kontrolliert hatte und sie ihre Zündhölzer abgeben mussten, was Lehnhardt nur unter Protest tat und für Schikane hält. Sie treffen Markwart und Krogmann in dem Bürozimmer, das die Polizei für ihre Ermittlungen requiriert hatte. Inzwischen hatte Markwart eine Schiefertafel aus der Krümmler Schule dort aufstellen lassen und eine Skizze mit Kästchen und Richtungspfeilen darauf angefertigt. „Moderne Kriminalistik, Herr Markwart?", fragt Lehnhardt. „Ganz richtig, Herr Kommissar, ich veranschauliche die inzwischen komplexer gewordenen Zusammenhänge", erklärt der

Kriminalsekretär. „Oberwachtmeister Krogmann und ich haben heute in der Frühe alle Arbeiter, die das Werksgelände betreten haben, befragt, wer sich in der Nacht, als der Tote an den Turm gehängt wurde, wo aufgehalten hat und in einer Skizze festgehalten – Fehlanzeige. Natürlich war in jener Nacht niemand am Turm. Zum mutmaßlichen Tatzeitpunkt waren allerdings noch elf weitere Arbeiter hier beschäftigt, welche inzwischen entlassen wurden. Wir haben eine Liste mit ihren Namen angefertigt." „Ziemliche Fleißarbeit!", lobt Lehnhardt und berichtet seinerseits: „Wir haben in Hamburg einige Details über das Opfer herausbekommen. Zanteks Frau starb letztes Jahr an der Spanischen Grippe. Die Ehe war kinderlos. Wir haben Zanteks älteren Bruder gefunden. Er lebt in Hamburg. Zantek war während des Krieges übrigens bei der Marine. Wir recherchieren gerade in welcher Funktion er dort aktiv war. Ach, Herr Markwart, haben Sie schon bei der Gerichtsmedizin angerufen?" „Gleich heute Morgen, Herr Kommissar. Ausschließlich die massive Kopfverletzung hat zum sofortigen Tod des Opfers geführt, was ja schon zu vermuten war. Schlag mit einem Hammer oder möglicherweise mit einem Gewehrkolben. Die Schwere der Schädelverletzung lässt auf einen mit äußerster Kraft ausgeführten Schlag schließen, sagt der Doktor. Dennoch ist die Leiche auch sonst ziemlich ramponiert, wie sich der Gerichtsmediziner salopp ausgedrückt hat. Das Opfer hat zahlreiche Hämatome und Schürfwunden an verschiedenen Körperstellen sowie Druckstellen und zwei gebrochene Rippen, wohl durch das Seil, mit dem der Mann an den Turm gehängt wurde. Einige dieser kleineren Verletzungen entstanden post mortem." „Todeszeitpunkt?" „War wohl schwierig, es genau festzustellen. Etwa drei bis sechs Tage, bevor der Tote gefunden wurde." Ein Büroangestellter betritt den Raum. „Der Herr Direktor Roewer wünscht augenblicklich den Kommissar zu sprechen", verkündet er. „Gut, meine Herren. Weitermachen!", spricht Lehnhardt und folgt dem Büroangestellten.

Direktor Roewer thront hinter einem gewaltigen Schreibtisch aus Mahagoni, auf dem ein monumentales Tintenfass aus schwarzem Marmor, ein passender Aschenbecher sowie ein Telefonapparat stehen. An der Wand hängt ein Portrait Alfred Nobels, dem

Firmengründer und Erfinder des Dynamits. Skizzen mit Darstellungen von chemischen Apparaten zieren ebenfalls die Wände. Es riecht nach kaltem Zigarrenrauch. „Herr Direktor, Kommissar Lehnhardt, Mordkommission Hamburg", stellt Lehnhardt sich vor. „Nehmen Sie Platz, Herr Kommissar! Kaffee?" „Gern." Roewer gibt dem Büroangestellten, der noch in der Tür steht, ein Zeichen und klappt seine Zigarrenkiste auf. „Zigarre, Herr Kommissar?" „Nein danke, Herr Direktor." „Nur zu, mein Büro ist einer der wenigen Orte auf dem Fabrikgelände, wo Sie rauchen dürfen." „Wenn ich dann auch um Feuer bitten dürfte, meine Zündhölzer musste ich abgeben", spricht Lehnhardt, während er sich eine Zigarre aus der Kiste nimmt. „Ja, da sind wir sehr streng", lacht Roewer und gibt ihm Feuer. „Herr Kommissar, ich habe zwischenzeitlich mit Ihrem verehrten Vorgesetzten, Herrn Polizeioberrat Heinmöller, mit dem ich persönlich bekannt bin, telefoniert. Sie wurden mir wärmstens empfohlen. Daher darf ich wohl erwarten, dass die Ermittlungen auf dem Werksgelände der Dynamit-Aktien-Gesellschaft zügig zum Abschluss kommen?" „Wir werden unser Bestes tun, Herr Direktor." „Haben Sie denn schon ernsthafte Anhaltspunkte oder einen Verdacht?" „Wir sind auf einem guten Weg. Wir wissen, dass das Opfer in einer Ihrer Patronierhütten wohl illegal Munition hergestellt hat und die Produktion abrupt unterbrechen musste. Wir konnten das anhand der Fingerabdrücke nachweisen." Tatsächlich stehen wir noch ganz am Anfang, denkt Lehnhardt. Roewer bläst den Rauch seiner Zigarre in den Raum. „Ich hörte davon. Das ist ebenso merkwürdig wie bedenklich, dass sich einer unserer Arbeiter so einfach dort Zutritt verschaffen konnte. Viel mehr Sorgen mache ich mir, dass die rebellische Arbeiterschaft, wegen eines Mordes an einem Belegschaftsangehörigen für Ärger sorgen könnte. Ein Streik oder Aufruhr ist das letzte, was wir gebrauchen können!" Es klopft an der Tür. Eine junge Frau trägt ein Tablett mit einem Kaffeegedeck herein. Es duftet nach echtem Kaffee, stellt Lehnhardt erfreut fest. „Danke, Hilda!", sagt Roewer. Lehnhardt spricht weiter, als Hilda den Raum verlassen hat. „Herr Direktor, haben Sie das Opfer persönlich gekannt?" „Nein, die Zeiten sind vorbei, wo ich alle Arbeiter persönlich kannte. Außerdem arbeitete Zantek noch nicht lange auf der Fabrik." „Wer hat ihn denn eingestellt?" „Herr Hunfeld, der ist für Personalangelegenheiten zuständig. Aber wir hatten dem Zantek bereits gekündigt." Lehnhardt winkt ab. „Ja, das wissen wir schon. Also, dieser tat etwas Illegales, indem er verbotenerweise Munition herstellt, ihm wird der Schädel eingeschlagen und vermutlich Tage später dort an Ihrem Wasserturm zur Schau gestellt. Vielleicht eine Warnung an jene, die so etwas noch einmal versuchen sollten", sinniert Lehnhardt. Roewers Blick verfinstert sich. „Was wollen Sie damit sagen, Herr Kommissar?" „Ich spiele nur einige Möglichkeiten durch, welches Motiv jemand haben könnte, sich die Mühe zu machen, den Herrn Zantek dort hinzuhängen, anstatt die Leiche auf dem Werksgelände zu verstecken oder einfach am Ort der Tat liegen zu lassen. Zudem dürfte es trotz des Kranes am Wasserturm ziemlich aufwändig sein, den Toten dort hinauf zu bringen. Sei´s drum, wenn man das Motiv kennt, hat man auch bald den Täter entlarvt. Vor dem Hintergrund dieser ungeklärten Fragen müssen wir uns wohl noch einige Zeit in Ihrer Fabrik umsehen, Herr Direktor." Lehnhardt streift die Glut seiner angerauchten Zigarre ab, so dass sie erlischt. „Ich werde das gute Stück später weiterrauchen", erklärt er. „Eine Frage hätte ich aber noch. In der Patronierhütte wurde Munition für leichte Minenwerfer hergestellt, eigentlich ein Massenprodukt, nicht wahr? Haben Sie solche Munition nicht in Ihren Lagern? Wäre es nicht einfacher, sie aus dem Lager zu stehlen, anstatt sie herzustellen?" „Das sind jetzt schon drei Fragen, Herr Kommissar. Ja, während der letzten Phase des Krieges war es ein Massenprodukt, nein, wir haben keine Munition für Kriegswaffen auf Lager und dürfen sie auch nur streng reglementiert herstellen. Als ich die Direktion im Jahre 1914 übernahm, war meine Intuition, die zivile Sprengtechnik voranzubringen, wie einst unser berühmter Firmengründer. Dann brach der Krieg aus und staatliche Stellen trafen die Entscheidungen, was produziert wird. Inzwischen sind unsere Chemiker auf einem guten Weg, die noch verbliebenen Produktionsanlagen für zivile Produkte zu nutzen. Fiberglas, Zelluloid und ähnliche Materialien sind chemisch enger mit Sprengstoffen verwandt, als der Laie vermutet, aber jetzt langweile ich Sie sicher." „Keineswegs, Herr Direktor." „Gut, Herr Kommissar, ich hoffe, ich konnte Ihnen weiterhelfen", sagt Roewer und erhebt sich. „Mir werden im Laufe der Ermittlungen sicherlich noch weitere Fragen einfallen." „In Ordnung, dann machen Sie mal Ihre Arbeit, Herr Kommissar und halten mich auf dem Laufenden." Die beiden Männer verabschieden sich mit Handschlag. Lehnhardt geht ein paar Schritte auf die Tür zu, dreht sich aber plötzlich um. „Ach, Herr Direktor, weshalb wurde dieser Patronierer eigentlich nicht von den Siegermächten konfisziert?" Doktor Roewer überlegt einen Augenblick. „Vermutlich befand sich die Maschine zur Überholung in unserer Werkstatt, als die anderen Maschinen abtransportiert wurden. Sie haben sie nicht entdeckt." Lehnhardt nickt und verlässt den Raum. Wer braucht so dringend Munition, dass er sie hier heimlich herstellt? Die Reichswehr könnte sie offiziell kaufen, hat aber vermutlich noch Lagerbestand aus dem Krieg. Wie wurde die fertige Munition hier weggeschafft? Wieviel hätte Zantek überhaupt herstellen können? Fragen über Fragen.

Geesthacht - früher Nachmittag

Nele ist seit dem frühen Morgen bei der Gartenarbeit. Noch bevor ihr Vater, wie jeden Morgen, in akkurater Uniform mit gezwirbeltem Kaiser-Wilhelm-Schnauzbart das Haus verließ, kniete sie in den Gemüsebeeten und jätete Unkraut. In der Nacht war ein milder Regen gefallen. Nun genießt sie trotz der schweren Arbeit den erdigen Geruch des feuchten Bodens. Heute am Samstag kommt Vater schon am Nachmittag von der Arbeit, deshalb isst die Familie samstags immer gemeinsam sehr spät eine warme Mahlzeit. Nele richtet sich auf und streckt den schmerzenden Rücken. Durch die Arbeit wurde sie von den verwirrenden Erfahrungen mit Linde abgelenkt. Fast hat sie den Vorfall vergessen, als sie ein „Ksss-ksss!" vom Gartenzaun vernimmt. Dort steht Linde und winkt sie heran. Nele, durchströmt eine Gefühlswallung, von der sie selbst überrascht ist. Sie blickt sich um und tritt auf Linde zu. Der Gartenzaun trennt sie. Während Nele noch nach geeigneten Worten sucht, plappert Linde drauf los, als wenn nichts gewesen wäre. „Kommst du heute Abend mit zum Tanzen? In der Gaststätte *Zur Post* spielt eine Kapelle aus Hamburg", verkündet sie fröhlich. „Ich habe Stubenarrest, wegen Vaters kaputtem Fahrrad. Er hat es gemerkt." „Mist! Du Ärmste!" Linde streichelt ihr tröstend über die Wange, was Nele erröten lässt. Seit gestern ist nichts mehr wie es war zwischen ihnen. „Wann darfst du denn wieder raus?" „Nach einer Woche, aber wenn ich die ganze Arbeit, welche Vater mir aufgebrummt hat, fertig habe, lässt er vielleicht mit sich reden. Gestern war er jedenfalls ziemlich böse und heute morgen hat er mich kaum eines Blickes gewürdigt." Linde schüttelt den Kopf. „Wie sieht es Morgen mit dem Kirchgang aus?", fragt Linde unvermittelt. Linde und Kirche? Fast hätte Nele laut aufgelacht, stattdessen erklärt sie: „Meine Eltern gehen nur selten in die Kirche. Wenn ich jetzt plötzlich zum Gottesdienst will, schöpft Vater sofort Verdacht", vermutet Nele resigniert. „Sag einfach, du willst über deine Sünden nachdenken. Ich warte Sonntag vor der Kirche auf dich! Wir müssen ja nicht wirklich hineingehen", grinst Linde. „Ich versuche hinzukommen", sagt Nele bevor sie sich verabschieden. Nele sieht Linde hinterher, bis sie hinter der Straßenecke verschwunden ist, bevor sie ins Haus geht, um sich den Schmutz von der Gartenarbeit abzuwaschen.

Bald darauf poltert der Oberwachtmeister in die Diele. Seine Laune ist nicht die beste, obwohl jetzt erst einmal Wochenende ist. Sie waren mit diesem Wachmann Funke auf dem Fabrikgelände unterwegs gewesen und hatten nichts Verdächtiges gefunden. Es gibt so viele verwinkelte Gebäude, dass sie tagelang brauchen würden, um alles zu durchsuchen, ohne genau zu wissen, wonach sie eigentlich suchten. Einzig dieser Wachschutzleiter Meinecke, der wurde zusehends unfreundlicher und unterstützte ihre Arbeit keineswegs. Schilde betritt die Küche. Es duftet nach Bratkartoffeln mit fettem Speck und Zwiebeln, was seine Stimmung ein wenig aufhellt. Elfriede steht am Herd. Nele hat gerade den Tisch gedeckt. „Guten Tag, Vater. Soll ich dir eine Flasche Bier holen?", sagt sie so normal und selbstbewusst wie möglich. Untertänig möchte sie nicht klingen. Ihr Vater nickt ihr zu. Nele findet, dass er nicht mehr so böse wirkt und verlässt die Küche, um das Bier zu holen. „Deine Tochter war fleißig heute, hat den ganzen Garten hergerichtet", sagt Elfriede, ohne sich vom Herd abzuwenden. „Möchtest du ein Ei über deine Bratkartoffeln?" Schilde nickt und setzt sich an den Tisch. Nele kommt herein, stellt die Bierflasche vor ihrem Vater hin und bleibt stehen. Elfriede häuft einen Berg Bratkartoffeln auf den Teller ihres Gatten und setzt ein Spiegelei obendrauf. Danach füllt sie den Rest aus der Pfanne auf ihren und Neles Teller. „Setz dich, Nele!", sagt Schilde. Die düsteren Gewitterwolken über dem Küchentisch scheinen sich allmählich aufzulösen, findet sie.

Nach dem Essen sagt Nele: „Vater, ich habe nachgedacht. Ich möchte morgen zum Gottesdienst gehen." Heinrich Schilde sieht seine Tochter forschend an. Mit dem lieben Gott hatte er es nicht so. Nele eigentlich auch nicht, aber wenn ihr danach war – junge Menschen sind ja gelegentlich so sprunghaft in ihren Gedanken. Den Kirchgang kann und will er ihr nicht verwehren. „Meinetwegen, aber danach kommst du sofort nach Hause!" „Ja Vater, natürlich!" Nele stößt einen inneren Seufzer der Erleichterung aus. Sie hatte schon befürchtet, dass ihre Eltern sie womöglich beim Kirchgang begleiten würden.

In der Gaststätte *Zur Post*, oberhalb des Hafens betreten Linde und ihre Cousine Henni den Tanzsaal. Linde hatte ihre Vermieterin überredet, nach Hennis Kindern zu sehen, sodass diese auch mal wieder ein Tanzvergnügen besuchen kann. Außerdem sieht es besser aus, in Begleitung einer weiteren Frau dorthin zu gehen. Der Saal ist gut besucht, obwohl kaum hundert Schritte entfernt im wesentlich größeren Saal des Hotels *Stadt Hamburg* ebenfalls zum Tanz aufgespielt wird. Aber in der Gaststätte *Zur Post* treffen sich eher die jüngeren Gäste bei gewagteren Tänzen. Heute waren vier Musiker engagiert mit Trompete, Schifferklavier, Fidel und Trommel. Der Musiker mit dem Schifferklavier war zudem als lustiger Sänger bekannt. Wie meistens sind zu wenige Männer da, eine Folge des Krieges, und die meisten der Anwesenden scheinen bereits vergeben zu sein, sind zu jung oder zu alt, stellen Linde und Henni fest. Einige der Paare sehen mit scheelem Blick zu ihnen hinüber, weil sie ohne männliche Begleitung zu dem Tanzvergnügen gekommen sind. Aber kaum haben sie an einem der Tische Platz genommen, kommt Schutzpolizist Erwin Peters heran. „Darf ich denn bitten, Sieglinde?", sagt er in einem Tonfall, als fordere er fällige Schulden ein. Zweimal tanzt sie mit dem Polizisten, sie hatte es ja versprochen, für die Reparatur des Dienstfahrrades. Nun ja, zumindest hatte er es versucht! Peters ist nicht nur ein leidlicher Tänzer mit unharmonisch steifen Bewegungen, ein Getränk hat er ihr auch nicht spendiert, der Geizkragen. Sie hatte es befürchtet. Auch ihre Cousine wird zum Tanz gefordert, allerdings von Eugen Uhl, dem alten Lustmolch, vor dessen bekanntermaßen unartigen Fingern eine Frau sich in Acht nehmen musste. Wenigstens spendiert er Linde und Henni einen Likör. Eine Zeit lang sitzen die beiden an ihrem Tisch. Dann taucht ein stattlicher Mann auf, er ist allein und er kommt Linde bekannt vor. Er geht an den Tresen und bestellt sich ein Getränk. „Bin gleich zurück", sagt sie zu Henni und steht auf, um sich dezent in sein Blickfeld zu schieben, ehe andere Frauen auf die gleiche Idee kommen. Jetzt wo er seinen Hut abgenommen hat, erkennt sie seine Kopfverletzung. „Kennen wir uns?", fragt er schließlich, als sie ihn etwas zu lange anblickt. „Ich glaube ja", sagt Linde und lächelt. Er runzelt die Stirn. „Sieglinde Wollenweber", hilft sie ihm auf die Sprünge. Donnerlüttchen, denkt Paul Hartung, die hat sich ja zu einem süßen Früchtchen entwickelt. „Ja, ich erinnere mich", stammelt er. „Das will ich hoffen", lacht sie. „Allein hier?", fragt er. „Mit meiner Cousine. Wir sitzen dort drüben." „Darf ich euch beide zu einem Sekt einladen?" „Sekt! Gern", sagt sie und schenkt ihm ein weiteres Lächeln. Hartung bestellt am Tresen. Er hat jene 20 Mark in der Tasche, die Leutnant von Reichenberg ihm zugesteckt hat. Damit kann er heute mal die Korken knallen lassen, umso mehr, wenn er damit Frauen wie Sieglinde Wollenweber beeindrucken kann. Er führt sie zu ihrem Tisch. Linde stellt ihm Henni vor und wirft ihrer Cousine einen unmissverständlichen Blick zu: Untersteh dich, diesem prächtigen Mannsbild womöglich schöne Augen zu machen!

Drei Stunden später führt Hartung die beiden Frauen, Linde am rechten, Henni am linken Arm durch die Mühlenstraße. Alle drei lachen und ihr Gang ist leicht schwankend. Hartung hatte nach einigen Gläsern mehrmals mit Linde getanzt, einmal auch mit Henni. Obwohl Hartung kaum tanzen konnte und mehrmals auf Lindes Fuß trat, hatten sie eine Menge Spaß gehabt und viel gelacht. Hartung hatte dafür gesorgt, dass ihre Gläser stets gefüllt blieben. Vor Hennis Wohnung hatte diese sich dezent verabschiedet und war schnell im Haus verschwunden. Hartung hat inzwischen seinen Arm um Lindes Hüfte gelegt. Sie lässt ihn gewähren. „Gehen wir noch ein Stück?", fragt er. Sie nickt. „Mir ist ein wenig kalt", sagt sie. Er legt ihr seine Jacke um die Schulter. Im gelben Licht der wenigen Gaslaternen gehen sie die Mühlenstraße hinab. „Wie kommt es, dass ein so hübsches Fräulein noch nicht verheiratet ist?", fragt er. „Ich war verheiratet. Genau acht Wochen und drei Tage", sagt sie mit leiser Stimme. „Ist er gefallen?", fragt er behutsam. Sie nickt. „Das tut mir leid" „Und du?", fragt sie. „War die ganze Zeit bei der Marine." „Nach dem Ende des Krieges auch noch?" „Ja. Ich war dabei, als unsere Schiffe in Scapa Flow interniert waren und habe im letzten Sommer bei deren Versenkung mitgeholfen. Danach haben die Briten uns gefangen genommen. Ich bin erst seit wenigen Wochen wieder in Deutschland." Linde hatte davon gehört. Die meisten

Zeitungen hatten die Selbstversenkung der deutschen Flotte mitten in einem britischen Flottenstützpunkt seinerzeit als patriotischen Akt dargestellt. „Deine Kopfverletzung ist aber ziemlich frisch. Die ist nicht vom Krieg." Sie sieht ihn fragend an. „Nein, ich bin übel gestürzt", sagt er. Weshalb die Polizei ihn einkassiert hatte, spricht sie lieber nicht an, stattdessen fragt sie, was er jetzt vorhabe. „Weiß noch nicht. Wollte immer fremde Länder sehen. Deshalb ging ich damals zur Marine. Leider habe ich nur die graue Nordsee zu sehen bekommen und das auch nur selten, meistens hatte ich unter Deck zu tun. Auf die lausigen Felsen an der schottischen Küste, die ich mir monatelang ansehen durfte, hätte ich gern verzichtet." „Hast du noch Familie in Geesthacht?" „Nur meine Mutter. Ich bin vorläufig bei ihr eingezogen." „Wohnungen gibt es kaum, jedenfalls nicht für unsereins", klagt sie. „Und deine Familie?", will er wissen. „Unsere Familie ist zerstritten. Sie haben mich hinausgeworfen", gibt sie zu. „Was hast du denn angestellt?" „Das ist eine lange Geschichte, ich möchte nicht drüber sprechen." Ein Geheimnis, das sie mit niemandem auf der Welt teilen würde. Kurz nachdem die Nachricht vom Tod ihres Mannes sie erreicht hatte, wusste sie, dass sie schwanger war. Sie hatte das Kind wegmachen lassen. Einzig ihre Mutter, der man nichts vormachen konnte, hatte etwas gemerkt und dafür gesorgt, dass niemand aus ihrer Familie und der Familie ihres gefallenen Mannes noch etwas mit Linde zu tun haben wollte. Zunächst war es ihr sehr schlecht gegangen, bis sie sich sagte, dass ihr eine Familie, die sie derartig schlecht behandelte, gestohlen bleiben könne. Sie hatte sich seitdem mehr schlecht als recht allein durchgeschlagen.

Inzwischen haben sie die Düneberger Arbeitersiedlung erreicht, wo kaum noch Licht die Straße beleuchtet. Sie schmiegt sich enger an ihn. „Mal sehen, vielleicht habe ich bald Arbeit", bemerkt er eher beiläufig. „Ja? Wo denn?", fragt Linde interessiert. „Auf der Dynamit-AG in Krümmel." „Ich habe eine Zeitlang auf der anderen Munitionsfabrik hier in Düneberg gearbeitet", bekennt sie. Sie weist auf das nahe Fabrikgelände, wo eine einzelne elektrische Lampe eine Werksstraße beleuchtet. „Gehen wir zurück, es ist bestimmt schon Mitternacht durch", sagt sie.

Geesthacht - Tag 5, Sonntag

Kriminalsekretär Markwart hatte beschlossen, das Wochenende in Geesthacht zu verbringen. Er ist kein gebürtiger Ratzeburger und es gibt auch niemanden, der dort auf ihn wartet. Er war am Vorabend vom Hotel *Deutsches Haus* in ein preiswerteres Fremdenzimmer über der Gaststätte *Zur Post* umgezogen. Er war erst spät eingeschlafen wegen der lärmenden Tanzveranstaltung im Saal. Der Sonntag, überlegt er, ermöglicht es mir, dieses Geesthacht aus einer anderen Perspektive zu betrachten. Vielleicht spielt Kommissar Zufall mir in die Karten und ich entdecke etwas, das mich in diesem Mordfall voran bringt. Als er von der Gaststätte die Elbstraße herauf kommend, an der Kirche vorbeigeht, entdeckt er aber zunächst Nele Schilde Sie trägt ihr Sonntagskleid und ist offensichtlich auf dem Weg zum Gottesdienst. Ein braves Fräulein, denkt er. Er hatte gar nicht verstanden, weshalb der Oberwachtmeister sie an jenem Abend erbost von der Mahlzeit ausgeschlossen hatte. Er geht direkt auf sie zu. Sie hat ihn noch nicht bemerkt. „Einen schönen Sonntag, Fräulein Schilde!", wünscht er und lüpft seinen Hut. Nele erschrickt, braucht zwei Sekunden, um Markwart zu erkennen. „Guten Tag, Herr Kriminal...", stammelt sie. „Kriminalsekretär Sebastian Markwart", ergänzt er und lächelt freundlich. „Auf dem Weg zum sonntäglichen Gottesdienst?", vermutet er. „Ja, richtig, Herr Markwart." Die Kirchenglocken beginnen zu läuten und Linde erscheint hinter der Kirchenmauer. „Tja, ich gehe dann mal hinein", spricht Nele und hofft, dass Markwart nicht auch in die Kirche will. „Grüßen Sie Ihren Herrn Vater von mir!", sagt er, lüpft erneut seinen Hut und spaziert weiter. Wirklich ein nettes Mädchen, denkt er.

„Wer war das denn?", flüstert Linde, als sie zusammen mit anderen Kirchgängern zur Kirchentür gehen. „Der Kriminalpolizist aus Ratzeburg, der mit Vater diesen Mord aufklären soll." „Bisschen blass, der gute Mann, aber er sieht nett aus." Linde grinst Nele herausfordernd an. Nele sieht auf den Boden. Linde hält sie am Arm fest. „Komm! Verschwinden wir von hier und gehen ein Stück an der Elbe spazieren!", schlägt sie vor. „Bist du verrückt? Vergiss nicht, mein Vater ist Polizist. Der kriegt das raus, wenn ich den

Gottesdienst schwänze und dann kriege ich noch mehr Stubenarrest. Außerdem hat der Kriminalpolizist mich schon gesehen und auch die Krüppgans dort drüben, dieses Tratschweib!" Linde verzieht das Gesicht und folgt ihr in die Kirche. Sie setzen sich in die letzte Bank und halten einen Augenblick andächtig inne. Dann beugt Linde sich ganz dicht an Neles Ohr und flüstert kaum hörbar: „Paul Hartung war gestern auch beim Tanzen. Er hat mir und Henni Sekt spendiert. Wir haben getanzt und am Schluss hat er mich ..." „Pscht!", macht die Frau vor ihnen und schüttelt entrüstet den Kopf, denn eben gerade ist Pastor Wendorff vor die Gemeinde getreten. Die Orgel beginnt zu spielen.

Paul Hartung erwacht, als der Morgen schon deutlich fortgeschritten ist. Mutter hatte ihn heute ausschlafen lassen, was daran liegen mag, dass er ihr gestern zwei Mark zugesteckt und angedeutet hatte, dass er Arbeit in Aussicht habe. Dann denkt er sogleich an Sieglinde, und dass er sie vor ihrer Haustür in der Mühlenstraße geküsst hatte und das nicht nur einmal. Gleich heute Nachmittag würden sie sich zu einem Spaziergang treffen. Gern würde er sie auf ein Stück Kuchen einladen, aber die 20 Mark waren fast ausgegeben. Hätte er nur gestern nicht so mit dem Geld um sich geworfen! Hoffentlich meldet sich der Herr Leutnant bald. Sicher würde der noch einen kleinen Vorschuss locker machen, wenn er für die Organisation tätig wird. Deren politische Ziele interessieren ihn kaum. Von Politik versteht er nicht viel. Mit den Roten will er jedenfalls nichts zu tun haben. Die Organisation hasst die Kommunisten offensichtlich. Der Leutnant und seine Männer wollten Deutschland wieder groß machen, also kann es nicht so verkehrt sein. Mutter scheint nicht zuhause zu sein. Er geht nach draußen und wäscht sich an der Pumpe. Wieder in der Wohnung zieht er sein bestes Hemd an, das er gestern schon zum Tanz getragen hatte. Vielleicht kann ich für Linde irgendwo Blumen oder Flieder klauen, überlegt er.

Nele versucht der Predigt zu folgen, aber sie kann sich nicht darauf konzentrieren. Immer wieder muss sie an den Nachmittag mit Linde an diesem See denken, die völlig falschen Gedanken, während eines Gottesdienstes, schilt sie sich. Sie versucht sich auf Pastor

Wendorffs salbungsvolle Worte zu konzentrieren. Früher als kleines Mädchen hatte sie eine Zeitlang gedacht, der alte Pastor Natus, der schon vor Jahren gestorben war, sei selbst der liebe Gott, fällt ihr ein. Sie muss schmunzeln. Linde beugt sich dicht an ihr Ohr „Nele, ich glaube, mir wird übel. Ich muss nach draußen", flüstert sie. „Kommst du bitte mit?" Sie fasst sie fordernd am Arm. Der Pastor spricht ein Gebet, wobei er seiner Gemeinde den Rücken zukehrt und auf den Altar blickt. Nele und Linde nutzen den Augenblick, um so unauffällig wie möglich aus der Bank zu rutschen. Der Küster blickt sie fragend an. Linde macht ein gequältes Gesicht und hält sich den Bauch, aber kaum sind sie draußen, prustet sie los und zieht Nele mit sich. „Du hast es nur vorgetäuscht!", entrüstet Nele sich. „Natürlich, oder glaubst du, ich will den halben Sonntag dem Pfaffen zuhören. Dieses Gesabbel vom lieben Gott kann mir gestohlen bleiben." „Du solltest nicht so respektlos reden!", mahnt Nele. „Ach, nein? Hast du dem Pfaffen zugehört? Gott hat für alles einen Plan? Zum Beispiel den Weltkrieg oder die Spanische Grippe? Dazu eine Portion Hunger und Elend? Wenigstens hat der liebe Gott uns nicht noch die Pest dazu geschickt! Jedenfalls wenn Gott soetwas plant, lieb ist das nicht, und falls der große Krieg wieder so eine Prüfung für uns Menschen sein sollte, hätte ich gerne drauf verzichtet!", schimpft Linde. Sie laufen in Richtung Hafen bis Linde sich beruhigt hat und das Thema wechselt. „Also, Paul hat mich geküsst – und wie!", schwärmt sie plötzlich. Vorgestern noch hast du mich geküsst, denkt Nele wehmütig, aber wenn sie jetzt in einen Mann verliebt ist, kommen wir wenigstens nicht wieder in Versuchung. Linde plappert munter weiter von ihrem Tanzabend, dass der geizige Erwin Peters auch dort war und Paul jede Menge Sekt spendiert hat, und dass sie glaubt, dass er es ernst meint. Am Nachmittag sei sie mit Paul verabredet. Nele blickt trübsinnig. „Was ist denn los, Kleines? Die Hälfte von deinem Stubenarrest ist doch schon fast herum." Sie will ihr tröstend über die Wange streicheln, aber Nele wehrt ihre Hand ab. „Lass das!", sagt sie energisch, dann etwas milder: „Das war nicht richtig, vorgestern am See." „War es nicht schön für dich?", fragt Linde mit sanfter Stimme. „Darum geht es nicht. Sowas ist wider die Natur, Linde!" „Wie kann etwas wider die Natur sein, was schön für dich ist?" „Du verstehst mich einfach nicht, ich muss nach Hause. Die Kirche ist gleich aus." Sie wendet sich ab und geht langsam davon. Jetzt habe ich es mir auch noch mit meiner besten Freundin verdorben, denkt sie verdrossen.

„Ich schicke dir gleich morgen einen fähigen Arbeiter, Theo!", spricht Leutnant von Reichenberg zu einem Mann in grauem Anzug. Die beiden sitzen im Fährhaus Ziehl nahe dem Geesthachter Elbufer. „Alfred, das geht nicht so einfach! Doktor Giesel hat da möglicherweise ein Wörtchen mitzureden. Außerdem, der andere Kerl, den ich seinerzeit einstellen sollte, ist jetzt..." Von Reichenberg unterbricht ihn mit einer energischen Handbewegung. „Genau deshalb braucht ihr doch Ersatz!" flüstert er. „Ich werde ihm ein Empfehlungsschreiben mitgeben, dann müsst ihr ihn einfach einstellen. Er ist tatsächlich ein sehr versierter Mann, zudem ein ehemaliger Marineangehöriger!" „Ich sehe, was ich machen kann", brummt Theobald Hunfeld, leitender Verwaltungsbeamter bei der Dynamit-AG. „Ich verlasse mich auf dich, Theo! Das sind wir unseren tapferen Veteranen schuldig, dass sie redliche Arbeit bekommen." Er winkt dem Kellner, um die Rechnung zu begleichen.

Markwart, der zwei Tische weiter vor seiner Limonade sitzt, hatte das Gespräch zwar nicht wörtlich mithören können, aber dass ein Veteran redliche Arbeit bekommen sollte, hatte er verstanden. Außerdem kommt ihm dieser etwas arrogant wirkende Mensch bekannt vor. Er hatte ebenfalls im *Deutschen Haus* logiert, ist offensichtlich kein Geesthachter und treibt sich immer noch hier herum. Wahrscheinlich ist er Geschäftsmann und hatte ein Gespräch mit dem anderen Herrn mit der Pomadenfrisur. Kein armer Mann, er trägt einen teuren Anzug. Sein Kriminalisteninstinkt rät ihm, dem Mann, den er in dem Hotel bereits gesehen hatte, unauffällig zu folgen. Er legt ein paar Groschen auf den Tisch und gibt dem Kellner ein Zeichen, bevor er aufsteht und die Verfolgung aufnimmt. Der Mann marschiert in zügigem Tempo den Fährstieg entlang, nicht wie ein Sonntagsspaziergänger, sondern wie jemand, der geschäftig einen Plan verfolgt. Auf dem Markplatz ist eine größere Menschenmenge, die mit dem Raddampfer aus Hamburg angereist ist, dabei sich auf die umliegenden Gasthäuser zu verteilen – Kegelbrüder, Wandervögel und Turnvereine. Von irgendwo klingt Marschmusik. Von Reichenberg taucht in der Menschenmenge unter, so dass Markwart ihn kurz aus den Augen verliert. Dann sieht er ihn im Hotel *Deutsches Haus* verschwinden.

Markwarts Geduld wird schon bald belohnt. Er hat an einem der Tische im *Deutschen Haus* Platz genommen und eine Suppe bestellt, das billigste Gericht auf der Speisekarte. Um ihn herum lärmen die anderen Gäste. Die Luft wird zusehends schlechter, Zigarrenqualm mischt sich mit Bierdunst und den Gerüchen einer schwitzenden Menschenmenge. Ein Gesangverein gibt eine kräftige Darbietung deutschen Liedgutes, was das Stimmengewirr der anderen Gäste nur weiter anschwellen lässt. Beinahe hätte Markwart den Mann nicht erkannt. War er vorher noch in bürgerlicher Sonntagskleidung gewandet, tritt er nun in der einfachen Bekleidung der Arbeiter in das Foyer. Er verschwindet augenblicklich nach draußen. Markwart drückt dem verblüfften Kellner ein Markstück in die Hand, ohne das Wechselgeld abzuwarten und verfolgt den Kerl eilig. Dass er sein Aussehen verändert hat, ist nicht nur merkwürdig, sondern verdächtig.

Heute am Sonntag befinden sich eine Menge Leute vor dem ärmlichen Wohnhaus der Glashütte, stellt von Reichenberg fest. Männer sitzen vor dem Haus, spielen Karten und trinken Bier. Frauen stehen beieinander, Kinder lärmen vor der stillgelegten Fabrik, einige Jungen spielen Fußball. Ein kleiner Junge steht etwas abseits. Von Reichenberg tritt auf ihn zu. „Na, mein Junge. Willst du dir einen Groschen verdienen?" Der Kleine sieht ihn ungläubig an. „Weißt du, wo Hartungs wohnen?" „Klar, dort drüben", antwortet er und zeigt auf das Wohnhaus. „Dann lauf hinüber und sag dem Paul Hartung, dass ein Freund hier hinter der Fabrik auf ihn wartet. Wenn du ihn hierher gebracht hast, bekommst du den Groschen, aber sei ein bisschen unauffällig, es müssen nicht alle Leute mitkriegen, hörst du?" „Der Junge nickt zögerlich." „Na los, dann lauf!"

Hartung, der sich seinen Möglichkeiten entsprechend für das Rendezvous mit Sieglinde herausgeputzt hat, erkennt Leutnant von

Reichenberg erst auf den zweiten Blick. „Herr Leutnant..." „Pscht!",
macht der Offizier. Er schnippt dem Jungen, der erwartungsvoll von
einem Fuß auf den anderen tritt, die versprochene Münze zu, die der
routiniert auffängt. „Aber erzähl es niemandem, sonst nehmen sie
dir den Groschen schnell wieder ab", empfiehlt von Reichenberg.
„Bin doch nicht dumm", sagt der Junge und rennt weg. Der Offizier
zieht ein Couvert aus seiner Jacke und wendet sich Hartung zu. „Damit bewerben Sie sich morgen bei der Dynamit-AG. Stellen Sie sich
bei Herrn Theobald Hunfeld vor. Verrichten Sie zunächst die Arbeit,
die man Ihnen zuweist. Männer der Arbeitervertretung werden sich
vermutlich an Sie wenden. Verhalten Sie sich unauffällig, treten Sie
meinetwegen der verdammten Gewerkschaft bei. Hauptsache, man
hält Sie für einen normalen Fabrikarbeiter." „Das ist alles?", fragt
Hartung und hofft, dass es so ist. „Fürs Erste, ja. Halten Sie sich unbedingt am Dienstagabend bereit. Ich treffe Sie hier an der Glasfabrik. Sie erhalten dann weitere Anweisungen von mir!"

Schau an! Die Welt ist klein, denkt Markwart, der die Szene aus
sicherer Entfernung beobachtet hat. Von dem Gespräch hatte er
diesmal nichts verstehen können, aber er hatte gesehen, dass Geld
den Besitzer gewechselt hat. Entweder zahlte der Kerl seine Schulden an diesen Hartung zurück oder es ging um etwas anderes, was
möglicherweise mit dem Mord zu tun hat. Markwart hält Ausschau
nach dem kleinen Jungen, der offensichtlich losgeschickt wurde, um
Hartung Bescheid zu sagen, aber er ist spurlos verschwunden. Eines
ist klar, der Fremde wollte offensichtlich nicht erkannt werden.

Linde erscheint pünktlich vor dem *Alten Fährhaus*, dem verein-
barten Treffpunkt mit Paul. Gerade hat sie den Glockenschlag der
Sankt-Salvatoris-Kirche vernommen. – drei Uhr! Vielleicht würden
sie nach einem romantischen Spaziergang am Elbufer im alten Fährhaus einkehren, oder sogar im benachbarten Fährhaus Ziehl, wo die
besseren Kreise verkehren, hofft sie. Hartung begrüßt sie kurz darauf mit einem auf die Wange gehauchten Kuss und einem kleinen
Sträußchen frisch gepflücktem Flieder. Wie romantisch, denkt
Linde. „Gehen wir in diese Richtung?", schlägt er vor, weist in Richtung der Glashütte und bietet ihr seinen Arm an. „Gern." Sie strahlt.

Auch Hartung durchströmt ein Glücksgefühl, das er so noch nicht verspürt hatte. Er verdrängt den unangenehmen Beigeschmack der vorangegangenen Begegnung mit dem Leutnant.

Linde und Paul waren so ins Gespräch vertieft, dass sie gar nicht bemerkten, wie weit sie schon gelaufen waren. Erst das laute Tuten zweier Basedow´scher Raddampfer, die sich auf der Elbe begegnen, reißt sie aus ihrem Gespräch. Die sonntäglichen Spaziergänger waren seltener geworden, je weiter sie sich von Geesthacht entfernt hatten. Vor ihnen tauchen bereits die ersten Gebäude der Dynamit-AG auf. „Morgen fängst du also dort auf der Fabrik an?", fragt Linde, obwohl er es ihr bereits berichtet hatte. Er nickt. Noch habe ich die Arbeit nicht, aber die Chancen stehen wohl nicht schlecht, dass sie mich anstellen, sagt er sich. Ein stattlicher Mann, der Arbeit hat, der ein Kavalier ist und zärtlich sein kann! Den lasse ich nicht wieder los, denkt Linde und schmiegt sich in seinen Arm.

Nele sitzt am Fenster ihres Zimmers, das sie früher mit ihren älteren Schwestern teilte. Seit Martha und Adele ausgezogen sind, hat sie zwar das Zimmer für sich allein, aber dafür ist es manchmal ganz schön trübsinnig. Alles was von ihrer gemeinsamen Kindheit zurückblieb, ist Marthas Puppe, die in ihrem von der Sonne verblichenen Kleid auf der Fensterbank sitzt. Als sie noch Kinder waren, hatten sie sich oft um die Puppe gestritten. Seit Martha ausgezogen war, hatte Nele sie nicht mehr angerührt. Sie denkt an die Zeiten zurück, als sie mit ihren Schwestern Kissenschlachten veranstaltete, sie vor dem Schlafengehen herumgetobt hatten, bis Mutter schimpfend ins Zimmer kam, oder sie sich vor dem Einschlafen unter der Bettdecke schaurige Geschichten erzählt hatten.

Später blättert sie in einer alten Ausgabe der *Gartenlaube,* einer Zeitschrift, die Mutter einmal gesammelt hatte, ohne darin zu lesen. Eine kitschige Liebesgeschichte, die sie wieder an Linde erinnert. Ihre Gedanken sind plötzlich wieder in Unordnung, obwohl es sie erleichtert hatte, die Sache, die am See passiert war, noch einmal bei Linde anzusprechen. Dennoch ist sie hin- und hergerissen zwischen der unerwarteten Erfahrung und Ekel vor sich selbst. Ob Linde jetzt gerade solche Dinge mit diesem Paul Hartung trieb? Immerhin war

Linde verheiratet gewesen und sicher nicht mehr unberührt. Wie konnte sie dann mit Männern und Frauen gleichzeitig...? „Ach, warum vergesse ich es nicht einfach und schaue nach vorn?", fragt Nele sich immer wieder. Morgen ist Montag, da arbeite ich wieder im Gemeindeamt und komme ein paar Stunden hinaus. Das wird Vater mir kaum verwehren.

Krümmel, Gelände der Dynamit-AG - Tag 6, Montagmorgen

Wachschutzleiter Meineckes Dienst beginnt heute um sechs Uhr in der Frühe. Das Verwaltungsgebäude ist noch verwaist. Zwei seiner Männer bewachen das Werkstor, die anderen beiden hat er mit den Hunden auf Patrouille geschickt. Er schleicht über den Gang an Bürotüren vorbei. Die Herren Verwaltungsbeamten werden nicht vor acht Uhr eintreffen, der Herr Direktor erst um neun. Einige Büros sind verschlossen, so auch jener Büroraum, den die Kriminalpolizei requiriert hatte. Meinecke sortiert in seinem dicken Schlüsselbund herum und schließt das Büro auf. Es ist gerade hell genug, dass er etwas erkennen kann. Dort steht sie, die geliehene Schultafel, auf der dieser Kriminalsekretär sein wirres Schema aufgezeichnet hat. Meinecke besieht sich die mit Pfeilen verbundenen Kästchen und Abkürzungen. Bestimmte Orte auf dem Werksgelände sind offensichtlich in Zusammenhang gebracht worden, soviel ist zu erkennen. Ein Pfeil verbindet den Wasserturm mit den Patronierhütten, ein weiterer Pfeil kennzeichnet jene Stelle, wo der Wachhund den Filzschuh aufgespürt hatte – das ist keine Überraschung. Meinecke sieht auf den Tischen und in den Schubladen nach, ob die Herren Kriminaler nicht irgendetwas liegen ließen. Das ist nicht der Fall. Er schließt den Raum wieder ab, ohne etwas verändert zu haben.

Zwei Stunden später erscheint Paul Hartung am Werkstor. Er weist dem Wachschutzmann seine Papiere und Referenzen vor, woraufhin man ihn auf das strengste Rauchverbot hinweist und nach Zündhölzern fragt. Kurz darauf führt man ihn in das Verwaltungsgebäude.

Theobald Hunfeld tut so, als ob er konzentriert Hartungs Papiere studiert, der nervös auf einem harten Stuhl vor seinem Schreibtisch hockt. Ganz egal, ob ihm der Mann gefällt oder nicht. Wenn von Reichenberg es verlangt, diesen Kerl einzustellen, sollte er es besser tun. Außerdem scheint er tatsächlich ein versierter Handwerker mit passenden Kenntnissen aus seiner Zeit bei der Marine zu sein. Meinetwegen, denkt er. Mehr über die Hintergründe, weshalb von Reichenberg sich derartig für ehemalige Marineangehörige verwendet, will er lieber gar nicht erst wissen. „Warten sie einen Augenblick draußen auf dem Gang!", sagt er zu Hartung, „und schließen Sie die Tür hinter sich!"

Hartung lauscht in der Nähe der Tür, ob er etwas verstehen kann. Der Kerl telefoniert offensichtlich, aber die dicke Tür dämmt das Telefonat so stark, dass er nichts verstehen kann. Wieder denkt er an den gestrigen Nachmittag mit Sieglinde. In seinem Herzen lodert inzwischen eine Feuersbrunst, wie einst unter den Kesseln der Seydlitz, muss er sich eingestehen. Vor zwei Tagen noch hätte er sich so etwas nicht träumen lassen. Sieglinde, welch ein Glück, dass sie noch zu haben ist, nachdem er sechs Jahre zuvor nach einem kurzen Techtelmechtel einfach verschwunden war. Damals waren sie eben sehr jung gewesen - aber jetzt. Leider konnten sie nirgends heimlich ungestört sein. Plötzlich wird die Bürotür aufgerissen. „Also, wir stellen Sie ein, Herr Hartung. Sie werden gleich abgeholt, dann wird man Ihnen Ihre Arbeit zeigen. Vorher lesen Sie die Fabrikordnung durch!" Er reicht ihm ein Blatt Papier. „Heute Mittag haben wir Ihren Einstellungsvertrag und Ihr Arbeitsbuch fertig." „Danke Herr Hunfeld" „Schon gut!", winkt Hunfeld ab und verschwindet in seinem Büro.

Oberwachtmeister Schilde betritt den Dienstraum im alten Pastorat. Nur Peters ist bereits dort. „Moin, Peters, Wiechmann noch nicht da?" „Nee, der kommt heute nicht, hat ja den ganzen Sonntag hier Dienst geschoben." Schilde sieht es am übervollen Aschenbecher. „Wahrscheinlich versah er seinen Dienst Zigaretten qualmend mit den Füßen auf dem Schreibtisch!", vermutet Schilde und setzt sich. „Was gab es so am Wochenende? Irgendetwas Verdächtiges?" „Allerdings, Herr Oberwachtmeister. Ich habe mich am Samstagabend in der Gaststätte *Zur Post* umgesehen, dort gab es ein Tanzvergnügen. Ich habe etwas Interessantes beobachtet. Der Kerl, den Herr Markwart neulich vernommen hat und den Sie unter vorläufigen Arrest nahmen, hat am Samstagabend in der Gaststätte *Zur Post* ganz schön die Korken knallen lassen." „Der Hartung? Ich denk, der hat kein Geld?" „Samstagabend hatte er jedenfalls welches. Er hat Sieglinde Wollenweber und Henriette Kröner Sekt spendiert und mit ihnen herumgeturtelt. Danach ist er mit den beiden abgezogen."

„Soso, Sieglinde Wollenweber! Die junge Kriegswitwe! Und Henriette Kröner, die ist doch verheiratet. War ihr Ehemann nicht dabei?" „Nee, der ist doch weg aus Geesthacht", bemerkt Peters. Schilde denkt einmal mehr, dass die Wollenweber kein Umgang für Nele ist. „Und Hartung war allein dort?" „Er ist allein gekommen, aber dann ist die Sieglinde hin zu ihm. Ich glaube, die kannten sich schon vorher." „Verdächtig", findet Schilde, als Markwart die Wache betritt. „Guten Morgen, Männer!", grüßt er. „Wo kommen Sie denn schon so früh her, Herr Kriminalsekretär?" „Habe das Wochenende in Geesthacht verbracht und so meine Beobachtungen gemacht. Hat Ihre Tochter Ihnen meine Grüße nicht überbracht? Ich traf sie gestern vor der Kirche?" „Nein, hat sie wohl vergessen. Und? Was waren Ihre Beobachtungen in Geesthacht?" Markwart berichtet ihm, dass er diesen fremden Kerl observiert hat, der zunächst ein vermutlich konspiratives Gespräch mit einem gut gekleideten anderen Herrn im Fährhaus Ziehl geführt habe. Es ging um eine Arbeitsvermittlung auf der Dynamit-AG, soviel habe er immerhin mitbekommen. Anschließend hat der Kerl sich im *Deutschen Haus*, wo er logiert, umgezogen. In der Kleidung eines einfachen Arbeiters hat der Fremde diesen Hartung aufgesucht. Das scheint umso mehr verdächtig, da die beiden sich heimlich hinter den Gebäuden der Glasfabrik trafen, wo er dem Hartung Geld übergab. „Es sah so aus", berichtet Markwart weiter, „als ob sie zunächst eine Meinungsverschiedenheit hatten. Der Fremde hält sich bereits mehrere Tage in Geesthacht auf. Ich denke, das ist eine Spur, die wir verfolgen sollten. Ich würde dies vorher allerdings mit Kommissar Lehnhardt besprechen. Ich werde ihn gleich anrufen", endet Markwart. „Sollten Sie das nicht ebenfalls mit Kommissar Froschleib besprechen? Er ist doch Ihr direkter Vorgesetzter", bemerkt Schilde. „Kommissar Froschleib hat sich wegen einer Magenverstimmung beurlauben lassen", sagt Markwart, „aber ich werde meine Dienststelle in Ratzeburg selbstverständlich vom Fortgang der Ermittlungen unterrichten." „Bevor Sie Kommissar Lehnhardt anrufen, hören Sie sich bitte an, was Peters am Samstagabend beobachtet hat." Schilde berichtet dem Kriminalsekretär allerdings persönlich von dem Tanzabend und dem Sektgelage von Paul Hartung und den beiden Frauen.

„Sagen Sie, Herr Schilde, könnten Sie so eine Schultafel besorgen, wie wir sie in der Fabrik in Krümmel haben? Ich würde gern ein neues Ermittlungsschema anfertigen und zwar hier bei Ihnen in der Polizeiwache." „Peters, lauf mal zur Gemeindeschule rüber und konfisziere eine Schultafel für den Herrn Markwart!", befiehlt Schilde.

Der Schaffner der Werkseisenbahn würdigt Schilde und Markwart keines Blickes, nachdem die beiden am Geesthachter Bahnhof die Unverschämtheit besitzen, ohne zu fragen, seinen Zug zu besteigen. Zuvor hatte Markwart einige Telefonate geführt, dass die Drähte glühten. Kommissar Lehnhardt wollte zunächst bei den verbliebenen Dienststellen der Marine recherchieren, ob es dienstliche Zusammenhänge oder Gemeinsamkeiten zwischen dem Mordopfer und dem Obermaat Paul Hartung sowie weiteren Marineveteranen auf der Dynamitfabrik Krümmel gab. Die Recherchen gestalten sich offensichtlich recht aufwändig und werden ein paar Tage in Anspruch nehmen. „Haben Sie schon die Zeitung gelesen?", fragt Markwart, als sich der Zug in Bewegung gesetzt hat. „Nein, noch nicht." „In dem heutigen Artikel über den Mordfall steht, dass Zantek bei der Marine war. Das weiß die Presse ebenfalls schon." „Lässt sich wohl kaum verhindern", seufzt Schilde. „Vielleicht gar nicht verkehrt, wenn es die Öffentlichkeit weiß, möglicherweise bekommen wir Hinweise aus der Bevölkerung", überlegt Markwart.

Wachschutzleiter Meinecke kommt den beiden Polizisten aufgeregt entgegen, als sie vor dem Werkstor ankommen. „Sie kommen gerade zur rechten Zeit. Wir haben noch einen Toten gefunden." „Was? Wo wurde er gefunden? Wer hat ihn gefunden?" „Er hängt an der Drahtseilbahn. Wachmann Dietrichsen hat ihn vor zwanzig Minuten entdeckt, als er seinen Rundgang machte." „Woher wissen Sie, dass er wirklich tot ist!", fragt Schilde. „So wie der da hängt, sein Brustkorb ist eingeschnürt, wie bei dem anderen Toten am Wasserturm. Jedenfalls regt der sich nicht mehr. Wenn er noch gelebt hat, so hat ihn das lange Hängen am Seil umgebracht", erklärt Meinecke. Markwart wird noch etwas blasser, als er ohnehin schon ist. „Weiß Oberwachtmeister Krogmann schon Bescheid?" „Er ist auf dem Weg hierher." „Dann führen Sie uns unverzüglich an den Tatort und holen Sie den Wachmann, der den Toten entdeckt hat!", befiehlt Markwart. „Ich habe ihn entdeckt", meldet sich ein Uniformierter, der etwas abseits steht. „Sie sind Wachmann Dietrichsen?", fragt der Kriminalsekretär. Der Mann nickt. „Sind Sie in der Nacht auch schon dort gewesen?" „Ja, aber es war bedeckter Himmel und stockfinster. Wir haben zwar eine Lampe dabei, aber damit erkennen Sie in der Dunkelheit dort oben nichts." „Und gestern Abend, als es noch hell war?" „Da hatte ich Dienst", meldet sich Wachmann Funke. „Mein Rundgang führte in der Nähe vorbei. Es dämmerte bereits. Aber, wenn ich ehrlich bin, Herr Kommissar ..." „Kriminalsekretär!", verbessert Markwart. „Herr Kriminalsekretär, ich habe da nicht hingesehen." „Und Ihr Hund? Hatten Sie den dabei?" „Ja, der brave Caesar, aber der war ganz ruhig an der Leine." „Also können wir vorerst davon ausgehen, dass der Mord in der Nacht geschah und das Opfer dort platziert wurde", stellt Markwart fest.

Zehn Minuten später erreichen sie die Gebäude der alten Schwefelsäurefabrik, wo schon einige Männer zusammenstehen. Fast alle schauen nach oben. Hoch über der Böschung hängt eine Person unter einer Transportgondel. Schon von weitem sieht es so aus, als ob das Opfer genauso wie Zantek aufgehängt wurde, ein Seil ist um die Brust gewickelt. Der Mann hängt schlaff und völlig leblos dort oben, wie vom Wachschutzleiter beschrieben. Markwart wendet sich an Meinecke: „Wie kam das Opfer dort hinauf? Sagten Sie nicht, die Drahtseilbahn sei stillgelegt?" „War sie eigentlich auch. Sie wurde früher benutzt, um Schwefelkies von der Verladestelle am Elbufer hier hinauf ins Lager zu fördern." Meinecke zuckt mit den Schultern. „Ja, Herrgott nochmal, wer kennt sich denn mit dem Ding aus?" mischt Schilde sich ein. Einer der Arbeiter tritt vor. „Wir haben vor Monaten den Strom abgeklemmt. Eben habe ich die Anschlüsse überprüft. Die Leitungen sind wieder angeschlossen." „Aha, und wer sind Sie?" „Wallert, Hermann Wallert, Elektriker, Herr Wachtmeister" „Wer hat die Leitungen wieder angeschlossen?", fragt Markwart. „Ich war es jedenfalls nicht", sagt Wallert. „Wer ist für die Stromanschlüsse verantwortlich?" „Eigentlich Emil Wagenfurth, der Werkstattmeister, aber der ist krank. Vormann Ahrens ist sein

Stellvertreter", sagt Wallert. Markwart weist einen der Arbeiter an, den Herrn Ahrens zu holen. „Also funktioniert die Anlage?", wendet Markwart sich wieder an den Elektriker. „Wir haben den Antrieb noch nicht eingeschaltet, wegen der Leiche dort oben." „Gibt es eine Möglichkeit, das Opfer dort herunter zu holen, ohne die Seilbahn einzuschalten?", fragt Markwart und erntet ratlose Blicke und Achselzucken. „Zeigen Sie mir, wo die Seilbahn eingeschaltet wird!", fordert Markwart. „Vielleicht sollten wir warten, bis der Vormann oder Betriebsleiter hier ist. Ich bin eigentlich nicht befugt", wendet der Elektriker ein. „Können Sie die Anlage bedienen, also in Gang setzen, Herr Wallert?" „Ja, natürlich!" „Dann sind Sie jetzt befugt. Wir holen den Toten zuerst dort herunter!", befiehlt Markwart.

„Hebel nach vorn, dann fördert die Seilbahn den Toten hier hinein", erklärt Wallert. „Das heißt, um den Toten von hier dorthin zu befördern, wo er sich jetzt befindet, ist er einmal nach unten gefahren worden und wieder hier hinauf, oder kann die Seilbahn auch rückwärts fahren?" „Wenn sie rückwärts laufen soll, muss man das Getriebe umschalten. Es steht aber auf Vorwärtsfahrt. Rückwärtsfahrt macht nur Sinn, wenn etwas repariert werden muss." „Also, alles was man tun muss, ist den Hebel nach vorn schieben?", fragt Markwart. „Ja, der Hauptschalter wurde wohl bereits betätigt. Man läutet die Glocke zweimal, bevor man den Antrieb einschaltet, damit die Kollegen unten Bescheid wissen." „Also los! Aber berühren Sie den Hebel nur ganz am unteren Ende mit einem Tuch, damit die Fingerabdrücke des Täters erhalten bleiben!", befiehlt der Kriminalsekretär. Wallert wickelt sich den Ärmel seiner Jacke um die Hand. „So?" Markwart nickt. „Gut. Schalten sie die Seilbahn jetzt an!", befiehlt der Kriminalsekretär.

Schilde war nicht mit ins Gebäude gekommen, sondern ein Stück die Böschung hinabgestiegen, genau an jene Stelle, wo der Tote hängt. Er untersucht den Boden – keine Blutspuren und auch sonst nichts, stellt er fest. Dann hört er zwei Glockenschläge und gleich darauf das Geräusch des Seilbahnantriebes. Das Zugseil über ihm wird straff und zieht den Toten mit einem Ruck in Richtung der Fabrik. Die Leiche pendelt gespenstisch hin und her und verschwindet schließlich im Gebäude. Dann hält die Seilbahn abrupt an und es ist plötzlich so still, dass Schilde die Vögel in den Büschen zwitschern hört.

Wenige Gebäude entfernt blickt Paul Hartung aus einem Fenster. Man hatte ihn zwar für die Werkstatt eingestellt, aber gleich mit zwei Kollegen dazu eingeteilt, ausgebaute Rohrleitungen und andere Bauteile aus der Schwefelsäurefabrik zu reinigen und den Rost zu entfernen. Eigentlich hatte er sich das anders vorgestellt mit seiner neuen Arbeit, aber er ist ja auch erst seit einer Stunde hier. Vor wenigen Minuten hatte er die beiden unsympathischen Kerle von der Polizei vorbeieilen sehen, die ihn in der vorangegangenen Woche verhört und eingesperrt hatten. Denen wollte er nicht so schnell wieder über den Weg laufen. Deshalb war er seinen Kollegen auch nicht gefolgt, als sie sensationslüstern hinüber gelaufen waren, weil dort ein weiterer Toter gefunden wurde. Er geht zurück an seine Werkbank, spannt ein schweres Metallteil in den Schraubstock und fängt an, es mit einer Drahtbürste zu bearbeiten. Hoffentlich ist der zweite Tote nicht auch einer von der Organisation Consul, überlegt er und fragt sich einmal mehr, ob er Leutnant von Reichenberg vertrauen kann – Offiziersehre hin oder her?

Es ist der gleiche Knoten, ein Palstek", sagt Markwart leise, als sie den Toten betrachten. „Die Haut der Leiche mutet an wie rußiges Wachs. Der Mann ist kleiner als der Tote vom Wasserturm. Die Kleidung ist großflächig mit getrocknetem Blut durchtränkt. Von seiner Nase fehlt ein Stück, als ob sie jemand abgebissen hat. Ebenso einige Fingerkuppen. Dann steigt dem Kriminalsekretär dieser widerwärtige süßliche Geruch in die Nase. Schnell wendet er sich ab. „Ein eher junger Mann, soweit man es bei seinem Zustand erkennen kann", sagt Markwart. „Ich bin zwar kein Doktor, aber der Kerl sieht aus, als ob er schon länger tot ist. Was ist denn mit seiner Nase passiert?", bemerkt Schilde, der gerade hereingekommen ist. „Das wüsste ich auch gern", sagt Markwart. „Ich habe mir eben die Stelle angesehen, wo er gehangen hat. Dort ist kein Blut am Boden zu sehen", berichtet Schilde. „Heute Nacht ist er sicher nicht gestorben", vermutet auch Markwart. „Wir sollten ihn so schnell wie möglich in die Gerichtsmedizin bringen."

Zwei weitere Männer betreten den Bedienstand der Drahtseilbahn. „Sie sind?", fragt Markwart. „Ahrens, ich bin Vormann der Hauptwerkstatt. Sie wollten mich sprechen?" Der Mann sieht müde aus, hat Ringe unter den Augen, stellt der Kriminalsekretär fest. „Hatten Sie bereits in der vergangenen Nacht Dienst, Herr Ahrens?" „Nein, seit heute Morgen um sieben." „Ist Ihnen der Tote bekannt?", fragt Markwart. Der Vormann blickt emotionslos zu der am Seil hängenden Leiche. „Hab´ ihn schon mal gesehen, aber seinen Namen weiß ich nicht." „Eine Frage noch. Wer hat die Seilbahn wieder in Betrieb genommen, ich meine den Strom angeklemmt und so weiter?", fragt Markwart. „Das wüsste ich auch gern", sagt Ahrens. „Wann haben Sie die Anlage denn abgeklemmt?" „Gar nicht. Die Seilbahn war schon außer Betrieb, als ich hier anfing." „Dann sind Sie noch nicht lange hier beschäftigt?" „Seit sechs Monaten. Brauchen Sie mich noch? Ich muss zurück in die Werkstatt", bedeutet Ahrens ihm. „Ich komme später noch einmal auf Sie zu, Herr Ahrens", sagt Markwart. Der Vormann wendet sich ab und geht.

„Heinrich! Wie schafft ihr es bloß, ständig vor uns am Tatort zu sein?", poltert Hauptwachtmeister Krogmann, der mit Schupo Brachteisen den Raum betritt." „Zufall, Berthold, nichts als Zufall", sagt Schilde. Krogmann blickt auf den Toten. „Was ist das denn wieder für eine Sauerei?" „Das sehen Sie doch! Machen Sie sich lieber nützlich und knoten den armen Kerl los!", befiehlt Markwart. Dann wendet er sich an die im Hintergrund herumstehenden Arbeiter: „Kennt jemand von euch den Toten?" Die Männer kommen näher heran, werfen vorsichtige Blicke auf die Leiche. „Den habe ich schon mal gesehen", sagt einer „Ich auch", meldet sich ein weiterer Arbeiter. „Weiß auch jemand den Namen von dem Toten?", fragt Markwart ungeduldig. „Die beiden Arbeiter schütteln die Köpfe. „Ist keiner aus der Stammbelegschaft. Das muss einer von diesen Notstandsleuten sein", erklärt einer der beiden. „Wann hast du ihn zuletzt gesehen?" Der Mann überlegt. „Schon eine oder zwei Wochen her." „Geht's etwas genauer?" „Nee, weiß ich nicht genauer", brummelt der Arbeiter in seinen Bart. „Und wo hast du ihn gesehen und wie oft?" „Zwei, dreimal in der alten Nitrierung, die haben da aufgeräumt und sowas. Mehr weiß ich nicht." „Gut, ihr könnt wieder an eure Arbeit gehen, Männer", richtet er sich an die Gruppe. Die Arbeiter verlassen leise murmelnd den Raum, nur Wachschutzleiter Meinecke weicht den Polizisten nicht von der Seite.

Kurz darauf liegt der Tote auf einer Unterlage aus Brettern. „Wir müssen zumindest nachsehen, wo das ganze Blut herkam, also wie und wo er verletzt wurde. „Na, an der fehlenden Nasenspitze wird's nicht gelegen haben", murmelt Krogmann. „Würde vielleicht jemand von Ihnen ...?", spricht Markwart. „Jawohl, Herr Kriminalsekretär! Das ist Arbeit für die niederen Dienstgrade, was? Aber wir sind ja nicht so zimperlich!", spottet Krogmann und knöpft die Jacke des Toten auf. „Hier fehlt ein Knopf! Habt ihr das schon bemerkt?" „Nein, Herr Krogmann", bestätigt Markwart und schreibt es in sein Notizbuch. Krogmann durchsucht zunächst die Taschen des Opfers. Sie sind leer, genau wie bei dem ersten Opfer. „Los Brachteisen! Fass gefälligst mal mit an!", befiehlt Krogmann, der vor der Leiche kniet.

Widerstrebend beugt Markwart sich über den Toten, als dessen Oberkörper freigelegt ist. „Würde sagen, den hat jemand ganz ordentlich aufgeschlitzt!" erklärt Krogmann ziemlich unsensibel und weist auf eine mehrere Zentimeter lange klaffende Schnittwunde unterhalb des Herzens. „Ich sehe es! Danke Oberwachtmeister, decken Sie ihn bitte zu und ein bisschen mehr Pietät, wenn ich bitten darf!" „Auch das, Herr Kriminalsekretär", höhnt Krogmann. Er bedeckt den Toten mit Jutesäcken. „Brachteisen, Sie bewachen die Leiche, bis wir den Abtransport geklärt haben. Lassen Sie niemanden herein!", befiehlt Markwart wieder etwas gefasster. „Gehen wir. Es gibt eine Menge zu tun", wendet er sich an die beiden Oberwachtmeister. Zunächst muss ich dringend telefonieren. Die Herren Kommissare Lehnhardt und Froschleib müssen so schnell wie möglich Bescheid wissen." „Und ihren Mors hierher bewegen", ergänzt Krogmann. Markwart überhört die Bemerkung, fragt stattdessen: „Sagen Sie, wie viele Männer passen auf die Pritsche eines Mannschaftswagens der Schutzpolizei?" „Fünfzehn bis zwanzig Mann, wenn die Schupos ein wenig zusammenrücken und nicht alle so eine Figur wie Brachteisen haben", schätzt Krogmann. Wir brauchen mehr Polizisten. Diesmal durchsuchen wir den Laden hier gründlich!", beschließt Markwart. Gut, der Mann, denkt Schilde, am besten wir fordern gleich eine Hundertschaft an.

Theobald Hunfeld marschiert energisch vom Verwaltungsgebäude zum Werkstor. „Um solchen Mist muss man sich auch noch kümmern", regt er sich auf. Gerade hatte der Wachmann von der Pforte angerufen, dass der Hilfslehrer der Krümmler Schule die geliehene Schultafel zurückholen soll. Der Kerl ließ sich offensichtlich nicht abwimmeln. Aus der anderen Richtung sieht er Wachschutzleiter Meinecke mit zwei Polizisten in Uniform und einem in Zivil auf das Verwaltungsgebäude zusteuern. „Sind die Kerle immer noch hier", schimpft er. Von dem zweiten Toten hatte er noch nichts mitbekommen.

Markwart erkennt Hunfeld sofort an seiner Pomadenfrisur. Er wendet sich an den Wachschutzleiter. „Sagen Sie, wer ist der Herr dort drüben?" „Das ist Herr Theobald Hunfeld, ein Verwaltungsbeamter." „Aha, danke!", sagt Markwart, der inzwischen fürchtet, dass die Vielzahl der neu hinzugekommen Erkenntnisse einer zweiten Schultafel bedürfen. In seinem Kopf verbinden bereits Pfeile die Herren Hunfeld, Hartung und den unbekannten Fremden, dessen Identität er dringend herausbekommen muss. Dennoch, eine kriminalistische Grundregel besagt: Lege dich niemals zu früh fest, es könnte auch ganz anders sein!

Als die Polizisten im Gefolge des Wachschutzleiters das Verwaltungsgebäude betreten, kommt ihnen Direktor Roewer entgegen. „Meine Herren, schrecklich, was geschehen ist. So kann das doch nicht weitergehen!" „Da bin ich ganz Ihrer Meinung, Herr Direktor!", bestätigt Markwart. „Ist Herr Kommissar Lehnhardt bereits vor Ort?", fragt Roewer aufgeregt. „Nein, er ist noch in Hamburg. Ich werde ihn umgehend anrufen. Zunächst benötige ich meine Ausrüstung, um Beweise und Fingerabdrücke zu sichern. Leider ist sie noch in Geesthacht. Wir müssten also schnellstmöglich dorthin und auch wieder zurück." „Sie haben keinen Wagen?" „Leider, nein,

Herr Direktor." Roewer überlegt einen Augenblick. „Gut, dann stelle ich Ihnen mein Automobil zur Verfügung – ausnahmsweise! Meinecke, sagen Sie meinem Chauffeur Bescheid. Er wird Sie, meine Herren, nach Geesthacht bringen und samt Ihrer Ausrüstung zügig wieder hierher. Wo ist die Leiche jetzt?" Markwart erklärt ihm kurz, wie der Tote von der Seilbahn geborgen wurde, und dass Schupo Brachteisen das Opfer gewissenhaft bewacht.

Markwart und Schilde haben auf den Ledersitzen im Fond des gewaltigen Direktoren-Benz Platz genommen. „Soll ich das Verdeck schließen, meine Herren?", fragt Hans Uhlig, der Chauffeur, standesgemäß mit Staubkappe und Schutzbrille ausstaffiert. „Lassen Sie es ruhig offen, bei dem Wetter", sagt Schilde.

Uhlig fährt mit röhrendem Motor über den Nobelplatz und biegt auf die durch den Wald führende Straße nach Geesthacht ab. Er fährt wie der Teufel und erklärt, dass es das schnellste Automobil weit und breit ist, indem er aus voller Kehle über die Schulter brüllt, um den donnernden Motor zu übertönen. Die schwere Karosse schlingert bedenklich auf der unbefestigten Straße. Markwart klammert sich am Sitz fest und kneift die Augen zu, wegen des Fahrtwindes und des Staubes der ihm um die Ohren fliegt.

Vor dem alten Pastorat tragen gerade zwei ältere Schüler in Begleitung des Schuldieners eine Schultafel, als das große Automobil vor dem stattlichen Reetdachhaus hält. Die Jungen lehnen die Schultafel an die Hauswand und bestaunen das Fahrzeug. „Gut, ihr beiden, stellt die Tafel in die Wache!", weist Markwart die Schüler an. „Haben Sie Kreide mitgebracht?", fragt er den Schuldiener. „Nee, wieso?" „Nun, wie soll ich ohne Kreide auf der Tafel etwas skizzieren? Ich brauche ein paar Stücken Schulkreide." Der Schuldiener verzieht das Gesicht. „Dauert einen Augenblick, muss ich erst holen." Markwart sieht nach draußen. Der Chauffeur steht mit den beiden staunenden Schülern vor dem Automobil und erklärt ihnen den der Motor des Mercedes. „Ach, Herr Uhlig, fahren Sie doch die drei eben zurück zur Schule und bringen Sie ein Päckchen Kreide mit hierher!" „Jawohl! Ihr beide nach hinten, der Herr Pedell auf den Vordersitz!", spricht der Chauffeur. Die Jungen steigen begeistert in das Auto. Das hätten sie sich nicht träumen lassen! Der Schuldiener nimmt zögerlich und stocksteif vorn im Wagen Platz. Uhlig fährt über den Marktplatz Richtung Friedhofstraße und biegt in den Buntenskamp ab, wo sich die Gemeindeschule befindet. „So, da wären wir! Bringt mir gleich die Kreide! Ich warte solange hier", fordert der Chauffeur.

Bereits eine halbe Stunde später setzt Uhlig die Polizisten vor der alten Schwefelsäurefabrik ab. Sie haben Schupo Peters dabei, der Markwarts Ausrüstung auslädt. Der Kriminalsekretär hatte zuvor von der Geesthachter Polizeiwache mehrere Telefonate mit der Hamburger Kriminalpolizei und der Staatsanwaltschaft geführt, um den Mord zu melden. Leider hatte er Kommissar Lehnhardt immer noch nicht erreicht. Immerhin würde heute noch ein Wagen der Hamburger Polizei kommen, um die Leiche in die Gerichtsmedizin zu bringen. Diesmal würde auch ein Polizeifotograf mit seiner Ausrüstung anreisen. Morgen würde ein Mannschaftswagen mit einem Trupp Schupos aus Hamburg eintreffen. Kommissar Froschleib hatte er zu seinem Leidwesen erreicht. Trotz seiner Magenbeschwerden wollte er umgehend nach Krümmel kommen, um die Ermittlungen zu leiten. Er wird mich dann kritisieren, wie es seine Art ist, um sich anschließend mit den Früchten meiner Arbeit zu schmücken, denkt der Kriminalsekretär verdrossen.

Brachteisen steht stramm, wie es sich für einen Angehörigen der preußischen Schutzpolizei geziemt, neben der Leiche. Er tippt sich mit der Hand an den Tschako und meldet keine besonderen Vorkommnisse, als Markwart und Schilde hereinkommen. „Wo ist Oberwachtmeister Krogmann?" „Er ist mit dem Wachschutzleiter runter zum anderen Ende der Seilbahn. Krogmann meinte, dass man den Toten womöglich dort angeschlagen und hier hinaufbefördert hat." „Das sind allerdings besondere Vorkommnisse, Brachteisen", weist Markwart ihn zurecht, aber Krogmann betritt bereits den Raum. „In der Tat, Herr Markwart. Wäre das Opfer hier angeschlagen und dorthin befördert worden, wo es gefunden wurde, hätte die Seilbahn rückwärts laufen müssen." „Oder, die Leiche hat eine komplette Runde gedreht, mit den absteigenden Gondeln nach unten, mit den aufsteigenden wieder nach oben", überlegt Markwart. „Eben das, Herr Kriminalsekretär, ist nicht möglich, so wie das Opfer unter der Gondel hing. Dort wo die Gondeln in der unteren Station umgelenkt werden, hätte die Leiche nicht hindurchgepasst. Ich habe es mir genau angesehen." Markwart ärgert sich, dass er nicht gleich darauf gekommen ist, und dass Krogmann eigenmächtig mit diesem Meinecke im Schlepptau an der unteren Station der Seilbahn ermittelt hat. „Man kann die Seilbahn auch von unten am Hafen einschalten?" „Ja, der Hauptschalter ist aber nur hier oben." Entweder hat der Mörder sein Opfer hier oben an die Gondel geknotet und die Seilbahn rückwärts laufen lassen, oder er hat es von der unteren Station hier hinauf fahren lassen und über der Böschung gestoppt, überlegt Markwart. „Herr Krogmann, haben Sie dort unten etwas Verdächtiges entdeckt? Blut, zum Beispiel?" „Nein, aber es ist alles voller Vogeldreck auf der Verladeplattform, weshalb man Spuren erkennen kann. Dort ist vor kurzem jemand gewesen." „Ich hoffe Sie haben die Spuren nicht zerstört. Ich sehe es mir heute noch persönlich an", beschließt Markwart. Dann beugt er sich zu der Leiche hinab. Die Füße des Toten schauen unter den Jutesäcken hervor, mit denen man das Mordopfer bedeckt hatte. Im Gegensatz zu dem Toten vom Wasserturm trägt dieser Mann Schuhe. Er besieht sich die Schuhsohlen des Opfers genau. Ist das weiße Zeug Vogeldreck? Könnte sein, sinniert er. Ich brauche so schnell wie möglich eine Laboruntersuchung von dem, was unter seinen Sohlen klebt – moderne Kriminalistik!

Während Markwart, assistiert von Krogmann, feststellen muss, dass sich an der Seilbahnbedienung keinerlei Fingerabdrücke befinden, lässt Schilde sich von Doktor Giesel, dem Betriebsleiter, in der alten Schwefelsäurefabrik herumführen, um verdächtige Spuren oder gar die Tatwaffe zu finden. Gerade gehen sie an einer langen Reihe steinerner Öfen vorbei. Es riecht mineralisch nach kalter Asche und ein wenig auch nach Schwefel und Kohle. „Die Arbeit an den alten Röstöfen war schwer und sehr gefährlich", erklärt Giesel. Schilde bleibt stehen und sieht interessiert in einen der riesigen Öfen hinein. „Sieht aus wie die Backöfen mit Backblechen in einer Bäckerei, nur größer", bemerkt er. Doktor Giesel lacht. „So ein Röstofen funktioniert tatsächlich ganz anders. Der Schwefelkies, wir Chemiker nennen ihn Pyrit, wurde auf die sogenannten Hordenbleche gegeben und im Ofen geröstet. Dadurch steigt Schwefeloxid auf, das in Bleikammern geleitet wird, und sich dort mit bereits fertiger Schwefelsäure verbindet", endet der Betriebsleiter. Schilde versteht nichts von der Materie, fragt stattdessen: „Und inwiefern war die Arbeit an den Öfen sehr gefährlich?" „An diesen alten Öfen musste der Schwefelkies immer wieder mit schweren Rakeln von Hand auf den Hordenblechen bewegt werden. Vorher wurde er von den Arbeitern mit Hämmern zerkleinert. In unserer neuen Fabrik erfolgt die Zerkleinerung in einer Maschine und die Rakel in den Öfen werden ebenfalls maschinell betätigt. Die Arbeiter waren hier direkt den Röstgasen ausgesetzt, die auch Arsen, Blei und andere Gifte enthalten. Zudem herrschte eine große Hitze an den Öfen. So mancher von den Ofenmännern ist so krank geworden, dass er nicht mehr arbeiten konnte." Die beiden Männer gehen weiter, wobei Schilde aufmerksam nach frischen Spuren sucht. Hier und da sind Relikte vergangener Arbeit zu sehen, vergessenes Werkzeug, rostige langstielige Schaufeln, vermutlich besagte Rakel, eine verstaubte Bierflasche, fleckige Warnschilder: *Kein Wasser in die Säure!* Aber alles trägt eine monatealte Staub- und Rußschicht oder ist verwittert und verrostet. Schilde kommt sich vor wie im Innern eines gespenstischen Organismus, als sie kurz darauf an einem rostigen Gewirr von dicken Rohrleitungen und Behältern vorbeigehen. Er mag sich gar nicht vorstellen, wie es hier zuging, als die Fabrik noch in Betrieb war. Unvermittelt öffnet er eine schwere Tür, die ins Freie führt. „Hier entlang, Herr Oberwachtmeister!" Giesel weist auf eine Treppe im Inneren des Gebäudes. „Nein, hier habe ich genug gesehen, Herr Doktor Giesel." Die verstaubte stillgelegte Fabrik scheint frei von verdächtigen Spuren zu sein, denkt er und tritt ins Freie. „Herr Schilde, Sie können hier nicht einfach, wie es Ihnen beliebt...", will Giesel protestieren. „Natürlich kann ich. Ich bin die Polizei! Was ist in jenen Gebäuden dort?" „Das waren früher Lagerräume für die Säure." In dem Bereich zwischen den Gebäuden entdeckt Schilde Trampelpfade und frische Spuren. Langsam geht er an den Gebäuden entlang, während Giesel ihm kopfschüttelnd folgt. Auf der

Betonstufe vor einer Hallentür erkennt er frische Schleifspuren. Unterhalb der Treppe an dornigen Sträuchern findet er Stofffetzen und einen abgerissenen Jackenknopf

Gerade als Markwart seine Ausrüstung mit den spärlichen Fingerabdrücken aus dem Bedienstand der Drahtseilbahn verpackt, erscheint Kommissar Froschleib mit Meinecke. Froschleib blickt ungnädig wie meistens auf den Kriminalsekretär. Seine Magenverstimmung hat ihn noch ungenießbarer gemacht, als er ohnehin schon ist. „Markwart! Hier stecken Sie also!" „Richtig, Herr Kommissar, bei der Arbeit übrigens", seufzt Markwart. „Wie weit sind Sie? Wo steckt Kommissar Lehnhardt? Wo ist die Leiche?" Markwart holt tief Luft und antwortet: „Fingerabdrücke gesichert, Fundort des Opfers dokumentiert, gerichtsmedizinische Untersuchung angefordert, Staatsanwaltschaft informiert, Polizeifotograf angefordert, weitere Erkenntnisse gewonnen, Kommissar Lehnhardt noch nicht erreicht, weil er Recherchen bei der Marine durchführt, Inaugenscheinnahme der Umgebung des Fundortes der Leiche durch Oberwachtmeister Schilde in Begleitung des stellvertretenden Direktors Doktor Giesel läuft gerade." „Da sind Sie ja noch nicht besonders weit, aber jetzt bin ich ja hier und übernehme wieder die Leitung der Vor-Ort-Ermittlung. „Also, wo ist die Leiche?" „Dort vor Ihren Füßen, Herr Kommissar. Der Mann wurde übrigens erstochen, Identität noch nicht bekannt." „Ich denke, das Opfer hängt an einer Seilbahn, wieso liegt es jetzt hier? Hat man Ihnen nicht beigebracht, ein Mordopfer unverändert am Tatort zu belassen bis Spezialisten vor Ort sind!", schnauzt Froschleib. Markwart bemüht sich ruhig zu bleiben, obwohl eine wütende Hitze in ihm aufsteigt. „Herr Kommissar, der Tote hing an nicht zugänglicher Stelle oben an der Seilbahn etliche Meter über der Böschung. Wir konnten ihn nicht stundenlang dort hängen lassen, bis Spezialisten vor Ort erscheinen. Zudem war er von dort nicht anders zu bergen. Sie bekommen meinen vollständigen Bericht schriftlich bis Morgen Vormittag." „Was fällt Ihnen ein? Wie reden Sie mit Ihrem Vorgesetzten? Sie erstatten mir gefälligst sofort Bericht!" Ehe Markwart etwas entgegnen kann, hören sie eilige Schritte von der Treppe. Heinrich Schilde kommt schwer atmend herein. Er ignoriert den Kommissar mit voller Absicht und richtet sich an Markwart. „Herr Kriminalsekretär, der fehlende Jackenknopf!" Er zeigt den Knopf auf seiner ausgestreckten Handfläche. „Wir haben den mutmaßlichen Tatort entdeckt." „Sie schon wieder!", bellt Froschleib. „Richtig, Herr Kommissar, ich schon wieder." „Ich leite die Ermittlungen. Wenn Sie etwas zu berichten haben, dann gefälligst an mich, verstanden?" „Jawoll, Herr Kommissar!" „Dann führen Sie mich augenblicklich an den mutmaßlichen Tatort. Ich hoffe für Sie, dass Sie nichts angerührt haben!" „Markwart, Sie machen hier weiter! Überprüfen Sie, ob der Knopf wirklich zur Jacke des Opfers gehört! Und Sie!", er zeigt auf Krogmann, „kommen mit!" Meinecke, den niemand zur Kenntnis nimmt, folgt den Polizisten ungefragt. Markwart bleibt kopfschüttelnd zurück. „Was für ein Mistkerl!"

Als die Männer das Schwefelsäurelager erreichen, wartet Doktor Giesel und ein Arbeiter, ausgerüstet mit einer Handlampe neben der offenen Tür. Schilde weist auf Spuren auf dem Betonsockel und die Stofffetzen an den Sträuchern. „Das ist alles?", fragt Kommissar Froschleib. „Keineswegs, Herr Kommissar, folgen Sie mir!" Er nimmt dem Arbeiter die Lampe ab und beleuchtet die Schleifspur im Raum, die in einem großen bräunlichen Fleck endet. „Da wären wir!", bemerkt Schilde. „Können wir feststellen, ob es wirklich Blut ist, oder nur eine von diesen Chemikalien?", fragt der Kommissar und blickt Giesel an, der sich im Hintergrund hält. Der zuckt nur mürrisch mit den Schultern. „Was soll es sonst sein, Herr Kommissar?", spricht Krogmann und lässt sich die Lampe geben. Er beugt sich hinab und beleuchtet die getrocknete Flüssigkeit genauer. Er entdeckt, dass sie sich an einer Stelle in einer Rinne aus Metall gesammelt hat. Krogmann zieht seinen Finger durch die geronnene Masse und riecht daran. Er nimmt einen leicht metallischen Geruch wahr und verzieht das Gesicht. „Wenn das kein Blut ist, Herr Kommissar, dann fress´ ich ´nen Besen!" Er steht auf und wischt seinen Finger mit einem Taschentuch. „Außerdem die Spuren hier! Sieht man doch, dass da einer gelegen hat. Und das hier könnte Rattendreck sein. Das würde seine angenagte Nase und die fehlenden Fingerkuppen erklären", ergänzt er. „Scheint mir wirklich der Tatort zu sein", konstatiert Froschleib, „dann wurde das Opfer zur Seilbahn hinüber gebracht und dort aufgehängt, ähnlich wie bei dem Toten am Wasserturm. Männer! Wir haben es mit einem Serientäter zu tun, der seine Opfer nach gleichem Muster zur Schau stellt." „Aha!", macht Schilde mit gespieltem Erstaunen. „Haben Sie etwas zu bemerken, Oberwachtmeister?", giftet Froschleib. „Allerdings, Kommissar." „Herr Kommissar, wenn ich bitten darf!" „Nun, Herr Kommissar, durch die Vorermittlungen des Herrn Kriminalsekretärs Markwart liegt die Vermutung nahe, dass zwischen dem Mord und der, wie Sie es nannten, Zur-Schau-Stellung des Opfers, einige Tage vergingen." Froschleib blickt verwundert. „Mein Kollege aus Geesthacht will sagen, die Leiche dort drüben ist nicht mehr besonders frisch!", ergänzt Krogmann. „Das habe ich schon verstanden, Oberwachtmeister!" „Herr Oberwachtmeister, wenn ich bitten darf!" Froschleib schnaubt verächtlich. „Wir brauchen mehr Licht, um den Tatort genauer in Augenschein zu nehmen. Womöglich war die Leiche hier einige Tage abgelegt", vermutet der Kommissar. „Die Deckenlampe wurde offensichtlich ausgebaut", stellt der Fabrikleiter fest, indem er auf das herunterhängende Kabel weist. Dann wendet er sich an den Arbeiter: „Holen Sie mal den Vormann Ahrens aus der Werkstatt her!" Er soll mich hier ablösen und bringen Sie gleich ein paar Handlampen mit!"

Wenige Minuten später erscheint Ahrens mit ausdrucklosem Gesicht und richtet seine Lampe kurz auf den hinteren Teil des Raumes, wo einige Kisten stehen. „Gut. Krogmann, Sie passen hier auf, dass niemand in meinem Tatort herumtrampelt. Schilde, Sie suchen nach weiteren Spuren in den angrenzenden Gebäuden und ich werde mir die Leiche ansehen. Sie sorgen für ausreichende Beleuchtung!", wendet er sich an Ahrens und den Arbeiter. Als sie nach draußen kommen, sehen sie Wachschutzleiter Meinecke, wie er gerade hinter einer Gebäudeecke verschwindet.

Markwart hatte die unter schwierigsten Bedingungen auf Spezialpapier gebannten Fingerabdrücke akribisch beschriftet und in seiner Ausrüstung verstaut. Zusammen mit dem Elektriker Wallert hatte er auch im Schaltraum, wo sich die Anschlüsse für die Seilbahn befinden, nach Fingerabdrücken gesucht. Nichts dort deutet auf frische Spuren. Nun bückt er sich zu dem Toten hinab, zieht ihm beide Schuhe aus und bemerkt die Blutspuren daran. Vorsichtig verstaut er die Schuhe in seiner bauchigen Tasche. Ehe Froschleib zurückkehrt, wollte er die Verladestation am anderen Ende der Seilbahn in Augenschein nehmen. Hierzu musste ein vergittertes Tor im Zaun geöffnet werden, damit er dorthin gelangen kann. Gerade sieht er den Wachschutzleiter davon eilen. Er ruft hinter ihm her. Meinecke bleibt stehen, als ob ihn jemand ertappt hat, dreht sich langsam um und kommt auf ihn zu. Markwart fragt, ob er ihm das Tor zur Verladestation aufschließt. „Ich war doch schon mit Ihrem Kollegen dort", meckert er, greift jedoch nach seinem gewaltigen Schlüsselring und stapft in Richtung der Böschung. Markwart folgt ihm mit seiner bauchigen Aktentasche.

Ein schwüler, schwerer Dunst zieht über die Elbe und verbreitet modrigen Geruch. Am jenseitigen Elbufer türmen sich erste Gewitterwolken am Himmel. Markwart und Meinecke stehen auf den Planken unter dem riesigen stählernen Gerüst der Drahtseilbahn. Wir müssen uns beeilen. Nach dem Gewitter wird man keine brauchbaren Spuren mehr finden, sagt Markwart sich. Tatsächlich ist alles voller Vogeldreck, allerdings befinden sich darin jede Menge Schleifspuren und Fußabdrücke, als ob hier vor kurzem gearbeitet wurde. Er holt die Schuhe des Ermordeten aus seiner Tasche und vergleicht den weißen Belag unter den Schuhsolen mit dem Vogeldreck. Er schüttelt den Kopf „Man kann es nicht erkennen", murmelt er verdrossen. Er kratzt Schmutz von den Planken und füllt ihn in ein kleines Gläschen mit Schraubverschluss. Kurz darauf findet Markwart den Bedienstand für die Seilbahn mit dem gleichen Hebel und einer Glocke wie an der oberen Station. Er versucht auch hier Fingerabdrücke zu nehmen. Meinecke sieht ihm mit kritischem Blick auf die Finger. „Sieht aus, als ob hier gearbeitet wurde, finden Sie nicht, Herr Meinecke?" „Wahrscheinlich haben Ihr Kollege und ich die Spuren verursacht, als wir vorhin hier waren." „Das wäre sehr ärgerlich, Herr Meinecke!" Markwart besieht sich die Seiltrommeln und Seile. Nach seiner Einschätzung müssten sie stärker verwittert sein, wenn sie monatelang stillgestanden haben. Auch an einer der Hängeloren, in denen normalerweise Schwefelkies in die

Fabrik gefördert wurde, sind blank gescheuerte Stellen. Gern hätte er jetzt diesen Ahrens oder Doktor Giesel dabei, die den Sachverhalt präziser bewerten könnten.

Als Markwart und Meinecke wieder vor der alten Schwefelsäurefabrik ankommen, erkennen sie, dass Schupo Peters vor dem Gebäude der oberen Seilbahnstation Wache hält. „Habe den Brachteisen mal abgelöst, der ist jetzt in der Werkskantine zum Essen", erklärt er. „Und Froschleib?" Peters zuckt mit den Schultern. Markwart blickt auf seine Taschenuhr, Mittag ist längst durch. Die bloße Erwähnung der Werkskantine lässt seinen Magen knurren. „Wo bekomme ich hier etwas zu essen?", fragt er den Wachschutzleiter. „Die Kantine am Nobelplatz hat noch geöffnet", antwortet Meinecke.

Der Opel Pritschenwagen steht bereits vor der alten Schwefelsäurefabrik, als Markwart eine gute halbe Stunde später zurück ist. Auf der Ladefläche steht eine Holzkiste, groß genug, um einen Leichnam aufzunehmen. Zwei Männer laden Stativmaterial und einen Lederkoffer von der Pritsche. Markwart folgt ihnen.

„Wo haben Sie die ganze Zeit gesteckt?", faucht Froschleib ihn an, als er das inzwischen durch mehrere Lampen ausgeleuchtete Schwefelsäurelager betritt. „Ich habe mir die Verladestation unten an der Elbe angesehen und weitere Fingerabdrücke sichergestellt. Die Anlage erweckt den Anschein, dass dort in letzter Zeit gearbeitet wurde, obwohl die Seilbahn angeblich seit längerem stillgelegt ist." „Soso! Dann machen Sie sich hier nützlich. Der Fotograf aus Hamburg ist eingetroffen." Als Froschleib sich abgewendet hat, holt Markwart ein kleines Behältnis aus seiner Tasche und kratzt mit einem Spatel Dreck vom Boden. „Braucht ihr Hilfe, Männer?", fragt er den Fotografen und den Kraftfahrer, die gerade eine Kamera auf dem Stativ ausrichten. Der Fotograf schüttelt den Kopf. „Bevor ihr hier einen Magnesiumblitz zündet, sollten wir klären, was sich in den Kisten dort befindet", schlägt Markwart vor und sieht sich die offenen Kisten an. „Sieht nicht nach Sprengstoff oder feuergefährlichen Dingen aus, aber ich schicke euch mal den Ahrens her, bevor ihr anfangt. Der scheint sich auszukennen." „Wir brauchen hier keinen Blitz. Es bewegt sich ja nichts, da arbeiten wir mit langer Belichtungszeit", erklärt der Fotograf. „Umso besser. Habt ihr schon die Leiche fotografiert?" „Nein, der Chef hat befohlen, hier anzufangen."

Oberwachtmeister Schilde hat im Gebäude neben dem Lagerraum, wo er den mutmaßlichen Tatort entdeckte, eine ganze Menge Material gefunden: Metallteile, Kupfer- und Bleirohre, Kabelreste, Lampengläser, Werkzeuge und jede Menge Metallhülsen, wie sie für Geschosse verwendet werden. „Kann einer sagen, was er will. Für mich sieht das wie Diebesgut aus. Schrott ist das jedenfalls nicht.", murmelt er. Er winkt den Ahrens heran, der gerade in der Nähe vorbeigeht.

„Unbefugte haben keinen Zutritt zum Forschungslaboratorium!", erklärt eine junge Frau im Laborkittel, als Markwart endlich das Labor der Dynamit-AG gefunden hat. Die Frau, wohl eher ein Fräulein, denkt Markwart, ist noch ziemlich jung dafür, dass sie offensichtlich in einem Labor für Sprengstoffe arbeitet. Sie sieht ihn jetzt mit offenem Blick an. „Ich bin von der Kriminalpolizei und mit der Aufklärung der beiden Mordfälle befasst. Möglicherweise könnte mir jemand einen kleinen Gefallen tun", bittet Markwart. „Da muss ich erst fragen. Eigentlich dürfen wir das nicht. Warten Sie bitte hier!" Sie verschwindet im Nebenraum. Ein Mann erscheint, ebenfalls mit Laborkittel bekleidet. „Guten Tag, worum geht es denn?" Markwart öffnet seine Tasche und holt die Schuhe des Toten hervor. „Können Sie feststellen, ob der Dreck unter den Sohlen mit jenem Dreck übereinstimmt?" Er holt auch das kleine Behältnis hervor. „Wir können es uns mal unter dem Mikroskop ansehen und eine einfache Analyse machen. Rieke, kümmere du dich darum! Wenn du Hilfe brauchst, sag mir Bescheid!" Die junge Frau lächelt jetzt, als ob sie ein wenig stolz ist, die Untersuchung für die Kriminalpolizei durchführen zu dürfen. „Dann folgen Sie mir, Herr Kriminalpolizist. Aber fassen Sie bitte nichts an!" Auf einem Experimentiertisch im Nebenraum stehen eine Vielzahl an Glasgeräten, die mit Röhrchen und Schläuchen verbunden sind. In einigen befinden sich gelbe und bräunliche Flüssigkeiten. In einem Glaskolben, der von einem Bunsenbrenner beflammt wird, blubbert eine Flüssigkeit. Es riecht unangenehm. Zwei Männer in langen Labormänteln arbeiten dort konzentriert, ohne aufzusehen. In einem weiteren Raum in dem zwei Mikroskope und weitere Instrumente stehen, reicht Markwart ihr die Schuhe des Toten. „Bitteschön, Fräulein?" „Cassens, Rieke Cassens, Herr Kriminalpolizist." „Kriminalsekretär Sebastian Markwart", korrigiert er und lächelt. Hoffentlich versteht sie ihr Handwerk, wo sie noch so jung ist, überlegt er. Ein ungewöhnlich junger Kriminalpolizist, denkt sie, während sie die Schuhe genau betrachtet. „Es ist Blut am Schuh!", stellt sie fest. „Gut erkannt!", bestätigt Markwart. „Von dem Ermordeten?" Markwart nickt. „Ich hoffe es erschreckt Sie nicht allzu sehr." „Nein, natürlich nicht." Sie kratzt mit einem Spatel den Dreck von den Sohlen in ein kleines Schälchen." „Schaurig, dass auf unserer Fabrik schon wieder jemand umgebracht wurde. Haben Sie denn schon einen Verdacht, wer der Mörder sein könnte?" „Nein, leider stehen wir noch ganz am Anfang." Sie schiebt einen Objektträger unter ein Mikroskop und blickt durch das Okular. „Wurde dem Opfer von heute Morgen auch der Schädel eingeschlagen?", fragt sie, während sie konzentriert die Probe betrachtet. „Das Opfer von heute Morgen wurde erstochen, aber behalten Sie es bitte für sich!", sagt er mit ernster Miene. Rieke Cassens präpariert einen zweiten Objektträger mit der Probe vom Boden des Säurelagers. „Ich würde sagen, rein optisch sind die Proben identisch. Wollen Sie auch mal hindurchsehen?" Markwart blickt durch das Mikroskop und kommt zu dem gleichen Schluss. „Gut, vielen Dank. Hier am Absatz des Schuhs sieht der Dreck etwas heller aus. Könnte es sich dabei um diese Substanz handeln? Es ist wichtig für unsere Ermittlungen." Sie wiederholt die mikroskopische Untersuchung mit den beiden helleren Proben. „Der Vergleich dieser beiden Proben ist nicht so eindeutig. Aber warten Sie!" Eine der Proben gibt sie auf ein Stäbchen und hält es in die Flamme eines Bunsenbrenners, wobei sie die Flamme durch ein kleines optisches Instrument beobachtet. „Das ist ein Handspektroskop. Man kann damit erkennen, welche Elemente die Probe enthält", erklärt sie, während sie den Vorgang mehrmals wiederholt. Markwart ist fasziniert von den Fertigkeiten der Laborantin. „In der helleren Probe ist

Natrium, und ganz sicher Kalium, vermutlich aus Salpeter. Schwefel ist auch drin. Man erkennt es am unangenehmen Geruch der Schwefeloxide." Markwart macht sich Notizen. „Also befindet sich Schwefelkies an der Schuhsohle?" „Sie meinen Pyrit, nehme ich an? Pyrit finden Sie allerdings fast überall in und um die Schwefelsäurefabriken. Um es genau zu sagen, müsste ich weitere Untersuchungen machen. Das dauert aber, und ich brauche mehr Substanz dazu." Markwart nickt. „Eine letzte Frage, Fräulein Cassens. Wissen Sie womöglich, welche Bestandteile Vogelkot enthält?" Ein niedliches Schmunzeln umspielt ihre Mundwinkel, findet Markwart. „Phosphat, Kalk und Salpeter, zum Beispiel. Aber einer unserer Rohstoffe ist Chilesalpeter, chemisch nichts anderes als Vogelkot. Es könnte sich also auch um den Rohstoff handeln." „Man kann den Rohstoff also nicht von dem Vogeldreck unserer heimischen Vögel unterscheiden?", fragt er, während er sich weitere Notizen macht. „Kann man schon – vielleicht", sagt sie. „Nun gut, Fräulein Cassens. Vielen Dank für Ihre Bemühungen. Auf Wiedersehen!" Er verlässt das Labor und winkt zum Abschied mit einem der Schuhe des Ermordeten. Erstaunlich, die Kenntnisse des jungen Fräuleins, aber viel weiter gebracht hat es ihn trotzdem nicht, resümiert er.

Markwart erscheint gerade noch rechtzeitig in der Seilbahnstation. Der Fotograf hat bereits seine Apparate in Position gebracht. Froschleib ist gottseidank nicht in der Nähe. „Wartet!", ruft Markwart und zieht dem Opfer die fehlenden Schuhe wieder an.

Ahrens betritt die neue Schwefelsäurefabrik, wo zwei seiner Mitarbeiter, Paul Hartung und ein weiterer Arbeiter Metallteile bearbeiten. „Ihr beide, kommt mal! Nehmt den Handwagen mit! Ich habe drüben etwas für euch zu tun." Hartung ist ganz froh über die Abwechslung und folgt dem Vormann. Er führt sie ein paar Gebäude weiter unter der Drahtseilbahn hindurch. Hartung sieht nach oben, ob die Leiche dort noch irgendwo hängt. Seine neuen Kollegen hatten ihm davon erzählt. Dann erblickt er den Pritschenwagen mit dem provisorischen Sarg. Sie gehen einen von hohem Unkraut bedeckten Weg zwischen den alten Backsteingebäuden entlang. Hartung kann durch ein weit geöffnetes Hallentor in einen Lagerraum hineinsehen. Er ist mit mehreren Lampen hell ausgeleuchtet. Auf dem Boden hat die Polizei mit Kreidestrichen etwas gekennzeichnet. „Hier geht's lang, Männer!", ruft Ahrens der schon ein paar Meter voraus ist. „Dort im Lagerraum, ganz hinten stehen ein paar Kisten und eine Menge Material. Das Zeug hat hier nichts zu suchen. Ladet alles auf den Handwagen und bringt es ins Hauptmagazin!", ordnet Ahrens an und verschwindet augenblicklich wieder. Die beiden Arbeiter betreten den Raum und fangen an, das Material herauszuräumen.

„Sieh´ mal einer an! Herr Hartung. Weshalb wundert es mich überhaupt nicht, Sie hier anzutreffen?" Hartung hatte es befürchtet, dieser grantige Oberwachtmeister aus Geesthacht, der ihn wahrscheinlich immer noch verdächtigt. Vermutlich ist auch dieser blasse Kriminaler aus Ratzeburg nicht weit. „Weiß nicht, Herr Oberwachtmeister. Ich habe hier seit heute eine Anstellung." „Ich denke, die Fabrik stellt niemanden ein", argwöhnt Schilde. „Ich habe es noch einmal versucht und jetzt haben sie mich eingestellt. Entschuldigen Sie, ich habe zu tun!" „Einen Moment! Wo waren Sie in der letzten Nacht?" „In meinem Bett in der Wohnung meiner Mutter, wo sonst?" Markwart kommt heran. Auch das noch, denkt Hartung. „Sehen Sie mal, wen ich hier getroffen habe, Herr Markwart", tönt Schilde mit Genugtuung. „Lassen Sie mich das mal machen, Herr Schilde!", sagt Markwart. Er fasst Hartung am Arm, um ihn beiseite zu nehmen.

„Hören Sie, Herr Markwart. Wenn Sie mich verdächtigen und hier öffentlich verhören, bin ich meine Arbeit ganz schnell wieder los. Will die Polizei mir, auf Teufel komm raus, Schaden zufügen? Ich habe nichts Unrechtes getan", schimpft Paul Hartung „Ich würde Ihnen gerne glauben, wenn Sie mir erklären, wer Ihnen am Sonntagnachmittag hinter dem Gebäude der Glasfabrik Geld gegeben hat?" Hartung wirkt ertappt. Er scheint angestrengt zu überlegen. Seine Augenlider flattern leicht. „Ach der, der schuldete mir Geld und hat es zurückgezahlt." „Aha, aus meiner Perspektive sah es eher nach einem Handel aus, insofern, dass Sie etwas für ihn erledigen sollen. Außerdem hat er Ihnen Papiere überreicht." „Er hat mir Geld und Papiere überbracht, weil er sie mir noch schuldete", sagt Hartung jetzt sicherer und blickt Markwart in die Augen. „Hören Sie, Herr Kriminalsekretär, es fällt langsam auf. Ich muss weiterarbeiten." „Sagen Sie mir noch, wie der Mann heißt und wo er wohnt?" Markwart bemerkt wieder dieses nervöse Flackern der Augenlider bei seinem Kontrahenten. „Hermann Sieloff heißt der Mann, wohnt in Hamburg, in der Nähe vom Michel in diesen Gängen. Die genaue Adresse weiß ich nicht." „Danke, Sie können gehen, Herr Hartung." Hartung verschwindet erleichtert. Der lügt, wie gedruckt, glaubt Markwart. Hinter dem nächsten Mauervorsprung springt Schilde hervor. „Sie glauben dem Kerl etwa?" „Nein, tue ich nicht, aber er ist nicht der Mörder." Die beiden gehen zurück zur Werksstraße und sehen, wie der Sarg unter der strengen Aufsicht von Kommissar Froschleib auf den Pritschenwagen geladen wird. Über dem jenseitigen Elbufer haben sich inzwischen mächtige dunkle Gewitterwolken aufgetürmt, aus denen ein bedrohliches Grollen dringt. „Wir sollten sehen, dass wir nach Hause kommen. Vielleicht fährt gleich ein Zug", schlägt Schilde vor. „Sie möchten wohl ein weiteres Mal mit diesem Schaffner über die Beförderungsbedingungen der Werkseisenbahn disputieren?", vermutet Markwart. Dann hören sie Froschleibs quäkende Stimme: „Sie fahren auf der Ladefläche des Lastwagens mit, Peters und passen auf die Ausrüstung auf." Dann wendet er sich Schilde und Markwart zu. „Sie beide fahren mit mir. Ich habe bereits eine Pferdedroschke bestellen lassen. Nach dem Grundsatz der Sparsamkeit bei der preußischen Polizei ist die Droschke gemeinsam zu benutzen", doziert der Kommissar.

„Nummer zwei hat seine Strafe bekommen", flüstert der Richter hinter dem Mauervorsprung. Das schwierigste Stück Arbeit ist erledigt. Das Töten war mir auch diesmal leicht gefallen, wie ein solide erlerntes Handwerk. Die Schützengräben in Frankreich waren mir ein guter Lehrmeister gewesen. Einmal hatten wir zu dritt, acht feindliche Soldaten mit Bajonett und Gewehrkolben in ihrem engen Unterstand erledigt, drei davon gingen allein auf meine Kappe. Den Lagerraum, wo ich dem Arpelt meinen Dolch in die Brust gerammt hatte, fand die Polizei schneller, als ich erwartet habe. Dennoch, die Kerle tappen weiterhin im Dunkeln, gehen falschen Spuren

nach. Nummer drei arbeitet nicht hier auf dem Gelände der Dynamit-AG hatte ich schon vor einiger Zeit herausgefunden. Das macht die Vollendung meines Werkes, meiner Rache umso einfacher. Um den vierten dieser Dreckskerle muss ich mich nicht mehr kümmern, das hatte Jahre zuvor bereits eine englische Granate erledigt, dabei hätte gerade er einen Platz am höchsten Schornstein der Fabrik verdient.

Als Schilde und Markwart eine dreiviertel Stunde später die Polizeiwache betreten, Froschleib wollte sich zunächst um ein Hotelzimmer kümmern, hören sie Schutzpolizist Pehmöller laut schimpfen. Pehmöller hält zwei etwa achtjährige Jungen am Kragen und steht mit ihnen vor der Arrestzelle. „Das, ihr verdammten Bengels, ist das Gefängnis! Da kommt ihr rein, wenn ihr noch einmal was klaut, verstanden!" „Ja, Herr Pehmöller", sagt einer der beiden kleinlaut, während der andere bereits schnieft und keinen klaren Ton herauskriegt. „Da bleibt ihr drin bei Wasser und Brot und nachts beißen die Ratten euch die Nasen ab!" Beide Jungen fangen an zu schluchzen. Schilde gibt Pehmöller unauffällig ein Zeichen, dass es reicht. „Wehe euch! Und jetzt ab zu Muttern, ehe ich es mir anders überlege!" Draußen donnert das herannahende Gewitter gewaltig und unterstreicht die Drohungen des Polizisten. Er lässt die beiden los, die eilig verschwinden. Pehmöller setzt sich wieder an seinen Schreibtisch. Er hat Nachtschicht. Markwart sieht seine Ausrüstung, die Peters bereits angeliefert hat, in der Ecke stehen. „Feierabend für heute, ehe das Gewitter richtig losgeht. War ein langer Tag", verkündet Schilde, legt die Hand an den Tschako und verschwindet. „Herr Pehmöller, ich leiste Ihnen heute Abend noch einige Zeit Gesellschaft, muss noch ein wenig arbeiten. Vorher werde ich allerdings nochmal ins Hotel *Deutsches Haus* rübergehen. Der Schupo nickt. Markwart rennt durch den Pastoratsgarten zum Marktplatz hinüber. Erste dicke Regentropfen klatschen auf das Pflaster. Eine kalte Böe weht heran, bevor ein Blitz, gefolgt von einem lauten Donnerschlag, hinter den angrenzenden Gebäuden zuckt.

Markwart tritt an die Rezeption des Hotels, nachdem er sich vorsichtig umgesehen hatte, ob womöglich Kommissar Froschleib im

Gastraum hockt. Er zeigt seine Polizeimarke und erkundigt sich nach einem bestimmten Hotelgast, der seit einigen Tagen hier logiert. Er beschreibt den Mann so genau wie möglich. Der Rezeptionist geht seine Liste durch und schüttelt den Kopf. Das kann eigentlich nur der Doktor Aurelius sein, aber der ist heute Morgen abgereist. „Doktor Aurelius?", fragt Markwart ungläubig. „Haben Sie einen Gast namens Hermann Sieloff?" Der Mann hinter dem Rezeptionstresen geht erneut seine Liste durch. „Nee, der Name steht hier nicht. Ich denke, Sie meinen Herrn Doktor Justus Aurelius." „Vielen Dank, ach könnten Sie mir einen Regenschirm leihen, ich bringe ihn gleich Morgen zurück." Der Mann reicht ihm mit skeptischer Miene einen soliden Stockschirm. „Na, die Polizei wird jawohl zu ihrem Wort stehen", bemerkt er.

Nele beobachtet die Gewitterblitze durch das Fenster ihres Zimmers. Ihre Mutter sitzt verängstigt auf der Bettkante und knetet ihre von schwerer Hausarbeit geröteten Hände. „Sollten wir nicht lieber in die Küche gehen, Nele?" „Dort sind wir auch nicht sicherer, Mutter!", sagt Nele so gelassen wie möglich. Im Gegensatz zu ihrer Mutter, die sich bei derartigen Unwettern am liebsten im Eiskeller verkriechen würde, fürchtet sie sich nicht allzu sehr vor Gewittern. Im Gegenteil, eigentlich findet sie solche Naturgewalten faszinierend. Ein Blitz zuckt vom Himmel und erfüllt das Zimmer für eine Sekunde mit gleißendem Licht. Gleich darauf donnert es heftig. „Ogottogott, Kind, komm bitte vom Fenster weg! Wenn doch dein Vater nur schon hier wäre", stöhnt Elfriede Schilde, als böte ihr Eheherr Schutz vor Blitzschlägen. „Es sind nur elektrostatische Entladungen, Mutter." „Ach Kind, woher hast du so etwas nur?", jammert Elfriede. Nele antwortet nicht. Linde hatte es ihr erzählt und die wusste es von ihrer Arbeit auf der Pulverfabrik, weil man die Fabrik besonders schützen muss vor Gewitterblitzen. „Vater kommt gerade", sagt sie stattdessen zu ihrer Mutter. „Dem Himmel sei Dank!" Elfriede läuft in die Diele, um ihren Ehemann zu empfangen. Nele bleibt in ihrem Zimmer. Sie hat schließlich Stubenarrest und sie hat beschlossen, diesen trotzig abzusitzen. Am gemeinsamen Abendessen mit ihren Eltern will sie auch nicht teilnehmen. Sie hat kaum Hunger, weil sie am Nachmittag im Gemeindeamt ein großes Stück

Kuchen spendiert bekam und zwar vom Gemeindevorsteher Rudolf Messerschmidt persönlich. Überhaupt war es ein denkwürdiger Arbeitstag für sie. Man hatte sie, dank ihrer Fertigkeiten als Protokollantin zu einer Gemeindeausschusssitzung geholt und sie gebeten mit Bleistift mitzuschreiben, was man ihr aufträgt. Anschließend sollte sie es auf der Schreibmaschine ins Reine zu tippen. Die Ausschussmitglieder waren mit Ihrer Arbeit offensichtlich sehr zufrieden. Sie hingegen hatte eine Menge von den Sorgen und Nöten der Gemeindevertretung mitbekommen. Es mangelt an allem Möglichen, die Arbeitslosigkeit und die Not der Bevölkerung nimmt weiter zu, seit die Kriegsküche im Keller der Bäckerei Lohmeyer geschlossen wurde. Der steigende Unmut unter den Arbeitern ist spürbar. Zum Winter würde es kaum noch Kohlen geben. Holz war ebenfalls knapp und teuer, sodass mit Torf geheizt werden muss, und die schlecht ernährte Bevölkerung in ihren maroden Behausungen frieren muss. Zudem gab es in der Umgebung immer wieder Ausbrüche der Spanischen Grippe. Man müsse dringend weitere Hilfsgelder beantragen. Im Vorfeld der Sitzung war auch kurz über einen zweiten Leichenfund bei der Dynamit-Aktien-Gesellschaft getuschelt worden. Messerschmidt hatte einen schnellen Seitenblick auf Nele geworfen, der ihr nicht entgangen war. Er hatte aber gottseidank nicht gefragt, ob sie als Tochter des leitenden Polizeibeamten bereits Näheres weiß. Tatsächlich hatte sie noch nichts von dem zweiten Toten gehört. Vater würde seiner Tochter ohnehin nichts Genaues darüber berichten. „Nele! Komm zum Essen!" Sie geht zur Tür. „Ich habe keinen Appetit. Ich möchte in meinem Zimmer bleiben!", ruft sie. „Was sind das schon wieder für patzige Töne?", schnaubt der Oberwachtmeister, vor einem Teller mit einem Schinkenbrot sitzend. „Sie schaut sich wohl lieber das schreckliche Gewitter an und redet von ekloklatischen Blitzen. Ich verstehe sie nicht", klagt Elfriede und setzt ein gebratenes Ei auf das Schinkenbrot ihres Mannes. „Eklo ... was? Wo gibt's denn sowas? Nele! Sofort hierher!", brüllt er. Nele kommt mürrisch an den Tisch. „Setz dich gefälligst!" Ihre Mutter stellt einen Becher mit Milch an ihren Platz. „Du warst heute im Gemeindeamt?", fragt ihr Vater etwas milder. Nele nickt. „Und? Was gab es dort so?" Kuchen, hätte sie beinahe geantwortet, aber das wäre zu viel der Aufsässigkeit. „Sie machen sich Sorgen wegen der Versorgungslage", antwortet sie stattdessen. „Und was wollen sie dagegen tun?" „Geld beantragen, glaube ich." Sie nimmt einen Schluck Milch und wischt sich die Oberlippe ab. „Befürchten sie einen Aufruhr?" „Haben sie nichts von gesagt." „Sonst noch was?" „Geesthacht soll bald elektrische Straßenlampen bekommen, wie in Hamburg", berichtet sie. „Das glaube ich erst, wenn ich sie leuchten sehe", zweifelt Schilde.

Das Gewitter ist weitergezogen, jetzt rauscht ein gleichmäßiger Landregen an Neles Fenster vorbei und die Dämmerung kommt deutlich früher als an den vorangegangenen Abenden. Nele zündet drei Kerzen an einem Leuchter an, um zu lesen. Die trübe Petroleumlampe strahlt auch nicht heller. Außerdem ist die heimliche Lektüre ohnehin dazu angetan, sie bei Kerzenlicht zu lesen, findet sie. Nach der Sitzung am Nachmittag hatte Emmi Paulsen, die einzige Gemeindevertreterin der USPD sie beiseite genommen. „Nele, Sie brauchen andere Leute nicht mit einem Knicks zu begrüßen. Das ist ein Relikt aus dem vorigen Jahrhundert und wenn eine Frau es vor einem Mann tut, würdigt sie sich selbst herab." Sie hatte etwas streng ausgesehen, als sie das sagte, aber dann hatte sie freundlich gelächelt. „Wir sind lediglich gewählte Vertreter des Volkes und vom Volk geht die Macht aus! Daher begrüßen Sie uns mit Handschlag oder wünschen einfach ein freundliches Guten Tag." „Entschuldigen Sie, Frau Paulsen. So bin ich nun einmal erzogen worden", hatte sie gestammelt. „Jetzt waren Sie schon wieder so unterwürfig!", schüttelte Frau Paulsen den Kopf. „Erwarten Sie von jemandem höher gestellten einen Händedruck. Wenn er nicht erfolgt, werfen Sie ihm einen selbstbewussten Blick zu und sagen Guten Tag. Das reicht." Einen selbstbewussten Blick zuwerfen, sinniert Nele. Das muss man wahrscheinlich vor dem Spiegel üben. Frau Paulsen hatte gesagt, dass Nele *das Zeug zu mehr* hätte. Das hatte gut getan und ihr Kraft gegeben. Dann hatte Frau Paulsen ihr von Rosa Luxemburg und Karl Liebknecht erzählt, die im vergangenen Jahr ermordet wurden und was ihre Ideale gewesen waren. Davon hatte Nele selbstverständlich gehört, wenn auch aus dem Mund ihres Vaters, der keinesfalls so ein glorifizierendes Bild von den beiden

Sozialistenführern zeichnete, wie es die Gemeindevertreterin der USPD tat. Auch von Klara Zetkin, die es als Abgeordnete in den Berliner Reichstag geschafft hat, berichtete Frau Paulsen ihr. „Lesen Sie heute Abend im stillen Kämmerchen einmal diesen Artikel über die tatsächlichen Hintergründe der Ermordung Luxemburgs und Liebknechts!" Sie hatte ihr eine vergilbte zusammengefaltete Zeitung gegeben: *Die rote Fahne.* Ein dünnes Büchlein hatte sie ebenfalls aus der abschließbaren Schublade ihres Schreibtisches gezogen. „Lesen Sie auch dies unbedingt. Die meisten jungen Frauen wissen zu wenig darüber, weil ihnen eine falsche Moral anerzogen wurde. Aber beides sollte nicht in die Hände Ihrer Eltern fallen!" Ihre Eltern saßen noch am Küchentisch. Nele hörte manchmal ein leises Murmeln ihrer spärlichen Unterhaltung. Dass sie plötzlich in ihr Zimmer kommen würden, war nicht zu erwarten. Daher schlägt sie das Büchlein auf und beginnt zu lesen.

Paul Hartung sitzt auf einem klapprigen Küchenstuhl im Eingang der Behausung seiner Mutter und blickt in den Regen. Es ist fast dunkel, die gegenüberliegende Ziegelwand der Glasfabrik ist nur noch als dunkelgraues Schemen zu erkennen. Als er einige Stunden zuvor von der Arbeit nach Hause kam, hatte Mutter ihm grinsend einen gefalteten Zettel überreicht, den sie natürlich gelesen hatte. „Wohl von deiner Liebsten?", hatte sie gefragt. Paul antwortete nicht, faltete stattdessen das Papier, auf dem außen sein Name steht, auseinander. Sein erster Gedanke war tatsächlich, dass es eine Nachricht von Leutnant von Reichenberg sei. „Wer hat den Zettel abgegeben?" „Einer von den Bengels." *Morgen Abend um 7 an der Fähre? Liebe Grüße S.* stand in einer hübschen Mädchenschrift auf dem Papier. Seine Mutter hatte ihn fragend angesehen. Er hatte sie im Unklaren gelassen, indem er sich nicht weiter zu der Nachricht geäußert hatte. Er freut sich auf den morgigen Abend mit Sieglinde. Hoffentlich regnet es nicht, denn er kann sie leider nirgendwohin einladen, da er mal wieder kein Geld hat.

Hartung hofft, dass Leutnant von Reichenberg nicht wieder auftaucht, wo die Polizei sich bereits für ihn interessiert. Wer weiß, was von Reichenbergs Leute tatsächlich mit dem Sprengstoff vorhaben und weshalb die beiden Männer ermordet wurden. Arbeit hat er jetzt ja und in etwas Illegales will er sich nicht hineinziehen lassen. Schlimm genug, dass dieser Markwart ihn mit dem Offizier gesehen hatte. Immerhin hatte er dessen tatsächlichen Namen nicht an die Polizei weitergegeben, sondern in der Eile den Namen eines vor Jahren gefallenen Kameraden genannt.

Pehmöller war eingenickt. Dann wird er von einem Gewittergrollen geweckt. Draußen ist es dunkel. Er blickt auf die Wanduhr in der Wache. 10 Uhr schon durch und Markwart kritzelt immer noch auf der Schiefertafel herum. „Machen Sie heute gar nicht Feierabend, Herr Kriminalsekretär?" Markwart wird aus seinen Überlegungen gerissen. Die Anwesenheit des Schupos hatte er ganz vergessen. „Dauert wohl noch ein bisschen", murmelt er. „Allerdings brauche ich dringend etwas zu essen. Hatte heute Mittag nur eine spärliche Mahlzeit." „Vielleicht kriegen Sie drüben im *Hotel Stadt Hamburg* noch etwas. Der Regen hat gerade nachgelassen, aber ich glaube das Gewitter kommt zurück", bemerkt Pehmöller. Markwart macht sich auf den Weg. „Bin gleich wieder da!", ruft er über die Schulter.

Das Gewitter kommt heftiger zurück, als Nele erwartet hat. Mehrere Blitze werfen grelles Licht in die Marktstraße, gewaltige Donnerschläge lassen die Fensterscheiben erzittern. Selbst Nele weicht erschrocken vom Fenster zurück. Kurz darauf hört sie die Glocke des Spritzenwagens. Die Feuerwehr rückt aus. Das bedeutet nichts Gutes. Sie sieht aus dem Fenster, kann aber keinen Feuerschein in der Nähe erkennen. Ihre verdächtige Lektüre versteckt sie unter ihrer Matratze und legt sich auf ihr Bett. Immer wieder erhellen Blitze die Zimmerdecke. Hufgetrappel und die Feuerglocke sind zu hören, dann die schweren Schritte ihres Vaters auf den Dielenbrettern, die ängstliche Stimme ihrer Mutter und kurz darauf das Schlagen der Tür. Eine Weile lauscht sie noch dem abziehenden Gewitter. Das Büchlein von Emmi Paulsen hatte sie schon durchgelesen, allerdings das erste Kapitel übersprungen. Damenhygiene, darüber wollte sie wirklich nichts lesen. Mutter hatte, als es bei ihr soweit war, ihr mit wenigen peinlich, sachlichen Worten mitgeteilt, dass jenes, worüber man nicht spricht, fortan jeden Monat bei ihr auftreten würde. Jede

Frau bekäme es. Wenn es im Unterleib zwickt, sei das normal – keine weiteren Worte der Beruhigung, was das Blut zu bedeuten hatte. Kurz darauf hatte ein Stapel Stoffstreifen auf ihrem Bett gelegen. Martha, ihre ältere Schwester, die damals im selben Zimmer schlief, hatte sie ihr hingelegt. Das nächste Kapitel: Wo die kleinen Babys herkamen und was Mann und Frau im Ehebett taten, war ihr weitgehend bekannt. Aus der Summe aller Andeutungen ihrer älteren Schwestern und nicht zuletzt durch die offene Art Lindes, hatte sie es sich zusammenreimen können. Im letzten Kapitel ging es darum, dass die Frauen ein Recht darauf hatten, sexuelle Lust zu empfinden. Beim Weiterlesen war ihr die Schamröte ins Gesicht gestiegen. Sogar zwei unanständige Skizzen enthält das Buch, Ehepaare, die sich unbekleidet, zärtlich liebend in den Armen liegen. Auch wie zu verfahren sei, um eine Schwangerschaft zu verhüten, ist beschrieben. Nur, was zwischen Linde und ihr geschehen war, davon stand nichts in dem Buch. Aber auf sexuelle Lust, was sollte es sonst gewesen sein, war es ebenfalls hinausgelaufen. Nele liegt noch lange wach in ihrem Bett und denkt über das letzte Kapitel nach.

Wenn die Feuerwehr ausrückt, muss auch der leitende Polizeibeamte vor Ort sein, war schon immer Heinrich Schildes Grundsatz. Ein Haus in der Hafenstraße war vom Blitz getroffen worden und der Dachstuhl war in Brand geraten. Unterstützt durch den Regen hatte die Feuerwehr den Brand schnell unter Kontrolle. Ein Wunder, dass der Blitz nicht in den Turm der nahen Sankt Salvatoris Kirche eingeschlagen war. Der Kirchturm ist vermutlich durch einen Blitzableiter geschützt, da wohl auch der Herr Pastor erkannt hatte, dass der liebe Gott nicht wählerisch zu sein scheint, wo er seine Blitze hinschleudert, sagt Schilde sich. Auf dem Nachhauseweg schaut er in der Polizeiwache vorbei. Zu seiner Überraschung ist Markwart immer noch dort. Er ist konzentriert über Papiere gebeugt. „Nanu, Herr Kriminalsekretär, Mitternacht ist längst vorbei." Ab ins Bett, hätte er beinahe gesagt. Markwart blickt auf, sieht den Oberwachtmeister im triefenden Regenmantel vor sich. „Ach, Herr Schilde, es gibt so viele Details zu den beiden Mordfällen, sie mussten einfach mal sortiert und ausgewertet werden. Schade, dass die Ergebnisse der Gerichtsmedizin und die Auswertung der Fingerabdrücke und

Spuren noch nicht da sind." „Sie müssen den Fall ja nicht allein lösen, Herr Markwart. Ihr Chef brüstet sich doch damit, die Ermittlungen zu leiten. Soll er auch etwas zur Lösung der Fälle beitragen." Markwart verdreht die Augen. „Also, ich hau mich wieder hin. Ruhige Wache noch, Männer!", verkündet Schilde und geht. Markwart gähnt. Die Gaststätte *Zur Post*, wo er ein Zimmer gemietet hatte, ist längst geschlossen. „Haben Sie hier vielleicht eine Decke, Herr Pehmöller? Ich denke ich werde den Rest der Nacht hier verbringen." Er deutet grinsend auf die Arrestzelle.

Geesthacht - Tag 7, Dienstag

Trotz der unruhigen Nacht marschiert Oberwachtmeister Schilde pünktlich um kurz vor halb acht durch die Bergedorfer Straße auf das alte Pastorat zu. Aus den Augenwinkeln sieht er Kommissar Froschleib, der etwa hundert Schritte hinter ihm heran kommt. „Ist der Mors auch schon wach", knurrt er. Der müde Pehmöller sitzt am Schreibtisch vor einer Tasse Malzkaffee. „Peters noch nicht da?" „Kommt wohl gleich." Ehe Schilde nach Markwart fragen kann, betritt Froschleib die Wache. „Morgen, Männer!", bellt er im militärischen Tonfall. „Moin, Herr Kommissar", murmelt Pehmöller betont nachlässig und legt eine Hand an die Stirn, während die andere seinen Kopf stützt. „Morgen, Herr Kommissar", sagt Schilde mit geringfügig mehr Respekt. Ein einzelner lauter Schnarcher ertönt aus dem hinteren Bereich der Polizeiwache. „Mussten Sie in der Nacht jemanden in Arrest nehmen?", richtet sich Froschleib an Pehmöller. „Nee, jemand hat sich vorsätzlich in die Arrestzelle begeben." „Schutzpolizist Pehmöller! Können Sie nicht anständig Meldung machen?", faucht Froschleib ihn an. Ein erneuter Schnarcher ertönt. Als sich niemand rührt, geht Froschleib mit schnellen Schritten zur Arrestzelle, deren Tür weit offen steht. Dann sieht er Markwart, zusammengerollt wie ein alter Kater, in eine graue Wolldecke gehüllt, auf der harten Pritsche liegen. „Kriminalsekretär Markwart!", brüllt er. Markwart schnellt hoch, reibt sich die Augen und braucht ein paar Sekunden, um zu realisieren, wo er ist, und dass sein Vorgesetzter mit entrüsteter Miene vor ihm steht. „Was hat das zu bedeuten, Markwart?" „Ich habe bis in die Nacht gearbeitet. Die Gaststätte hatte bereits geschlossen, da habe ich beschlossen, mein müdes Haupt hier zu betten, Herr Kommissar." „Sie wissen, dass das gegen die Vorschriften verstößt." „Jawohl, Herr Kommissar!", sagt Markwart mit übertriebener Unterwürfigkeit, während er in Socken vor seinem Vorgesetzten steht.

Das Telefon läutet. Froschleib will zum Hörer greifen, aber Schilde kommt ihm zuvor. Er meldet sich und hört einen Augenblick, was gesprochen wird. Er notiert etwas mit Bleistift auf Papier während er: Ja, jawohl, in Ordnung und danke Berthold in den

Telefonapparat spricht. Alle sehen ihn gebannt an, als er den Hörer einhängt. „Es war Oberwachtmeister Krogmann. Er befindet sich bereits bei der Dynamit-AG. Sie haben das zweite Mordopfer offensichtlich identifiziert. Es handelt sich um den fünfundzwanzigjährigen Josef Arpelt, ledig, wohnhaft in Geesthacht, Hegebergstraße. Er war im Rahmen der Notstandsmaßnahmen auf der Fabrik eingesetzt." „Kriminalsekretär Markwart! Sie werden sich umgehend zur Wohnung dieses Josef Arpelt begeben und herausfinden, ob dort Angehörige von ihm anzutreffen sind, wann er zuletzt dort gesehen wurde, ob es dort Beweisstücke, Spuren und Ähnliches gibt, die zur Aufklärung des Verbrechens beitragen. Ich werde mich derweil mit der Hamburger Mordkommission ins Benehmen setzen." Er sieht auf seine Taschenuhr. „Um Punkt elf Uhr Besprechung und Zusammenfassung der bisherigen Erkenntnisse hier in der Wache!" „Jawohl, Herr Kommissar", sagt Markwart, der sich inzwischen seine Schuhe angezogen und seine Kleidung gerichtet hat. „Ich sollte den Herrn Markwart begleiten, Herr Kommissar. Der Hegeberg, in Geesthacht nennen wir die Gegend auch Sümpel, ist ein verdächtiges Gebiet und ich kenne mich dort aus." „Dann ab! Sie beide!", befiehlt Froschleib. Bevor sie gehen, schließt Schilde den Waffenschrank auf, entnimmt seine Dienstpistole und steckt sie sich in das Holster an seinem Koppel.

„Sie müssen erstmal etwas essen. Mit nüchternem Magen tritt man seinen Dienst nicht an!", sagt Schilde, als sie die Marktstraße entlang gehen. Markwart blickt etwas verwundert. Schilde öffnet die Gartenpforte und weist den Weg zu seinem Haus. „Soviel Zeit muss sein!" „Elfriede!", ruft er nach seiner Frau, als sie die Diele betreten. Keine Antwort, stattdessen erscheint Nele. „Mama ist zum Einkaufen." „Nele, mach dem Herrn Kriminalsekretär mal ein anständiges Wurstbrot und einen Malzkaffee!" „Ja, Vater." Sie geht voran in die Küche. „Gehen Sie ruhig mit, entschuldigen Sie mich einen Augenblick", sagt Schilde und begibt sich aufs Örtchen. Die Art von diesem Kommissar Froschleib ist mir offensichtlich auf den Darm geschlagen, denkt er.

Markwart steht verlegen in der Küche, während Nele das Brot aus dem Kasten nimmt und eine dicke Scheibe herunterschneidet. „Setzten Sie sich doch hin!", fordert sie ihn freundlich auf und weist auf den Küchentisch. Markwart nimmt Platz und überlegt, wie er ein Gespräch mit der liebreizenden Tochter des Oberwachtmeisters beginnen soll. Das Gewitter in der letzten Nacht fällt ihm ein, aber die Polizistentochter kommt ihm zuvor. „Müssen Sie heute wieder nach Krümmel, wegen des anderen Toten?" Sie setzt einen Teekessel mit dem Kaffeewasser auf den Herd. „Ja, aber wohl erst heute Nachmittag." „Schaurig, was passiert ist, aber auch spannend, so einen Fall aufzuklären, nicht wahr?" „Ja, sicherlich. Die ganze moderne Kriminalistik kommt zur Anwendung. Vieles ist sehr rätselhaft bis jetzt." „Dann haben Sie noch gar keinen Verdacht, Herr Markwart?" „Es gibt mehrere Spuren, die wir verfolgen." Nele stellt ein Holzbrett mit einer dicken Scheibe Mettwurstbrot vor ihn hin. „Der Kaffee ist gleich soweit." „Vielen Dank. Das sieht sehr appetitlich aus, Fräulein Schilde." Sie lächelt. „Wollten Sie eigentlich schon als kleiner Junge Kriminalpolizist werden?" „Na ja, eigentlich sollte ich nach der Reifeprüfung Medizin studieren und Arzt werden, wie mein Vater." „Das ist ja auch ein schöner Beruf." Markwart hält einen Augenblick inne. „Ich habe das Studium nach einem knappen Jahr aufgegeben und habe eine Laufbahn bei der Polizei begonnen, sehr zum Ärger meines Vaters", bricht es aus ihm hervor. Ein bitteres Gefühl erfüllt ihn, als er sich in Erinnerung ruft, wie sein Vater ihn hinausgeworfen hatte. Einen Waschlappen und Versager hatte er ihn geschimpft. Nicht nur, weil er sein Medizinstudium abgebrochen hatte, sondern weil er bei der Polizei für den Kriegsdienst unabkömmlich gestellt war und sich somit vor seiner vaterländischen Pflicht drückte, wie Vater es nannte. „Können Sie denn kein Blut sehen?", fragt Nele. Ein weiterer Stich durchfährt den Kriminalsekretär, aber ehe er antworten kann, steht Heinrich Schilde in der Küchentür. „Nele!", ermahnt er sie und schüttelt den Kopf.

Dreißig Minuten später gehen Schilde und Markwart die Hegebergstraße hinauf. „Das ist der Sümpel, Herr Markwart. Vermutlich jede Menge kommunistische Aufrührer unter den Bewohnern!", verkündet Schilde. Kurz darauf erreichen sie ein einfaches

Wohnhaus aus rotem Backstein. Auf der Straße spielen ein paar Kinder mit einer mageren Katze. Schilde fragt sich, weshalb die älteren der Kinder jetzt nicht in der Schule sind. Die Haustür steht offen. „Hier muss es sein", stellt er fest. Eine Frau erscheint im Hauseingang und sieht Schilde, der in seiner blassgrünen Uniform mit umgeschnallter Dienstwaffe dasteht, erschrocken an. „Wir haben ein paar Fragen zu dem Herrn Arpelt, der hier wohl zur Untermiete wohnte, und wir müssen uns einmal seine Behausung ansehen", sagt Markwart behutsam. Inzwischen sind sie von einem Dutzend Kinder und einer weiteren Frau umringt. „Wieso wohnte? Der wohnt hier immer noch", sagt die Frau. „Dürften wir Sie einmal kurz allein sprechen?" Die Frau nickt ängstlich und weist den Weg in ihre Wohnung. „Frau?" „Willert, Erna Willert." „Frau Willert, standen Sie in einer verwandtschaftlichen oder sonstigen Beziehung zu Herrn Arpelt?" „Nein, wir haben ihm nur die Dachkammer untervermietet, um über die Runden zu kommen. Ist etwas passiert?" „Herr Josef Arpelt ist tot. Er wurde Opfer eines Verbrechens, welches wir untersuchen", erklärt Markwart. Erna Willert schlägt erschrocken die Hand vor den Mund. „Wie schrecklich! Obwohl ich ihn kaum kannte, aber er war doch noch so jung. Oft war er ja nicht hier, hat immer gearbeitet und pünktlich die Miete bezahlt." „Wissen Sie etwas über seine Arbeit?" „Ich glaube er hatte keine feste Stelle, hat mal hier mal dort gearbeitet." „Hatte er manchmal Besuch?" „Nee, der war immer nur allein da oben." „Hat er Ihre Küche mitbenutzt?" „Nein, manchmal habe ich ihm Essen hochgebracht. Das hat er mir immer bezahlt." „Also war er ein unauffälliger Untermieter?" Frau Willert nickt heftig. „Wir haben uns schon gefragt, wo der immer steckt. Manchmal ist er auch nachts nicht hier gewesen." „Wie lange wohnt er denn schon bei Ihnen?" „Im Januar ist er eingezogen, hatte kaum Sachen dabei. Manchmal hat er meinem Mann beim Holzmachen geholfen", erinnert sie sich. „Und wann war er denn das letzte Mal hier?" Sie überlegt angestrengt. „Kann ich gar nicht so genau sagen, acht oder zehn Tage ist es wohl schon her, glaube ich." „Und das hat Sie nicht verwundert, dass er solange nicht erschien?", fragt Markwart. Die Frau zuckt mit den Schultern. „Wir müssen ja selbst sehen, wie wir klarkommen." Schilde notiert eifrig in sein Notizbuch. Ein kleiner Junge kommt angelaufen und versteckt sein Gesicht in Frau Willerts Schürze. Einmal sieht er kurz ehrfurchtsvoll auf den Oberwachtmeister, bevor sein Gesicht wieder in der Schürze verschwindet. „Ist Ihnen denn bei dem Herrn Arpelt irgendetwas Ungewöhnliches aufgefallen in der letzten Zeit?" Sie schüttelt den Kopf. „Gut, wir müssen mal einen Blick in seine Behausung werfen." Sie weist auf eine schmale Holztreppe. „Dort oben die linke Kammer, da hat er gewohnt."

„Als Wohnen würde ich das nicht bezeichnen", sagt Markwart, als sie sich in der armseligen, stickigen Dachkammer umsehen. Einzige Lichtquelle ist eine Dachluke. Zwei Munitionskisten dienen als Tisch und Truhe für wenige Wäschestücke. Eine Petroleumlampe, eine löchrige Matratze, ein paar leere Bierflaschen, ein Krug, ein Nachttopf und jede Menge Dreck. Schilde öffnet die Dachluke, um frische Luft herein zu lassen. Auch er ist erschüttert darüber, wie manche Leute hausen. „Kein Wunder, dass der nicht oft hier war. Im Winter muss es hier saukalt sein", sagt er zu dem Kriminalsekretär. „Sehen wir seine Sachen durch, ob wir etwas Verdächtiges finden?", schlägt Markwart vor. Zu ihrer Überraschung finden sie ein wenig Werkzeug in einer der Kisten und in einem Zigarettenetui aus Blech etwas Geld. 34 Mark zählt Markwart. Schilde entdeckt am Boden der Munitionskiste eine Mappe mit Papieren und sieht sie durch. „Urkunden von der Marine, die ihn als Besatzungsmitglied des Schlachtkreuzers Derfflinger ausweisen. Teilnahme an der Skagerrak-Schlacht. Entlassungsurkunde aus dem Dienst seiner Majestät Marine", liest er vor. „Hier ist sein Matrosenpatent, in Kiel bei der 1. Matrosendivision erworben." „Sämtliche Papiere und das Geld nehmen wir mit. Vielleicht hat er noch Angehörige." Am Fuß der Treppe wartet Frau Willert, umringt von mehreren Kindern. „Wer zahlt mir jetzt die säumige Miete?", fragt sie. „Ich denke, er hat immer pünktlich gezahlt", sagt Schilde. „Die letzten zwei Wochen hat er nicht bezahlt, da war er ja nicht hier. Sie zeigt ihm ein Schulheft, in welches sie die Mietzahlungen eingetragen hat." Schilde wirft einen kritischen Blick darauf. „Wieviel schuldet er Ihnen denn?", fragt Markwart. „Zehn Mark", sagt sie. Markwart gibt ihr das Geld aus Arpelts Zigarettenetui. „Und was wird aus seinen Sachen?" „Lassen Sie sie erst einmal dort. Die Miete haben Sie jetzt ja."

Als die beiden Polizisten vor das Haus treten, haben sich dort etwa dreißig Kinder und ein Dutzend Erwachsener versammelt. Nicht nur die Männer unter ihnen werfen den Polizisten grimmige Blicke zu. Schilde fasst instinktiv nach seiner Null-Acht an seinem Koppel. „Was ist hier los? Auseinander, Leute! Hier gibt es nichts zu gaffen!", ruft er. Mürrisch bilden die Leute eine Gasse. „Nieder mit der Staatsmacht! Vorwärts Rotfront!", ruft jemand. Schilde dreht sich um. „Wer war das?" Niemand gibt sich zu erkennen. „Wer hat das eben gerufen?", brüllt er die Leute an. Feindselige Blicke. Markwart berührt ihn unmerklich am Arm. „Kommen Sie! Wir sind hier fertig", sagt er leise. Sie wenden sich ab und gehen die Straße hinab, verfolgt von Blicken aus den Wohnhäusern. „Da dürfen Sie keine Schwächen zeigen, vor den Brüdern!", knurrt Schilde.

Die beiden Polizisten erreichen die Wache um kurz vor elf. Sie hatten sich auf dem Rückweg viel Zeit gelassen, um nicht früher als nötig den Launen von Kommissar Froschleib ausgesetzt zu sein. Inzwischen ist auch Wachtmeister Wiechmann zur Verstärkung eingetroffen und steht, eine Zigarette im Mundwinkel, an einen Schreibtisch gelehnt. Froschleib telefoniert offensichtlich mit einer Hamburger Dienststelle. „Nein, wir brauchen hier keinen Trupp Schupos, ganz richtig. Pfeifen Sie die Leute zurück!" Er knallt den Hörer auf den Telefonapparat. „Markwart! Sind Sie verrückt geworden, einen Trupp Schutzpolizei aus Hamburg anzufordern?", schimpft Froschleib. „In Anbetracht der unübersichtlichen Situation gestern Vormittag hielt ich es für angebracht, das Gelände um den Tatort gründlich durchsuchen zu lassen." „Sie hielten es also für angebracht? Markwart, verdammt nochmal! Ihnen fehlt offensichtlich die Kompetenz und die Erfahrung, geeignete Entscheidungen zu treffen." Markwart sagt nichts, blickt seinem Vorgesetzten trotzig ins Gesicht. „Haben Sie übrigens Kommissar Lehnhardt erreicht, Herr Froschleib?", fragt Schilde dazwischen. „Sie! Was mischen Sie sich hier ein? Ich bin noch nicht fertig mit dem Kriminalsekretär!" „In meinem Polizeirevier mische ich mich ein, wann immer es mir passt, Herr Froschleib!" „Herr Kommissar Froschleib, wenn ich bitten darf!" „Elf Uhr übrigens, Herr Kommissar Froschleib. Hatten Sie nicht eine Besprechung anberaumt?", spricht Schilde mit ruhiger Stimme. „Ja, also", stammelt Froschleib, „Eigentlich hoffte ich, dass Herr Kommissar Lehnhardt nach Geesthacht kommen würde, aber er wird erst morgen früh dazustoßen. Er hat herausgefunden, dass Herbert Zantek, das erste Opfer, bei der Marine war und zwar im Dienstrang eines Obermatrosen auf dem Schlachtkreuzer Derfflinger. Während der Skagerrak-Schlacht wurde er verwundet, kam später wieder auf dasselbe Schiff. Im November 1918 wurde er im Zuge der Auflösung der Kaiserlichen Marine ehrenhaft entlassen. Danach verliert sich seine Spur. Kommissar Lehnhardt wird heute versuchen, etwas über das zweite Opfer herauszufinden. Der Leichnam wird zurzeit in der Gerichtsmedizin untersucht, ebenso die Fingerabdrücke und Proben vom Tatort." Markwart räuspert sich. „Herr Kommissar, diese Papiere haben wir soeben in der Behausung des zweiten Opfers sichergestellt. Auch Arpelt war auf Derfflinger stationiert. Höchstwahrscheinlich kannten sich beide Opfer." „Interessant, Markwart! Ich habe mir soetwas schon gedacht. Also, was ist jetzt mit Ihrem Bericht?", fordert Froschleib. Markwart tritt an die Schultafel und dreht sie um. Sie ist voll mit Notizen, Tabellen und Graphiken.

Markwart fasst die bisherigen Erkenntnisse so systematisch wie möglich zusammen: „Zantek, unser erstes Opfer hat mit Sicherheit in der Patronierhütte vor etwa zehn bis zwölf Tagen illegal Munition hergestellt, bevor ihm von vorn der Schädel eingeschlagen und er erst einige Tage später am Wasserturm aufgehängt wurde. Die Fingerabdrücke am Patronierer stimmen mit denen der Leiche überein. Unseren jüngsten Ermittlungen zufolge, kannten sich beide Opfer möglicherweise. Von dem zweiten Opfer konnten wir keine Fingerabdrücke gewinnen, da seine Fingerkuppen den Nagetieren zum Opfer fielen. Beiden Opfern gemeinsam ist, dass sie kaum private Kontakte, Freunde oder Verwandte hatten. In der Arbeiterschaft der Dynamit-AG waren sie eher Außenseiter. Des weiteren wurden beide Opfer erst mehrere Tage nach ihrem Tod dort hingehängt, eine offensichtliche Zur-Schau-Stellung. Josef Arpelt, das zweite Opfer trug im Gegensatz zu Herbert Zantek noch Schuhe, als wir ihn fanden. Unter seinen Schuhsohlen befand sich unter anderem Vogelkot." „Wen interessiert, der Dreck unter seinen Sohlen?", fährt Froschleib dazwischen. „Der Dreck, ich habe ihn im Labor der Dynamit-AG untersuchen lassen, verrät uns, dass er möglicherweise kurz vor seiner Ermordung auf der stark mit Vogeldreck verschmutzten Ladeplattform der Drahtseilbahn herumgelaufen ist, Herr Kommissar! Jener Drahtseilbahn, die angeblich seit Monaten stillgesetzt war! Offensichtlich wurde sie heimlich wieder in Betrieb genommen, um etwas aus dem Werk hinaus oder herein zu transportieren. Die Seiltrommeln, Hängeloren und die Seile selbst weisen Anzeichen auf, dass die Drahtseilbahn vor Kurzem benutzt wurde, und zwar nicht nur ein paar Meter, um den Toten über die Böschung zu befördern. Josef Arpelt ist von deutlich geringerem Körpergewicht als Zantek. Ihn dort an die Seilbahngondel zu knoten, kann ein Mann auch ohne technische Hilfsmittel allein bewältigen", schätzt Markwart! „Die Seilbahn war auf Vorwärtsbetrieb geschaltet, also hätte man das Opfer von der Station an der Elbe hinaufbefördern müssen, was ich jedoch nicht glaube. Erstens haben wir den mutmaßlichen Tatort im Schwefelsäurelager gefunden, worauf die große Blutlache und die Spuren hindeuten. Zweitens bedarf es nur weniger Handgriffe, um das Seilbahngetriebe umzuschalten. Allerdings muss es jemand gewesen sein, der sich mit der Seilbahn auskennt. Noch mehr derjenige, der sie wieder in Betrieb genommen, also die Stromleitungen angeschlossen hat. Wir können also Fachkenntnisse desjenigen voraussetzten. Merkwürdig ist, dass wir an den Hebeln der Seilbahn keinerlei Fingerabdrücke gefunden haben." Markwart weist auf einen anderen Teil der Schultafel. „Als wir den mutmaßlichen Tatort des zweiten Opfers in der alten Schwefelsäurefabrik fanden, hat Herr Oberwachtmeister Schilde im benachbarten Lagerraum eine Menge Material entdeckt, das dort offensichtlich jemand beiseite geschafft hat." „Was für Material?", fragt Froschleib. „Werkzeuge, Kupferblech, Bleirohre, Elektrokabel und, meine Herren, Geschosshülsen, zufällig Kaliber 75,8 Millimeter", antwortet Schilde. „Exakt jenes Kaliber, aus welchem Zantek Tage zuvor Munition für leichte Minenwerfer herstellen wollte", fährt

Markwart fort. „Ich vermute, es handelt sich um Diebesgut, welches aus der Fabrik beiseite geschafft wurde. Die alte Schwefelsäurefabrik mit ihren zahlreichen verwinkelten Gebäuden eignet sich hervorragend für illegale Aktivitäten." „Wir sollen zwei Morde aufklären, keinen Diebstahl", wendet Froschleib ein. „Richtig, Herr Kommissar. Aber vielleicht hängt es ja irgendwie zusammen." Markwart weist auf ein Dreieck mit zahlreichen Notizen. Er berichtet von seinen Beobachtungen am Sonntag, als ein gewisser Theobald Hunfeld, seines Zeichens leitender Verwaltungsbeamter der Dynamit-AG, mit jenem rätselhaften Gast des Hotels *Deutsches Haus* zusammenkam, wo es offensichtlich um eine Arbeitsvermittlung ging, möglicherweise die des Paul Hartung, der inzwischen auf der Krümmler Fabrik arbeitet. Der rätselhafte Hotelgast hat sich anschließend umgekleidet und den Hartung in der Nähe seiner Wohnung aufgesucht und ihm Geld und Papiere überreicht" „Und wie heißt dieser rätselhafte Gast?", fragt Froschleib gereizt. „Im Hotel hatte er sich als Doktor Justus Aurelius eingetragen. Hartung nannte auf meine diesbezügliche Frage den Namen Hermann Sieloff. Ich glaube, dass beide Namen falsch sind und bin gespannt, welchen Namen mir Herr Hunfeld nennen wird, wenn ich ihn nachher vernehme." „Sind Sie fertig?" „Fast, Herr Kommissar. Ich schlage primär vor, diesen drei Herren auf den Zahn zu fühlen und die Identität unseres Unbekannten aus dem Hotel *Deutsches Haus* herauszubekommen. Ebenso wichtig ist das Motiv des Täters. Weshalb werden die Opfer Tage später so demonstrativ und aufwändig zur Schau gestellt? Ich fürchte, Herr Kommissar, es wird weitere Opfer geben." „Ein Serientäter, ganz klar. Ich sagte es bereits", fährt Froschleib dazwischen. „Möglicherweise. Dann stellt sich die Frage, wer ist das nächste Opfer und wo wird er es zur Schau stellen. Da der Mörder uns bisher ein paar Tage voraus war, könnte das nächste Opfer bereits irgendwo auf dem Fabrikgelände tot abgelegt sein. Um dies herauszufinden, Herr Kommissar, wäre ein Trupp Schupos, die das Gelände durchkämmen, hilfreich gewesen. Soweit meine Ausführungen", endet Markwart. Brilliant, besonders die verbale Ohrfeige für Froschleib am Ende von Markwarts Vortrag, denkt Schilde und nickt anerkennend. „Ziemlich viele Unsicherheiten und

Unwägbarkeiten in ihrem wirren Konstrukt, Markwart! Außerdem gefallen mir Ihre Alleingänge nicht", sagt Froschleib. Markwart zuckt mit den Schultern. „Tja, dennoch würde ich mich jetzt gern nach Krümmel begeben und den Herrn Hunfeld vernehmen. Hier ist übrigens mein schriftlicher Bericht." Er reicht seinem Vorgesetzten ein paar Blätter Papier. Froschleib nickt. „Gut, dann fahren Sie meinetwegen nach Krümmel, Kriminalsekretär."

„Bravo, Herr Markwart, brillant. Sie haben Ihren Vorgesetzten soeben degradiert, wissen Sie das?", lobt Schilde, als sie über den Marktplatz laufen. „Leider nicht, Herr Schilde. Er ist immer noch mein Vorgesetzter und wird es auch bleiben, fürchte ich." Schilde weist auf eine Pferdedroschke, die vor dem *Hotel Deutsches* Haus wartet. „Leisten wir uns heute eine Droschke? Um diese Zeit fährt die Werksbahn nur selten."

Theobald Hunfeld wirkt erschrocken, als die beiden Polizisten sein Büro betreten. Markwart und Schilde stellen sich vor. „Herr Hunfeld, am Sonntagvormittag hielten Sie sich im Fährhaus Ziehl auf", beginnt Markwart. „Wenn Sie es sagen." Markwart denkt, dass die plötzliche Gelassenheit seines Gegenübers nur gespielt ist. „Sie hatten dort ein Gespräch mit einem Herrn." „Das soll vorkommen, dass man sich mit anderen unterhält, wenn man ein Lokal aufsucht", entgegnet Hunfeld. Er vermeidet es, dem Kriminalsekretär in die Augen zu sehen. „Wie hieß denn Ihr Gesprächspartner?" „Was wollen Sie eigentlich von mir? Ich habe zu arbeiten." „Nur den Namen Ihres Gesprächspartners", sagt Markwart und lächelt süffisant. „Ich kenne ihn nicht." „Aha", macht Markwart und lässt einige Sekunden verstreichen. „Was wollte er denn von Ihnen?" „Wir haben über die Wirtschaftslage gesprochen." „Ich hatte den Eindruck, dass er Sie zu etwas drängen wollte", sagt Markwart. „Da müssen Sie sich täuschen." „Er wollte, dass Sie jemanden hier in der Fabrik eine Anstellung verschaffen!" Kurz ist Hunfeld verunsichert. „Verstehen Sie!", beginnt er schließlich, „manche Leute bekommen irgendwie heraus, dass ich für die Einstellung der Arbeiter zuständig bin. Gelegentlich lauern sie mir auf, um mir einen Verwandten oder ihren Sohn für eine Arbeitsstelle zu empfehlen. Dieser Herr am

Sonntagmorgen wollte, dass ich einen Bekannten einstelle. Falls Sie jetzt an Bestechung denken, ich habe kein Geld von dem Herrn erhalten und ich hätte auch keines angenommen – zufrieden, Herr Kriminalsekretär?" „Aber da ist es doch merkwürdig, dass sich der Herr nicht bei Ihnen vorgestellt hat, finden Sie nicht?", bohrt Markwart weiter. „Vielleicht hat er das, aber ich erinnere keinen Namen. Ich habe ihn abgewimmelt." „Haben Sie denn den empfohlenen Bekannten bereits eingestellt. Hunfeld wirkt immer nervöser. „Ja, habe ich. Der Mann war gleich gestern Morgen hier. Seine Papiere waren einwandfrei. Er ist ein Handwerker und er kennt sich mit Sprengstoff aus. Wir können ihn tatsächlich gebrauchen." „Und wie heißt der Mann und wo ist er jetzt eingesetzt?" Hunfeld überlegt einen Augenblick. „Ich muss nachsehen." Er steht auf und geht zu einem Aktenschrank. Markwart gibt Schilde ein vereinbartes Zeichen. Der dreht sich blitzschnell um, reißt die Bürotür auf. Dort steht Meinecke, der offensichtlich gelauscht hat. „Ach, Herr Meinecke, welch Überraschung!", donnert Schilde. „Wollten Sie gerade zu Herrn Hunfeld?" Meinecke weicht erschrocken einen Schritt zurück. „Nein, äh, ich wollte nur sehen, wo Sie abgeblieben sind. Bin ja für die Sicherheit auf dem Werksgelände verantwortlich", stammelt er. „Na, von der Polizei müssen Sie nichts Unsicheres befürchten", sagt Schilde und schließt die Tür wieder. Inzwischen hat Hunfeld eine Akte herausgesucht. Verwundert hat er die Szene an seiner Bürotür beobachtet. „Was wird hier eigentlich gespielt?", fragt er die beiden Polizisten. „Das versuchen wir gerade herauszufinden, Herr Hunfeld. Haben Sie den Namen des Arbeiters?" „Paul Hartung, heißt der Mann. Wir setzen ihn in der Hauptwerkstatt ein. Hat er sich irgendetwas zu Schulden kommen lassen?" „Nein, er ist ein unbeschriebenes Blatt, sozusagen. Eine andere Frage, wo Sie doch für Personalangelegenheiten zuständig sind. Dieser Wachschutzleiter Meinecke, seit wann ist er bei der Dynamit-AG beschäftigt?" „Etwa seit 1915. Damals wurde der Wachschutz durch eine Abteilung Landsturm verstärkt, um die Kriegsgefangenen zu bewachen." „War er damals Kommandeur der Landsturm-Abteilung?" „Nein, das war ein richtiger Offizier. Nach dem Krieg haben wir wenige von der ehemaligen Wachmannschaft übernommen." „Weshalb ist denn ausgerechnet Herr Meinecke als Leiter des Wachschutzes eingestellt worden? Hatte er besondere Kenntnisse oder Fähigkeiten?" Hunfeld verzieht genervt das Gesicht. „Da müsste ich wiederum erst nachsehen." „Dann tun Sie das bitte!", fordert Markwart mit freundlicher Bestimmtheit. Hunfeld tritt an einen Aktenschrank und zieht nach kurzem Suchen einen Satz Papiere heraus. „Er war früher Ausbilder beim Landsturm, kennt sich mit Sprengstoff aus", sagt Hunfeld, nachdem er kurz in den Papieren geblättert hat. „Ist er in Geesthacht geboren?" Hunfeld sucht erneut in der Personalakte. „Nein in Stettin. Hat sogar eine höhere Schule besucht." „Soso!", macht Markwart mit gespielter Nachdenklichkeit. „Sagen Sie, den Herrn Arpelt, das Mordopfer von gestern Morgen, den haben Sie ebenfalls eingestellt?" „Nein, uns werden regelmäßig arbeitslose Männer aus dem Notstandsprogramm angeboten. Ausgesucht werden die Leute direkt von dem jeweiligen Meister, in dessen Bereich die Leute eingesetzt werden sollen." „Aber den Zantek, den haben Sie eingestellt?" „Ja, ich sagte es bereits, für die Einstellung und Kündigung der Stammbelegschaft bin ich zuständig", erklärt Hunfeld genervt. „Ich danke Ihnen, Herr Hunfeld. Sie haben uns sehr geholfen", nickt Markwart ihm zu. Die beiden verlassen das Büro und hinterlassen einen recht verunsicherten Verwaltungsbeamten.

„Sie haben aber auch eine Art. Ich muss schon sagen, Herr Markwart. Hut ab!", flüstert Schilde. „Trotzdem ist er uns entwischt wie ein glitschiger Aal", stellt Markwart resigniert fest. Die beiden treten auf den Vorplatz des Verwaltungsgebäudes. „Wo ist eigentlich unser eifriger Wachschutzleiter geblieben?", grinst Markwart. „Weiß ich auch nicht, Herr Kriminalsekretär!" spricht Schilde mit gespielter Verwunderung. „Nutzen wir die Zeit, um uns noch einmal umzusehen", schlägt Markwart vor.

Alfred von Reichenberg blickt auf die Bahnhofsuhr in Geesthacht. Gleich sechs Uhr. Ein Zug nach Hamburg steht zur Abfahrt bereit. Auf dem Nachbargleis wartet ein Güterzug, der von Soldaten der Reichswehr bewacht wird. Mit dem Karabiner über der Schulter patrouillieren sie an den flachen Waggons entlang. Die Ladung ist mit grünen Planen verdeckt. Die ersten aus der Nordsee geborgenen Seeminen werden nach Krümmel geliefert, mindestens dreißig Stück, 600 Kilogramm TNT, rechnet von Reichenberg und sieht erneut auf seine Uhr. Zeit Obermaat Hartung zu instruieren.

„Paul, wo willst du denn jetzt schon hin? Du triffst dich doch erst in einer Stunde mit deiner Liebsten", spricht Hedda Hartung amüsiert. Ihr Sohn hatte sich besonders gründlich an der Pumpe gewaschen und seine besten Sachen angezogen, welche sie zuvor mit ihrem Plätteisen bearbeitet hatte. Natürlich hatte sie die Nachricht auf dem kleinen Zettel gelesen, dass sich ihr Sohn um sieben Uhr mit einer gewissen S. an der Fähre trifft. Am liebsten würde sie dort einmal Mäuschen spielen. „Habe noch etwas zu erledigen, Mutter. Falls jemand nach mir fragt, du weißt nicht, wo ich bin, verstanden?" „Meinst du, die Polizei kommt noch einmal?" Er schüttelt den Kopf. „Egal wer da fragt, du weißt es nicht!", beschwört er sie und verabschiedet sich mit einer knappen Geste. Er geht in Richtung Große Bergstraße davon. Als er aus dem Sichtfeld seiner Mutter verschwunden ist, wechselt er die Richtung und läuft am Gelände der Lungenheilstätte entlang zum Hegeberg hinüber. Er hatte heute auf der Fabrik herausbekommen, dass der Tote, den sie an der Drahtseilbahn gefunden hatten, ein Zimmer am Hegeberg gemietet hatte. Dieses Zimmer müsste jetzt frei sein. Vielleicht kann er es sich leisten und bei seiner Mutter ausziehen. Paul bleibt einen Augenblick stehen und blickt auf die kleine Stadt, an deren Weichbild sich in den letzten Jahren kaum etwas verändert hatte. Reetgedeckte Häuser und langgestreckte Katen ducken sich zwischen wenigen Stadthäusern entlang der Friedhofstraße und rund um den Marktplatz überragt von den großen Gebäuden der Gemeindeschule am Buntenskamp. Im abendlichen Dunst ragt der hohe Schornstein der Hartsteinwerke empor und weiter entfernt hinter Dünen mehrere Schlote der Pulverfabrik Düneberg, aus denen längst kein Rauch mehr aufsteigt. Paul geht weiter. Die Gegend zwischen Katzberg und Hegeberg ist ihm aus seiner Kindheit und Jugend bestens bekannt. Die Leute vom Katzberg hatten mit denen vom Hegeberg seit jeher Streit – Katzberg gegen Sümpel, sagte man. Keiner erinnerte sich mehr weshalb. Als Paul noch zur Schule ging, gab es einen regelrechten Kinderkrieg. Man hatte sich nachmittags auf den Wiesen zwischen der Großen Bergstraße und der Hegebergstraße, an der seinerzeit nur wenige Häuser standen, getroffen und mit Holzschwertern und bloßen Fäusten bekämpft. Später wurden die Holzschwerter gegen schwere Knüppel getauscht und die Schleudern wurden mit Steinen anstatt Pflaumenkernen munitioniert, so dass es manchmal Verletzte gab. Der Sümpel war stets in der Unterzahl, aber eine zähe Bande. Inzwischen gibt es in dem Gebiet zwischen den verfeindeten Siedlungen immer mehr Felder und Gärten anstatt der Wiesen, und die Bebauung an der Hegebergstraße erstreckt sich ein Stück weiter den Berg hinauf als damals. Paul biegt in den Sandweg ein, der zum bebauten Gebiet des Sümpel führt. Viele Kinder gibt es hier, erkennt er schon von Weitem. Er fragt eine Gruppe Jungen, ob sie wüssten, wo der Herr Arpelt gewohnt hat. „Issas der Heini, der abgemurkst wurde?" Paul nickt. „Sind Sie vonne Schmiere?", fragt ein anderer. „Was?" „Polizei, wollte ich sagen." „Nein. Weiß nun einer von euch, wo der wohnte?" „Was willst `n da, wenn der abgemurkst wurde?" „Wo wohnte er?", fragt Paul genervt. „Da drüben, das vierte Haus bei Willerts." „Danke!" „Den Dank kannzu hier ma' reintun!", schlägt der Junge vor und hält ihm seine Mütze hin. „Ein Andermal, habe gerade selbst nichts auf der Naht", sagt Paul und geht, von einem Murren der Jungen begleitet.

Frau Willert sieht Paul skeptisch an. „Sie wollen also unsere Dachkammer mieten?" „Kommt drauf an, wie hoch die Miete ist." „Zehn Mark die Woche." „Kann ich das Zimmer mal sehen?" Sie bahnt sich einen Weg durch eine neugierige Kinderschar in der engen Diele und steigt vor ihm die Treppe hinauf. „Ich habe noch nicht aufgeräumt und sauber gemacht werden, muss da auch mal", erklärt sie. Paul sieht sich ernüchtert um. „Was ist mit den Sachen?" „Gehörten dem Arpelt. Die Polizei sagte, ich soll sie erstmal hier lassen, aber wir können sie auch in den Holzstall bringen." „Was halten Sie davon, wenn ich hier aufräume und die Kammer ein wenig herrichte, und dafür wohne ich die ersten zwei Wochen mietfrei." Frau Willert schüttelt den Kopf. „Höchstens eine Woche. Haben Sie überhaupt Arbeit?" „Ja, bei der Dynamit-AG." Sie nickt zufrieden. „Meine Verlobte wird mich hier gelegentlich besuchen", tastet er sich vor." Sie wirft ihm einen missbilligenden Blick zu. „Daher weht der Wind." „Nur zu Besuch", beteuert Paul. „Wenn es niemand mitkriegt und das Mädel nicht über Nacht bleibt, kümmerts uns nicht." Die beiden besiegeln das Geschäft mit Handschlag. „Ich komme immer nach Feierabend und mache oben klar Schiff, Frau Willert", verabschiedet er sich.

Auf der Straße treten zwei Männer auf ihn zu. „Paul?" „Ja." Er fragt sich, woher die beiden ihn kennen, wahrscheinlich aus jener Zeit, wo sie sich auf den Wiesen geprügelt hatten. „Wechselst du die Fronten?", knurrt einer. „Kann man so sagen." „Dann kannst du zum Einstand auf dem Sümpel ja gleich ein Bier ausgeben." „Mach ich. Aber nicht jetzt, alles klar?" „Das sehen wir dann, ob alles klar ist", sagt der andere und grüßt mit geballter Faust. Paul erwidert die Geste und geht.

Linde wartet in der Nähe des Fähranlegers. Die Fähre befindet sich gerade am südlichen Ufer der Elbe. Der Abend ist kühl. Sie zieht ihre Wolljacke enger um ihre Schulter und versteckt sich ein Stückchen weiter hinter einem Baum. Ich muss ja nicht immer als erstes am Treffpunkt sein, sagt sie sich und wartet, bis sie Paul von weitem herankommen sieht. Er begrüßt sie mit einem Kuss auf die Wange und lächelt. „Wollen wir mal mit der Fähre nach drüben fahren?", fragt sie. „Einfach so?" „Einfach so!", bestätigt sie und lächelt ihn zärtlich an. Das werde ich mir gerade noch leisten können, denkt er und fühlt in seiner Hosentasche nach einigen Münzen Kleingeld, die er noch besitzt. Sie gehen zum Anleger. Die Fähre ist immer noch am anderen Ufer, obwohl jetzt ein Fuhrwerk und mehrere Fahrgäste in Geesthacht warten. „Ich habe eine Dachkammer in der Hegebergstraße gemietet", verkündet er, „muss aber erst aufräumen und einiges reparieren, bevor ich dort eine junge Dame empfangen kann. Erwarte trotzdem nicht zu viel von der Bude!" „Wie hast du das denn so schnell hinbekommen?" „Glück gehabt." Dass dort zuvor der zweite Ermordete gehaust hat, sage ich ihr lieber nicht, überlegt er. Sie blickt sich verstohlen um, ob die anderen Leute sie sehen. Dann küsst sie ihn am Hals unter dem Ohr, wobei sie blitzschnell ihre Zunge hervorschnellen lässt, was ihm eine Gänsehaut verursacht. Danach blickt sie ihn verschworen an. Ich sollte mich mit der Herrichtung meiner neuen Behausung beeilen, sagt er sich.

Vor dem Gebäude mit den Arbeiterwohnungen der Glasfabrik sind immer noch eine Menge Leute, als von Reichenberg das Gebäude von weitem beobachtet. Einige der Bewohner bestellen die umliegenden Gärten, andere sitzen auf einen abendlichen Plausch vor den Haustüren. Paul Hartung ist nirgends zu sehen. Überall laufen Kinder herum. Eines hat ihn offenbar entdeckt und kommt auf ihn zu. Es ist der Junge, den er zwei Tage zuvor beauftragt hat, Hartung Bescheid zu sagen. „Tach!", sagt der Kleine erwartungsvoll zu dem Offizier. „Guten Tag, mein Junge!" „Soll ich wieder den Paul Hartung holen?" „Ist er denn zuhause?" „Weiß ich nicht", sagt der Junge, obwohl er genau gesehen hat, dass Hartung vor mehr als einer Stunde ausgegangen ist. „Wie heißt du, Junge?" „Otto!" „Gut, Otto, dann schau mal unauffällig nach, ob er zuhause ist. Wenn du ihn sprechen kannst, schicke ihn her! Aber zu niemandem ein Wort, verstanden?" „Klar." Otto sieht ihn erwartungsvoll an. „Fünf Pfennige, wenn du zurück bist. Aber unauffällig, wie ein Detektiv!", flüstert er.

Drei Stunden später ist Paul Hartung mit seinen Gedanken noch bei Sieglinde, die er gerade zu ihrer Behausung in die Mühlenstraße begleitet hatte. Nun nähert er sich der Wohnung seiner Mutter bei der Glasfabrik. Eine einzelne Gaslaterne zwischen den Gebäuden spendet fahles Licht. Irgendwo bellt ein Hund. Plötzlich packt ihn jemand am Arm. Hartung fährt erschrocken herum. „Obermaat Hartung, wo haben Sie die ganze Zeit gesteckt? Ich hatte Ihnen befohlen, sich heute Abend hier bereitzuhalten!", hört er die Stimme von Leutnant von Reichenberg. „Herr Leutnant, ich habe es mir anders überlegt." „Wie bitte? Sind Sie verrückt geworden? Glauben Sie ja nicht, dass Sie uns an der Nase herumführen können! Kommen Sie mit!" „Wohin?" „Dort hinüber, wo uns niemand hört." Von Reichenberg weist auf die dunkle Silhouette der stillgelegten Glasfabrik. Hartung geht zögerlich mit, ist aber auf der Hut, sich gegen mögliche Angriffe zur Wehr setzen zu können. Dem Leutnant fühlt er sich körperlich überlegen, aber vielleicht ist der bewaffnet.

„Hören Sie zu!", sagt von Reichenberg. „Ihre Arbeit bei der Dynamit-AG haben Sie nur durch die Organisation. Wir müssen nur mit dem Finger schnippen und Sie sitzen wieder auf der Straße, verstanden?" Hartung lässt sich nicht einschüchtern. „Die beiden Männer, die ermordet wurden, gehörten die zu Ihrer Organisation?" „Das tut hier nichts zur Sache. Wir haben eine Abmachung. Ich habe Ihnen Arbeit verschafft, Sie dienen der Organisation!" „Die Kriminalpolizei hat uns beide am Sonntag beobachtet. Sie haben mich vernommen und nach Ihrem Namen gefragt, Herr Leutnant", spielt Hartung seinen Trumpf aus. „Sie haben der Polizei meinen Namen genannt?" Von Reichenberg klingt entrüstet. Hartung lässt ein paar Sekunden verstreichen, ehe er antwortet. „Nicht Ihren echten Namen." „Ihr Glück! Wagen Sie es nicht, der Organisation Schaden zuzufügen, Obermaat! Da Sie bereits zu viel wissen, können Sie nicht mehr aussteigen." Von Reichenberg überlegt einen Augenblick bevor er fortfährt. „Tatsächlich hat jemand einen unserer Kameraden getötet. Haben Sie etwas gehört, wer dahinter stecken könnte?" „Nein, Herr Leutnant. Da Ihre Leute auf der Fabrik umgebracht werden, ist es möglicherweise auch für mich gefährlich." „Ich garantiere Ihnen, es wird noch viel gefährlicher für Sie, wenn Sie nicht kooperieren!" Der Leutnant hatte mit der Faust Hartungs Jacke gepackt, ihn zu sich heran gezogen und mit lauter Stimme gesprochen. Eine Tür im Wohngebäude wird geöffnet, jemand leuchtet mit einer Petroleumlampe und sieht nach draußen. Der Leutnant mäßigt seine Stimme. „Hören Sie sich auf der Fabrik um, wer hinter dem Mord stecken könnte. Möglicherweise sind andere Leute ebenfalls dabei, sich aus den Vorräten der Dynamit-AG zu bedienen. Außerdem werden Morgen die ersten Seeminen auf der Fabrik angeliefert. Der erste Zug steht bereits auf dem Geesthachter Bahnhof. Versuchen Sie an den Sprengstoff heranzukommen oder zumindest herauszufinden, wo die Minen geleert werden! Wagen Sie es nicht noch einmal, sich unseren Befehlen zu widersetzen! Sie hören von uns!" Endlich lässt der Leutnant seine Jacke los und verschwindet augenblicklich in der Dunkelheit.

Geesthacht, Gasthaus *Zur Post* - Tag 8, Mittwoch

Gerade noch rechtzeitig erkennt Leutnant von Reichenberg den Kriminalsekretär, als dieser im Gasthaus *Zur Post* seinen Zimmerschlüssel abgibt. Schnell verschwindet er im düsteren Treppenhaus. Bevor er sich am gestrigen Abend diesen Hartung vorknöpfte, hatte er hier ein Zimmer reserviert. Jetzt wollte er den Frühzug nach Hamburg nehmen. Nachdem die Kriminalpolizei ihn bereits auf dem Kieker hat, ist es besser einen anderen Kameraden der Organisation nach Geesthacht zu schicken. Vorsichtig blickt er in den Gastraum. Der Kerl von der Kripo ist verschwunden. Er hat ihn offensichtlich nicht gesehen.

So ein Mist, denkt Markwart. Gerade war Kommissar Lehnhardt aus Hamburg in der Geesthachter Polizeiwache eingetroffen und hatte berichtet, dass die meisten der auf Spezialpapier gebannten Fingerabdrücke von der Seilbahn von so schlechter Qualität waren, dass sie nicht verwertbar sind. An der oberen Seilbahnstation hatte man vereinzelt Fingerabdrücke des Elektrikers und des Wachschutzleiters identifiziert, allerdings nicht am Bedienhebel. „Also, keine weiterführenden Erkenntnisse!", tönt Froschleib mit Genugtuung. Markwart blickt niedergeschlagen. Lehnhardt räuspert sich und wirft Froschleib einen missbilligenden Blick zu. „Was haben die Fingerabdrücke von dem Meinecke dort zu suchen? Haben Sie keine Fingerabdrücke von diesem wortkargen Vormann gefunden, wie heißt der noch gleich?" „Ahrens. Von dem haben wir nirgends Fingerabdrücke gefunden. Der Betätigungshebel der Seilbahn war völlig sauber, wurde vermutlich abgewischt", erklärt Markwart. „Wie dem auch sei, meine Herren", ergreift Lehnhardt das Wort, „wir wissen jetzt, dass beide Mordopfer jahrelang auf dem gleichen Kriegsschiff gefahren sind. Wir sollten bald herausfinden, wer aus dem Umfeld der Fabrik ebenfalls auf Derfflinger stationiert war." „So ein Schlachtkreuzer hat über tausend Mann Besatzung, durch Zu- und Abgänge während des Krieges waren wahrscheinlich noch viel mehr Männer auf dem Schiff. Es ist überhaupt nicht gesagt, dass sich die Opfer kannten", gibt Froschleib zu bedenken. „Wir werden das auf jeden Fall überprüfen, Herr Kommissar", stellt Lehnhardt klar und blickt auf seine Taschenuhr. „Verlieren wir keine Zeit! Wir brechen sofort auf. Heute inspizieren wir das gesamte Fabrikgelände." Die beiden Kommissare, sowie Markwart und Schilde besteigen den grünen Opel.

Lehnhardt fährt zunächst am Werkstor vorbei bis zum Krümmler Elbufer hinab. Er weist auf eine Barkasse, welche mit schwarz qualmendem Schornstein vor dem Anleger manövriert. „Unsere Verstärkung, meine Herren! Auf dem Schiff befinden sich mindestens 30 Polizisten aus Hamburg." „Das wird dem Wachdienstleiter gar nicht gefallen", bemerkt Froschleib mit verkniffener Miene. „Dem Herrn Direktor erst recht nicht", sagt Markwart. Schilde ist begeistert. So viele Polizisten! Prächtige Männer in Uniform, das glaubt er schon von weitem zu erkennen.

Am Werkstor am oberen Ende des Nobelplatzes wartet bereits ein Automobil, ein Peugeot Typ 163, wie Lehnhardt, der Automobilexperte, sofort erkennt. Lehnhardt bringt den Opel dicht hinter der französischen Limousine zum Stehen. „Die Herren von der Feindbund Kommission. Wussten Sie, dass die heute hier sind?", fragt Schilde. „Was für Herren?", fragt Markwart entgeistert. „Der Oberwachtmeister meint die Interalliierte Militär Kontrollkommission, die IMKK. Sie überwachen die Einhaltung der Versailler Verträge", erklärt Froschleib. Gerade winkt ein Angehöriger des Wachschutzes das Fahrzeug mit den vier Herren der Kommission durch das Fabriktor. Lehnhardt will dem Peugeot direkt folgen, wird aber von dem Wachschutzmann mit einer energischen Handbewegung gestoppt. „Melden Sie uns bitte augenblicklich beim Herrn Direktor!", befiehlt Kommissar Lehnhardt. „Der ist nicht zu sprechen, wegen der Kommission. Das sehen Sie doch!" „Verdammt nochmal! Wir sind von der Kriminalpolizei und dies ist eine Mordermittlung! Wenn Sie keinen Ärger bekommen wollen, schaffen Sie Ihren Vorgesetzten hier her! Sofort!", donnert Lehnhardt. Der Wachschützer verschwindet eilig in der Pförtnerei und kurbelt an einem Fernsprechapparat. „Ha! jetzt zeigen wir es diesen Kerlen!", freut Schilde sich. Gerade hört man die Dampfpfeife der Barkasse mit den Polizisten aus Hamburg.

Kurz darauf kommt Meinecke herangeeilt. „Meine Herren! Wir haben die Feindbund Kommission auf dem Gelände!", entrüstet er sich. „Das interessiert mich einen feuchten Kehricht! Wir durchsuchen heute das Gelände gründlich. Eine Abteilung Schutzpolizei aus Hamburg liegt wenige Schritte von hier in Bereitschaft. Sie und Ihre Männer werden uns bei der Untersuchung unterstützen! Und jetzt lassen Sie uns durch!" Vom unteren Ende des Nobelplatzes hört man militärische Kommandos. „Das muss ich erst dem Herrn Direktor melden, und der empfängt gerade die verdammten Franzosen", schimpft Meinecke, „benötigen Sie für eine solche Aktion nicht besondere Befugnisse einer höheren Stelle?" „Die habe ich, Herr Wachdienstleiter! Herr Oberwachtmeister, nehmen Sie die Kollegen von der Barkasse in Empfang und lassen Sie sie vor dem Fabriktor antreten!", richtet er sich an Schilde. „Jawoll, Herr Kommissar!" Schilde steigt aus dem Auto und marschiert den Schutzpolizisten entgegen. Lehnhardt lenkt den Opel auf das Fabrikgelände und parkt vor dem Verwaltungsgebäude neben dem Peugeot.

„Herr Kommissar Froschleib, würden Sie die Männer in drei Trupps unterteilen und die Durchsuchung des Werksgeländes koordinieren? Herr Meinecke mit seinen Männern schließt sich Ihnen gerne an." Lehnhardt lächelt süffisant, während Froschleib ihm einen grimmigen Blick zuwirft. „Seit wann haben Sie hier das Kommando?", zischt er dicht an Lehnhardts Ohr, sodass die anderen es nicht hören. „Ich habe Ihnen doch gerade das Kommando übergeben, also los!" Froschleib blickt verwirrt und wendet sich schließlich ab.

Kurz darauf bewegt sich die Polizeiabteilung, verstärkt durch die Männer vom Wachschutz, die Werksstraße entlang. „Meinen Sie im Ernst, wir finden noch Spuren, nach dem Regen?" „Vermutlich nicht, aber wir scheuchen die Meute auf, bringen Hektik in ihre Ordnung. Vielleicht muss jemand eilig etwas verstecken oder vertuschen. Deshalb beobachten Sie, Herr Schilde, den Bereich um die Seilbahn. Sie, Herr Markwart, treiben sich unauffällig bei der alten Schwefelsäurefabrik herum. Herr Krogmann, Sie lassen bitte den

Wasserturm nicht aus den Augen! Ich werde den Suchtrupps auf den Fersen bleiben und den Meinecke beobachten."

„Sie überwachen den Wasserturm und ahnen nicht, dass ich sie ebenfalls beobachte. Ärgerlich zwar, die vielen Polizisten auf dem Gelände, aber sie werden nichts finden – nichts was sie auf meine Spur bringen könnte. Aufhalten werden sie mich nicht! Der nächste, dieser Dreckskerle ist bereits lokalisiert.

Am frühen Nachmittag hat die Polizei große Teile des Fabrikgeländes sowie zahlreiche Gebäude akribisch durchsucht. Fast alle Truppführer hatten zunächst gemeldet, dass nichts Verdächtiges, wie blutige Kleidung, Spuren eines Kampfes oder gar ein weiterer Toter gefunden wurde. Gegenstände, die sich als Tatwaffe eignen, gab es allerdings hier und dort im Gelände. Man hatte ein verrostetes Beil, eine Eisenstange und ein Stecheisen eingesammelt. Unter einem Busch zwischen den Gebäuden der alten Schwefelsäurefabrik fand man ein mehrere Meter langes Seil. Es war möglicherweise mit dem Beil gekürzt worden, das eine Ende ist nicht gespleißt. Es musste zu dem Seil gehören, mit dem die Opfer verschnürt wurden. Dann hatte einer der Hamburger Polizisten in einem stillgelegten Gebäude eine geräumige Holzkiste entdeckt, in der sich Lumpen mit eingetrocknetem Blut befanden. Auch vor der Kiste waren Spuren einer eingetrockneten Flüssigkeit zu erkennen.

„Durchaus möglich, dass der Mörder Zanteks Leiche hier versteckt hat, bevor er sie an den Wasserturm hängte", vermutet Lehnhardt, als er sich zusammen mit Markwart und Schilde die große Kiste ansieht. „Das würde zumindest erklären, weshalb das erste Opfer von den Ratten verschont blieb", schließt Markwart. „Übrigens befindet sich die Stelle, wo wir vor ein paar Tagen diesen Filzschuh im Gebüsch fanden auf der Strecke zwischen der Patronierhütte und hier", bemerkt Schilde. „Wenn es noch verwertbare Spuren des Tatortes gäbe, hätten wir sie heute entdeckt. Der Täter wird den Zantek irgendwie aus der Patronierhütte gelockt haben und in der Nähe erschlagen haben. Danach hat er sein Opfer in dieser Kiste versteckt und Tage später zum Wasserturm gebracht. Wir sollten zumindest die Lumpen untersuchen, sieht aus wie eine Decke der

Reichswehr und eine zerrissene Jacke, wie sie die Arbeiter tragen. Vielleicht gibt es Rückschlüsse auf den Täter", resümiert Lehnhardt. „Viel weiter sind wir eigentlich nicht gekommen. Auch diese Kiste mit den blutigen Lumpen bringt uns nicht sonderlich voran, Herr Lehnhardt", stellt Markwart ernüchtert fest. Die beiden hatten sich zusammen mit den Oberwachtmeistern Krogmann und Schilde an einem Tisch in der Beamtenkantine am Nobelplatz niedergelassen. „Wie man's nimmt. Immerhin keine weitere Leiche", knurrt Lehnhardt. „Vielleicht war Arpelt ja das letzte Opfer", sagt Markwart, „Glaube ich nicht, und Sie?" Markwart wiegt den Kopf hin und her. „Ich fürchte auch, dass es noch nicht zu Ende ist", seufzt er. „Was ist denn mit Ihrem Vorgesetzten los? Will er nichts essen?" „Dem Herrn Kommissar Froschleib macht wieder sein Magen zu schaffen", erklärt Markwart emotionslos. Eine Bedienstete der Kantine stellt eine große Schüssel auf den Tisch. „Was gibt's denn?", fragt Schilde. „Eintopf mit Wursteinlage, soll ich Ihnen auffüllen?" „Danke, machen wir selbst." „Dann mal guten Appetit, die Herren!"

„Es kam durchaus einige Hektik auf", berichtet Markwart, während sie ihren Eintopf löffeln. „Arbeiter wurden angewiesen aufzuräumen und Material ins Hauptmagazin zu bringen. Der Meinecke war übrigens ziemlich nervös. Ich habe ihm erzählt, dass wir seine Fingerabdrücke an der oberen Seilbahnstation gefunden haben. Er sagte, dass er bei seinen Rundgängen und am Tag, als die Leiche bereits gefunden war, dort wohl etwas berührt habe. Schließlich sei es seine Aufgabe, alles zu überprüfen. Ich habe ihn auch gefragt, was es mit dem Material auf sich hat, das in den Räumen der stillgelegten Schwefelsäurefabrik gelagert war. Das Zeug ist ziemlich wertvoll und hatte dort nichts zu suchen." „Und was hat er dazu gesagt?", fragt Lehnhardt. „Er war, wie gesagt, ziemlich nervös und erklärte, dass man wohl Werkzeuge und Maschinenteile vor der Feindbund Kommission verbergen wollte. Die verdammten Kerle würden sonst alles beschlagnahmen und die Fabrik endgültig in den Ruin treiben. Ich habe dann noch gefragt, wer das angeordnet habe. Das wusste er natürlich nicht. Er beteuerte, dass er mit seiner Handvoll Wachmänner nicht alles kontrollieren könne."

„Vielleicht hängt die Aufregung der Leute eher mit der Feindbund Kommission zusammen, die ebenfalls auf dem Gelände ist", vermutet Schilde. „Ach was! Die verdammten Franzmänner hocken beim Direktor im Büro, trinken Kaffee mit Cognac und rauchen Zigarren, während wir das Gelände durchkämmten", schimpft Krogmann. „Gab es denn am Wasserturm etwas zu beobachten?", will Lehnhardt wissen. „Niemand hat den Turm betreten. Im Pumpenhaus war nur der Pumpenwärter." „Und bei Ihnen, Herr Schilde?" „Nichts!" „Gut. Sie, Herr Krogmann, beobachten den Rest des Tages weiter den Wasserturm und die Umgebung. Sehen Sie sich bitte auch nochmal im Turm um. Sie, Herr Schilde, nehmen sich jetzt die alte Schwefelsäurefabrik vor! Herr Markwart und ich rücken dem Hunfeld auf die Bude und sehen die Personalakten durch, wer aus der Belegschaft bei der Marine war und womöglich auf dem Schlachtkreuzer Derfflinger gefahren ist. Falls Sie den Froschleib irgendwo sehen, schicken Sie ihn bitte zu mir!"

„Verdammt, was wollen Sie denn schon wieder von mir?", zischt Hartung, als Markwart ihn für eine kurze Befragung beiseite nimmt. Die verfügbaren Personalakten der Fabrik weisen neben den beiden Toten nur zwei Mitarbeiter aus, die während des Krieges bei der Kaiserlichen Marine gedient hatten. Hartung ist einer von Ihnen. „Herr Hartung, auf welchem Schiff waren Sie im Krieg stationiert?" „Ich war auf dem Schlachtkreuzer Seydlitz." „Nicht auf der Derfflinger?" „Nein verdammt! Ich gehörte während meiner ganzen Dienstzeit von 1914 bis zur Selbstversenkung der Seydlitz am 21. Juni 1919 der Besatzung dieses Schiffes an. Ich habe Papiere darüber." „Kennen Sie jemanden der auf der Derfflinger gefahren ist?" Hartung überlegt und schüttelt schließlich den Kopf. „Beide Schiffe gehörten der Sicherungsgruppe 1 an und kämpften Seite an Seite, erlitten beide schwere Verluste und Schäden während der Skagerrakschlacht und beide Schiffe liegen jetzt auf dem Meeresgrund vor Scapa Flow. Aber ich hatte keinen Kontakt zur Besatzung der Derfflinger." „Danke, Herr Hartung. Das war es schon!" Markwart verlässt die Hauptwerkstatt, wo er Paul Hartung aufgesucht hatte. Den anderen ehemaligen Marineangehörigen, einen gewissen Hugo Schulte, hatte er schon befragt. Der ist Werksfeuerwehrmann und arbeitet nebenbei noch im Magazin. Schulte war eine Zeitlang auf einem Torpedoboot und später in der Marinebasis in Wilhelmshafen – nein, der passte weder als Täter noch als potenzielles Opfer ins Schema, es ist zum Verzweifeln! „Ach, Herr Kriminalpolizist! Gut, dass ich Sie treffe", hört er eine Frauenstimme hinter sich. Die versierte Laborantin, einen Drahtkorb mit Chemikalienflaschen in der Hand, kommt auf ihn zu. Rieke heißt sie, aber wie war doch bloß ihr Nachname, überlegt Markwart angestrengt. „Heimischer Vogelkot", raunt sie mit geheimnisvoller Tonlage „Bitte was?" „An den blutigen Schuhen des Ermordeten befindet sich normaler Vogelkot und nicht unser Rohstoff Chilesalpeter. Ich habe es nochmal genauer untersucht. Vielleicht ist es ja wichtig." „Äh, danke Fräulein?" „Cassens, Rieke Cassens, Herr Kriminalpolizist. Ich muss weiter. Die Salpetersäure muss ins Laboratorium!" Sie weist auf den Drahtkorb mit den Flaschen und lächelt kurz, bevor sie an ihm vorbeigeht. „Ganz bemerkenswert, das junge Fräulein, ganz bemerkenswert!", sinniert Markwart.

„Waren Sie schon mal in Kiel, Herr Schilde?", fragt Kommissar Lehnhardt beiläufig, als sie am frühen Abend zurück in der Geesthachter Polizeiwache sind. Markwart und Froschleib, dem es wieder besser ging, hatten sich bereits zum Abendessen in ihre jeweiligen Hotels verabschiedet – Froschleib im *Deutschen Haus*, Markwart in der preiswerteren Gaststätte *Zur Post*. „In Kiel? Nein, Herr Kommissar." „Dann packen Sie mal Übernachtungsgepäck für ein bis zwei Tage ein. Morgen früh um 9 Uhr und 14 Minuten geht unser D-Zug ab Altona. Ich übernachte hier in Geesthacht und werde Sie morgen früh um sieben Uhr mit dem Dienst-Opel abholen. Die Uniform können Sie zuhause lassen. Wir reisen in Zivil!" „Ich soll mit Ihnen auf Dienstreise?" Schilde zeigt ungläubig mit dem Finger auf seine Brust. „Ja, ich brauche ihre Kenntnisse und Ihre Intuition, wenn wir bei der Marine Ermittlungen durchführen." „Ich denke, Sie haben schon alles überprüft bei der Marine", wendet Schilde ein. „Am Telefon erreichen Sie nicht viel. Wir müssen uns vor Ort umsehen." „Wollen Sie nicht lieber den Herrn Markwart mitnehmen? Der ist doch immerhin ..." „Markwart brauche ich mit seinen Fähigkeiten hier in Geesthacht. Außerdem untersteht er formal Froschleib und nicht mir." „Und Froschleib wollen Sie nicht mitnehmen?" „Nein, den brauche ich überhaupt nicht, aber er ist nun einmal hier." „Aber wer soll denn hier in Geesthacht ...", will Schilde zu bedenken geben. „Zwei Nächte ohne Sie wird Geesthacht nicht gleich in Chaos und Anarchie stürzen", lacht Lehnhardt, bevor er die Kurbel am Telefonapparat betätigt und sich mit der Kieler Kriminalpolizei verbinden lässt.

Kiel, am Bahnhof - Tag 9, Donnerstagvormittag

Schilde und Lehnhardt verlassen den Bahnhof über eine breite Freitreppe. Sie sind spät dran, weil der Zug einen längeren Aufenthalt in Neumünster hatte. Wegen der minderwertigen Kohle musste angeblich abgewartet werden, bis die Lokomotive wieder genug Dampf auf dem Kessel hatte. „Die Kaisertreppe!", erklärt Lehnhardt. „Sie ist direkt auf den Hafen ausgerichtet und wies den kürzesten Weg vom Zugabteil zum Liegeplatz der Kaiserlichen Yacht, damit seine Majestät zügig an Bord marschieren konnte. Na ja, mit der kaiserlichen Herrlichkeit ist es ja nun vorbei." Schilde fragt sich, ob die Bemerkung des Kommissars bedauerlich oder schadenfroh gemeint war. Lehnhardt winkt nach einer Kraftdroschke. Der Chauffeur kümmert sich um das Gepäck, während Lehnhardt und Schilde auf den Rücksitzen platznehmen. „Zum Polizeipräsidium in der Wilhelminenstraße!", ruft der Kommissar.

Während der Zugfahrt hatte Lehnhardt Schilde bereits von seinen vorangegangenen Recherchen berichtet. Er hatte von Hamburg aus mit etlichen Stellen bei der Marine in Kiel und Wilhelmshaven telefoniert und versucht etwas über die Vergangenheit der Opfer herauszubekommen, in welchen Ausbildungskompanien sie mit wem gemeinsam gedient hatten und so weiter. Die Auskünfte wurden lückenhaft oder gar nicht erteilt. Zudem ließen die von Knacken und Rauschen durchsetzten Ferngespräche eine nur schlechte Kommunikation zu. Nun würden sie den Herren Offizieren eben persönlich auf die Nerven gehen und zwar mit Hilfe der Kieler Kollegen. „Wer seine Opfer so aufwändig zur Schau stellt, muss ein besonderes Motiv haben. Kennen wir erst das Motiv, haben wir auch bald den Täter. Und ich habe das Gefühl, dass wir das Motiv in den Archiven der Marine finden, Herr Schilde!" Schilde kann sich das nicht so richtig vorstellen. Lehnhardt will den Fall unbedingt lösen. Seine eigene Beförderung zum Oberkommissar ist überfällig und würde durch die Aufklärung der Geesthachter Mordfälle möglicherweise beflügelt werden, hofft er. Die Droschke hält in der Wilhelminenstraße vor einem Amtsgebäude mit trutzigem Turm. Fünf Minuten später befinden sie sich im Büro von Oberkommissar Dankert.

„Mahlzeit, die Herren. Sie sind spät dran!", empfängt er die beiden. „Der Zug hat länger gebraucht – minderwertige Kohle", bemerkt Lehnhardt. Dankert winkt ab, „Ja, ja, die Reichsbahn ist auch nicht mehr das, was sie einmal war. Dann los, ich habe uns um 13 Uhr bei der 1. Matrosendivision in der Lornsenstraße avisiert. Ein Dienstwagen mit Fahrer steht bereit. Korvettenkapitän Delamarque erwartet uns. Ich werde mich später zurückziehen. Wenn Sie außerhalb der Marine Ermittlungen aufnehmen oder in Kiel wohnhafte Personen ins Visier nehmen wollen, informieren Sie mich bitte umgehend!"

Der Marinesoldat klopft energisch an eine massive Holztür, öffnet und salutiert. „Herr Korvettenkapitän, die Herren von der Kriminalpolizei!", kündigt er die drei Beamten an. „Danke, Hansen!" Der Offizier steht auf. Auf einem goldgerahmten Portrait hinter seinem monumentalen Schreibtisch blickt Großadmiral Alfred von Tirpitz mit Gabelbart und Zweispitz von der Wand. Daneben ein großes Gemälde mit einem durch schwere See pflügenden Kriegsschiff. Durch das offene Fenster zum Innenhof der Kaserne hört man Marinesoldaten exerzieren. „Treten Sie ein, meine Herren, Delamarque, stellvertretender Kommandant der 1. Matrosendivision", stellt er sich mit schnarrender Stimme vor, bietet den Polizisten allerdings keinen Platz an.

„Oberkommissar Dankert, Kripo Kiel, Kommissar Lehnhardt, Kriminalassistent Schilde aus Hamburg", stellt Dankert die Polizisten vor. Schilde nimmt es grinsend zur Kenntnis, dass der Kieler ihn soeben unwissentlich vom Oberwachtmeister zum Kriminalassistenten befördert hatte. „Die Kollegen sind aus Hamburg angereist, um in einer Mordserie zu ermitteln, die sich dort ereignet hat", fährt Dankert fort. „Beide Mordopfer haben während des Krieges auf dem Schlachtkreuzer Derfflinger gedient und wurden hier in Kiel ausgebildet. Ich habe in dieser Sache bereits mehrmals mit dem Marinepersonalamt telefoniert", übernimmt Lehnhardt. „Man konnte mir aber nur sehr begrenzte Auskünfte erteilen. Daher würden wir gerne persönlich Recherchen in Ihrem Archiv durchführen, um mehr über das damalige Umfeld der beiden Ermordeten herauszufinden. Möglicherweise gewinnen wir Erkenntnisse, die uns zum

Täter führen und können weitere Morde verhindern." „Sie glauben ernsthaft etwas Zielführendes im Personalarchiv der Marine zu finden? Deshalb kommen Sie extra aus Hamburg hierher?", fragt Delamarque mit ärgerlichem Ton. „Herr Korvettenkapitän, wir lassen nichts unversucht, um diesen Mörder dingfest zu machen, bevor er weitere verdiente Kameraden der Marine tötet. Der Täter geht äußerst brutal vor und pflegt seine Opfer mit einem Seemannsknoten verschnürt an hohen Türmen zur Schau zu stellen." „Soso! Sehr unschön!", schnarrt Delamarque. Eine unangenehme Pause entsteht. Niemand wagt etwas zu sagen. Schließlich greift der Offizier zu seinem Telefon.

„Das Archiv befindet sich im Keller der Intendantur. Das ist das Gebäude gleich nebenan. Mein Adjutant, Obermaat Hansen, führt Sie hin und bleibt während Sie die Akten einsehen bei Ihnen!", spricht Delamarque, nach einem kurzen Telefonat. Kurz darauf erscheint der Adjutant und führt sie aus dem Gebäude. „Ich denke, Sie kommen jetzt allein klar, meine Herren. Bis später", verabschiedet sich Oberkommissar Dankert.

„Ich dachte immer, die Matrosen werden auf den Schiffen direkt ausgebildet", beginnt Lehnhardt ein Gespräch mit Obermaat Hansen. „Nein, zunächst bringen wir den Männern hier an Land ein paar soldatische und seemännische Grundfertigkeiten bei, bevor wir sie auf die Schulschiffe lassen. Die 1. Matrosendivision Kiel stellte den Ersatzbedarf für die Kriegsflotte bereit. Früher waren hier ständig neun Ausbildungskompanien stationiert, heute ist es aus bekannten Gründen nur noch eine Kompanie." Sie betreten das Gebäude der Intendantur. „Sie müssen sich hier eintragen, dürfen nur in Begleitung eines befugten Marineangehörigen das Archiv betreten", erklärt Obermaat Hansen und reicht den Polizisten ein Formular. Kurz darauf stellt sich ein weiterer Uniformierter vor. „Feldwebel Müller, Marinepersonalamt. Ich werde Ihnen bei der Aktenrecherche behilflich sein." „Herr Feldwebel, wir benötigen zunächst eine Liste, sämtlicher Matrosenanwärter, die im September und Oktober 1914 hier zur Ausbildung waren." Der Feldwebel bläst Luft durch die Backen. „Meine Herren, das dürften über zweitausend Männer gewesen sein. Wie stellen Sie sich das vor?" „Dann bitte die Namen jener Kompanie, der die Matrosenanwärter Josef Arpelt und Herbert Zantek angehörten." Müller überlegt. „Wissen Sie auf welchem Schiff die beiden später dienten?" „Auf dem Schlachtkreuzer Derfflinger." „The iron dog!", bemerkt der Feldwebel. „Bitte was?", fragt Lehnhardt. „The iron dog! So nannten die Briten das Schiff", erklärt der Adjutant. „Folgen Sie mir!", fordert Feldwebel Müller. Während sie an langen Reihen mit verstaubten Aktenordnern vorbeigehen, erklärt Müller: „Die Männer wurden von vornherein in sogenannte Schiffsstämme eingeteilt. Das macht die Suche erheblich einfacher." Er liest die Beschriftungen einiger Aktenordner, bevor er einen Ordner mit der Beschriftung: *09/14/2. Abteilung/ 1. Komp./ Stamm/ Derffl.* aus dem Regal zieht. „Das müsste es sein, meine Herren!"

Die trübe Lampe auf dem Stehpult am Ende des Ganges wirft nur schwaches Licht auf das vergilbte Papier. Lehnhardt überfliegt die Namen auf den Listen, während Feldwebel Müller und Obermaat Hansen ihn nicht aus den Augen lassen und Schilde ihm über die Schulter blickt – vier Augen sehen mehr als zwei! „Die Namen sind nicht alphabetisch sortiert?", fragt Lehnhardt. „Nein, sie sind nach Unterbringung in der jeweiligen Stube sortiert. Sehen Sie hier, an dieser Nummer erkennen Sie es." „Da! Zantek, Herbert, Stube 4", ruft Schilde, der den Namen zuerst entdeckt hat. Zwei Zeilen darunter finden sie den Namen von Josef Arpelt. „Weshalb ist der Name Zantek unterstrichen?", fragt Schilde. „Das heißt, dass er Stubenältester war." „Weshalb wurden die Männer nicht nach Alphabet sortiert in die Stuben eingeteilt?", will Lehnhardt wissen. Müller zuckt mit den Schultern. „Die Einteilung erfolgte wahrscheinlich willkürlich." Unterdessen hat Schilde damit begonnen alle acht Namen der Stube 4 in sein Notizbuch zu übertragen. Ein weiterer Name kommt ihm bekannt vor. „Pritschwalzki, Walter. Der ist doch auch aus Geesthacht!", stellt er fest. „Den letzten Wohnort der Matrosenanwärter finden Sie auf einer der nächsten Seiten", sagt Müller. Schilde blättert in der Akte und liest: „Priller, Adolph aus Hannover; Pritschwalski, Walter, aus Geesthacht; Sachs, Alois, aus Landshut; Ahrens, Dietrich aus Opladen; Seiler, Horst aus Hamburg; Freese, Fritz aus Kiel. Er notiert alles in seinem Notizbuch. „Was ist mit diesem Pritschwalski? Arbeitet er auch auf der Dynamitfabrik?", fragt Lehnhardt. „Nein, er war mit Hartung am Tag bevor wir Zantek fanden im *Deutschen Haus* zum Kommers." Schilde blättert in seinem Notizbuch mehrere Seiten zurück. Ja, er hatte den Namen bei der Vernehmung von Hartung aufgeschrieben. Er erinnert sich jetzt daran, als Hartung ihm berichtet hatte, dass jener Walter Pritschwalski auf dem Gelände der Lungenheilstätte Edmundsthal wohnt. „Pritschwalski hat das Gelage im Hotel *Deutsches Haus* früher verlassen als die anderen, hat Hartung ausgesagt. Pritschwalski ist tatverdächtig, wenn Sie mich fragen. Und wo wir schon einmal hier sind, sollten wir auch die Akte von diesem Paul Hartung einsehen. Der war höchstwahrscheinlich auch hier bei der 1. Matrosendivision." „Später! Lassen Sie uns erst die anderen Stubeninsassen überprüfen. Außerdem gab es noch etwa 150 weitere Männer in der 1. Kompanie." Lehnhardt überfliegt die Namen von Stube 4 erneut. „Ahrens, Dietrich? Heißt dieser Vormann bei der Dynamit-AG nicht Ahrens?", fragt Lehnhardt. „Allerdings, aber sein Vorname ist nicht Dietrich und dieser Dietrich Ahrens kommt auch nicht aus Geesthacht, sondern aus Opladen." „Vielleicht ein Angehöriger von ihm. Andererseits ist Ahrens ein recht häufiger Nachname." Schilde braucht nur zwei Minuten, um festzustellen, dass kein weiterer Matrosenanwärter der 1. Kompanie aus Geesthacht kommt. „Dann hat man die drei Geesthachter auf eine Stube gelegt", stellt er fest. „Wenn die drei sich kannten, hat man ihrem Wunsch auf eine Stube zu kommen wahrscheinlich entsprochen", erklärt Hansen. „Ist es möglich, mehr über den Werdegang und das Schicksal dieser Männer herauszubekommen?", fragt Lehnhardt. „Wir müssten die Personalakte einsehen, allerdings für Zivilisten ..." „Wir sind keine Zivilisten, sondern die Kriminalpolizei in einer Mordermittlung, Herr Feldwebel", unterbricht Lehnhardt ihn barsch. Müller macht ein ungnädiges Gesicht. „Dann folgen Sie mir!"

„Also, den Krieg überlebt haben nur Zantek, Arpelt, Pritschwalski und Freese. Pritschwalski wurde verwundet und 1917 ehrenhaft aber dienstuntauglich aus der Kaiserlichen Marine entlassen. Freese diente nur wenige Monate auf der Derfflinger, wurde 1915 auf die Kaiserliche Werft hier in Kiel versetzt. Zantek und

Arpelt wurden im November 1918 ehrenhaft entlassen", stellt Lehnhardt nach Einsicht in die Personalakte fest. „Wie und wann kam Dietrich Ahrens zu Tode?", fragt Schilde. Müller blättert in dessen Personalakte. „Unfall, hier auf dem Gelände am 26. Oktober 1914." „Was ist passiert?" „Absturz steht hier nur?" „Kann man das näher herausfinden?", fragt Lehnhardt genervt. „Also hier steht nichts Näheres. Sehen Sie selbst!" Müller überreicht ihm eine dünne Akte. Über den Unfall ist tatsächlich nichts weiter vermerkt. Allerdings steht dort: schwach ausreichende Leistung, Ärger mit Stubenkameraden, Nichtschwimmer, bedingt einsatzfähig! „Wenn jemand im Dienst durch einen Unfall zu Tode kommt, muss es doch eine offizielle Untersuchung geben, einen Bericht oder soetwas. Ein Marinearzt wird einen Totenschein ausgestellt haben!", echauffiert Lehnhardt sich. „Wenn hier nichts vermerkt ist, können wir Ihnen nicht weiterhelfen, meine Herren! Doch, warten Sie, hier ist tatsächlich ein Duplikat des Totenscheins", erklärt der Feldwebel. Lehnhardt liest: „Todeszeitpunkt: 26. Oktober 1914, circa 5:30 Uhr. Todesursache unleserlich, könnte Genickbruch infolge Absturz heißen. Unterschrift unleserlich, Dienstgrad: Marinestabsarzt/ Lazarett - 1. Matrosendivision Kiel - deutlich lesbar! Ein Absturz am frühen Morgen? Ist er aus dem Fenster gefallen? Oder gesprungen?" Müller zuckt mit den Schultern. „Können wir die Akten mitnehmen?", fragt Lehnhardt. „Auf gar keinen Fall! Kein einziges Blatt Papier verlässt das Archiv", bellt Feldwebel Müller, der sich im Übrigen nicht sicher ist, seine Kompetenzen bereits überschritten zu haben, indem er der Polizei ohne weiteres Einsicht in archivierte Personalakten gewährt. Lehnhardt hatte auch nicht ernsthaft damit gerechnet, Akten mitnehmen zu dürfen, aber einen Versuch war es wert. „Wie sind denn Alois Sachs, Horst Seiler und Adolph Priller gestorben?", fragt Schilde. Müller sucht die Akten heraus. „Alle drei in heldenhafter Pflichterfüllung für Kaiser und Vaterland am 1. Juni 1916 an Bord der Derfflinger gefallen." Lehnhardt nickt stumm. „Vielen Dank für Ihre Unterstützung, meine Herren! Wir vertagen die weitere Untersuchung."

„Ich brauche dringend was zu beißen", knurrt Schilde, als sie in Begleitung des Adjutanten den muffigen Keller verlassen und auf den Vorplatz treten. „Ich auch!", stimmt Lehnhardt zu. „Das Mann-schaftskasino ist um diese Zeit geschlossen, aber ich denke, dass ich Ihnen trotzdem ein paar belegte Brote besorgen kann", schlägt Han-sen vor. „Das wäre ausgesprochen nett. Wir würden nämlich auch noch einmal mit Ihrem Chef sprechen." „Gut dann bringe ich Sie zu-nächst zu Korvettenkapitän Delamarque und kümmere mich da-nach um Proviant."

„Sind Sie fündig geworden, meine Herren?", fragt Delamarque, nachdem er Lehnhardt und Schilde stehend vor seinem Schreibtisch empfangen hat. „Allerdings, Herr Korvettenkapitän. Wir haben die Personalakten der beiden Mordopfer ausfindig gemacht und auch die ihrer Stubenkameraden. Einer der Männer aus der gleichen Stube der beiden Mordopfer hatte am 26. Oktober 1914 einen tödli-chen Unfall, ein Absturz. Dietrich Ahrens hieß der Mann. Leider ist nichts weiter dokumentiert." „Nun, meine Herren, ich war seiner-zeit noch nicht hier am Standort. Daher kann ich Ihnen nichts zu dem Fall sagen. Ich bezweifle auch, dass man darüber noch etwas Näheres in Erfahrung bringen kann. Damals herrschte bereits Kriegsrecht. Überall an den Kriegsschauplätzen starben Männer. So tragisch jeder Einzelfall ist, aber wegen eines Unfalles wurde nicht viel Aufheben gemacht." „Auch nicht, falls es sich um ein Verbre-chen gehandelt hat?", fragt Lehnhardt. „Es ist mir kein einziger Fall bekannt, dass jemand bei der Matrosendivision durch ein Verbre-chen zu Tode kam, Herr Kommissar", giftet Delamarque. Der Krieg allein war bereits ein riesiges Verbrechen, denkt Lehnhardt, spricht es aber lieber nicht aus. „Aber tödliche Unfälle kamen vor?", wirft Schilde ein. „Mir sind zwei Todesfälle durch Lungenentzündung be-kannt, nachdem man die Männer nach einer Übung aus der kalten Ostsee gefischt hatte. Ein weiterer Marinesoldat ist beim Schwimm-unterricht ertrunken. Sowas kommt vor bei so vielen Rekruten." „Und Suizid?", bohrt Lehnhardt weiter. „Ich bitte Sie, Herr Kom-missar! Die Männer, die hier ausgebildet wurden, waren stolz in der Hochseeflotte des Kaisers zu dienen. Da brachte sich keiner um!"

Schilde und Lehnhardt essen ihre belegten Brote, welche die Ma-rine immerhin spendiert hatte, während sie die Adolfstraße an dem ausgedehnten Kasernenkomplex entlang gehen. Weit und breit ist keine Droschke zu sehen. „Wir sollten den Markwart anrufen, dass er diesen Pritschwalski festnimmt?", schlägt Schilde vor. „Ich weiß nicht, wenn der gar nicht auf der Dynamitfabrik arbeitet, wie sollte er da hinein kommen, zwei Arbeiter umbringen und sie dort aufwendig zur Schau stellen, wie geschehen? Er müsste sich dort ziemlich gut auskennen. Ich glaube nicht, dass er unser Hauptverdächtiger ist. Wir sollten zunächst versuchen, diesem Fritz Freese einen Besuch abzustatten. Vielleicht erinnert der etwas genauer, was damals passiert ist. Hoffentlich wohnt er noch in Kiel." „Also zum Einwohnermeldeamt. Wissen Sie wo das ist?" „Die Kieler Kripo wird uns behilflich sein." Lehnhardt zieht seine Taschenuhr. „Zwanzig vor Vier schon. Sehen wir zu, dass wir in die Wilhelminenstraße zum Polizeipräsidium kommen.

Krümmel, Gelände der Dynamit-AG - zur gleichen Zeit

Schon früh am Morgen hatte Markwart sich aus Geesthacht davon gemacht, ehe Froschleib ihm über den Weg läuft. Außerdem hatte Lehnhardt ihn angewiesen sich nochmals auf der Fabrik umzusehen. Also hatte er beschlossen, einen langen Spaziergang zur Dynamitfabrik zu machen bei dem schönen Wetter. Er hofft, auf dem Weg seine Gedanken zu ordnen. Sie kommen in dem Fall einfach nicht weiter. Dieser Meinecke und auch der Hunfeld benahmen sich merkwürdig, findet er. Weshalb war das zweite Opfer auf der Ladeplattform an der Elbe gewesen? Und weshalb hatte das erste Opfer illegal Munition hergestellt? Wofür hatten sie die Seilbahn sonst noch benutzt? Es ergibt alles keinen Sinn.

Markwart war zunächst am Fabrikgelände vorbei weiter am Elbufer entlang gegangen und hatte ein weiteres Mal die Ladeplattform am unteren Ende der Seilbahn inspiziert. Niemand war dort, so dass er völlig unbehelligt ein weiteres Mal alles in Augenschein nehmen konnte. Wind und Wetter hatten die Spuren verwischt und die zahlreichen Vögel hatten für weiteren Dreck gesorgt. Niemand schien in den letzten Tagen hier gewesen zu sein. Die Seilbahn weist keine aktuellen Spuren der Benutzung auf.

Später am Fabriktor war er auf Wachmann Funke gestoßen, der dort Dienst tat. Der winkt den Kriminalsekretär durch, ohne zu kontrollieren oder ihn nach Zündhölzern zu fragen und auf das obligatorische Rauchverbot hinzuweisen. Man hat sich offenbar an die fast ständige Anwesenheit der Kriminalpolizei gewöhnt, denkt Markwart. „Irgendetwas Besonderes vorgefallen, Herr Funke?", fragt er, nur um überhaupt etwas zu dem Wachmann zu sagen. Funke zögert. „Viele Männer fühlen sich nicht mehr sicher, seit hier ein Mörder herumrennt. Die Arbeitervertretung fordert die Fabrikleitung auf, zusätzliche Wachen aufzustellen, sonst würden sie es selbst in die Hand nehmen", berichtet er. „Vielleicht haben wir den Mörder ja bald", versucht Markwart den Wachmann zu beruhigen, glaubt aber selbst nicht an eine baldige Festnahme. „Sagen Sie Herr Funke, bei Ihren nächtlichen Rundgängen ist Ihnen nie etwas aufgefallen bei der Seilbahn?" „Nee, Herr Kriminal, was soll mir da auffallen.

Außerdem komme ich da nur selten vorbei." „Oberwachtmeister Schilde sagt, dass Sie immer die gleichen Touren machen bei Ihren Rundgängen", setzt Markwart das Gespräch fort. Funke blickt verunsichert. „Ja, eigentlich ... aber manchmal ...", stammelt er. „Aber manchmal?", fragt Markwart. „Manchmal nicht", sagt Funke. „Und weshalb?" Funke zögert. „Manchmal werden die Rundgänge geändert", antwortet er schließlich. „Durch wen?" „Durch den Wachschutzleiter Meinecke." Markwart versucht zu lächeln. „Ja, man kann ja auch mal woanders kontrollieren, was?" Funke nickt erleichtert. „Ich sehe mich mal ein wenig um, Herr Funke", erklärt Markwart und schlendert in Richtung Werksstraße davon.

Paul Hartung steht mit drei Kollegen vor dem Eisenbahnwaggon mit den Seeminen. Schon am Vormittag hatten sie die Planen von den kugelförmigen Sprengkörpern gezogen. Am Morgen war ein Trupp zusammengestellt worden, der die Minen abladen und zur Delaborierung transportieren soll. Derselbe Trupp soll dann den Sprengstoff mit Wasserdampf ausschmelzen. Nur Arbeiter mit Kenntnissen im Umgang mit Explosivstoffen sollten sich freiwillig melden. Hartung hatte sich sofort gemeldet.

„Sobald die Feuerwehr in Bereitschaft ist, laden wir ab, befiehlt Ewald Niedern, der den Trupp anführt. Er hatte zusammen mit Paul überprüft, ob alle Bleikappen entfernt, alle Zündhörner offen und die Säurezünder ausgebaut waren. Einer der Feuerwehrleute signalisierte, dass der Spritzenwagen in Stellung sei. „Na dann los, Männer!", befiehlt Niedern. Vorsichtig laden sie die erste Mine mit Hilfe eines Kranes vom Waggon auf einen Anhänger. Markwart beobachtet die Arbeit aus einiger Entfernung. Feuerwehrmann Hugo Schulte, der auch Lagerist im Magazin der Fabrik ist, steht in der Nähe. „Ist das so gefährlich, dass die Feuerwehr in Bereitschaft steht, Herr Schulte", fragt Markwart. „Nee, wenn die Zünder ausgebaut sind, kann nichts mehr passieren. Das ist reine Routine, falls irgendwo in der Nähe ein Brand ausbricht", erklärt er. „Gut, Herr Schulte, ich muss weiter", sagt Markwart und wendet sich ab. „Ach Herr Kommissar?" Markwart dreht sich um, verzichtet diesmal darauf, auf seinen korrekten Dienstgrad hinzuweisen, schließlich führt er längst die Arbeit eines Kriminalkommissars aus. Schulte tritt von einem Bein auf das andere. „Ja, Herr Schulte?" „Ich arbeite ja eigentlich im Magazin und – nun ja, da ist ganz schön was wegekommen in letzter Zeit." „Ach ja? Was denn?" „Alles Mögliche, Werkzeug, Kupfer, Blei, Kabel, Schmieröl, Seile." „Und haben Sie das nicht gemeldet?" „Doch schon!" „Aber?" „Naja, scheint keinen so richtig zu interessieren, dass jemand die Fabrik beklaut." „Wem haben Sie es denn gemeldet?" „Dem Betriebsleiter Doktor Giesel und der hat den Wachschutz angewiesen besonders auf Diebstahl zu achten, aber jetzt haben sie ja einiges wiedergefunden und in die Werkstatt gebracht." „Aha!", macht Markwart, „das ist ja interessant!" Schulte blickt sich um, ob sie jemand hören kann. „Aber erzählen Sie bitte keinem aus der Fabrik, dass Sie das von mir haben!" Markwart schüttelt den Kopf. Schulte fährt fort: „Das Zeug haben sie offensichtlich in dem stillgelegten Lager gefunden. In der Nähe, wo auch das ganze Blut von der Leiche war, Herr Kommissar!" „Das ist in der Tat interessant", murmelt Markwart, der es längst weiß. „Oder wollte es nur jemand vor der Feindbund-Kommission in Sicherheit bringen?" Schulte schüttelt heftig den Kopf. „Nee, sowas interessiert die nicht. Die waren ja schon bei mir im Magazin." „Danke, Herr Schulte, Sie haben mir sehr geholfen."

Markwart hatte sich eigentlich direkt in die Hauptwerkstatt begeben wollen, um diesen Ahrens zu befragen. Schließlich war er es, der angeordnet hatte, das offensichtliche Diebesgut vom Tatort zurück ins Magazin zu bringen. Allerdings tritt Meinecke ihm in den Weg. „Herr Kriminalsekretär, ich habe es gar nicht gern, wenn Sie hier auf eigene Faust ...", beinahe hätte er herumschnüffeln gesagt. „Nun, denn! Jetzt sind Sie ja da, Herr Wachschutzleiter. Ich hätte da nämlich einige Fragen." „An mich?" „Genau. Herr Meinecke, wir haben am Tatort, im Schwefelsäurelager offensichtliches Diebesgut gefunden." „Ach ja?" „Sie haben die Kisten mit den Kabeln, Rohren und Werkzeugen doch auch gesehen. Das Zeug wurde kurz darauf ins Hauptmagazin gebracht." Meinecke zuckt mit den Schultern, kann seine Nervosität, jedoch nicht ganz verbergen. „Wurde Ihnen gemeldet, dass jemand Werkzeug und Material beiseite schafft?" „Naja, man hatte so einen Verdacht." „Diebstahl ist doch ein

Verbrechen. Hat die Dynamit-AG denn nicht die Polizei informiert?" „Soweit ich weiß, noch nicht." „Haben Sie denn selbst etwas unternommen?" „Der Wachschutz überprüft permanent das ganze Gelände, so gut es eben geht mit den paar Männern, die ich zur Verfügung habe." „Also, haben Sie vom stellvertretenden Direktor den Auftrag bekommen, die Diebstähle zu unterbinden oder sogar den Dieb zu stellen?" „Nicht direkt", knurrt Meinecke. „Was heißt das? Nicht direkt?" „Ja, wir sollten uns darum kümmern", antwortet er widerwillig. „Und, haben Sie sich darum gekümmert?" „Ja, aber wir haben noch niemanden erwischt." „Halten Sie es für möglich, dass das Diebesgut mit Hilfe der Seilbahn hinausgeschafft wurde?" „Keine Ahnung, Herr Markwart." „Vielleicht hängen Diebstahl und Mord zusammen, Herr Meinecke. Die Seilbahn wurde nicht nur zum Aufhängen des Mordopfers benutzt, soviel steht fest." Meinecke zuckt mit den Schultern. „Mir ist jedenfalls nichts aufgefallen. Wie lange gedenken Sie, sich heute auf dem Gelände der Dynamit-AG aufzuhalten?" „Noch eine Weile, Herr Meinecke, noch eine Weile."

Die erste Seemine ist inzwischen auf einer Vorrichtung über einem Wasserbecken im Delaborierungsgebäude positioniert. Die Dampfleitung ist an einem der Zündhörner angeschlossen. Vorsichtig öffnet Vormann Ewald Niedern das Ventil. Dampf strömt zischend in die Stahlkugel und tritt an verschiedenen Stellen wieder aus. „TNT schmilzt bei 80 Grad. Achte mal auf die Zeit bis alles rausgelaufen ist", weist er Paul Hartung an. Kurz darauf tropft eine zähe Flüssigkeit aus der Mine. Der Sprengstoff bildet Schlieren im Wasser des Auffangbeckens bevor er zu bizarren Gebilden erstarrt und versinkt. Wenn er unbeobachtet wäre, könnte er das Zeug tatsächlich in einem Behältnis auffangen und es wieder erstarren lassen, der Sprengstoff sollte dann noch wirksam sein. Allerdings ist er hier nicht unbeobachtet. Es ist ständig jemand mit ihm im Raum. Längst macht Hartung sich Gedanken darüber, dass der Mörder es offensichtlich auf ehemalige Angehörige der Kaiserlichen Marine abgesehen hatte. Beide Opfer waren auf einem Schlachtkreuzer der 1. Aufklärungsgruppe gefahren, genau wie er. Mindestens einer der beiden hatte Verbindungen zur Organisation Consul, genau wie er.

Offensichtlich gibt es kaum weitere ehemalige Marineangehörige auf der Fabrik. Möglicherweise bin ich in Gefahr. Seit heute hatte er sich ein spitz angeschliffenes Stecheisen um die Wade geschnallt, um im Falle eines Falles einem Mörder nicht unbewaffnet gegenüberzustehen. Inzwischen weiß er, dass er nicht der Einzige ist, der sich solche Gedanken macht. Ein brutaler Mörder geht auf der Fabrik um und tötet Arbeiter. Etliche Männer hatten sich auf dieselbe Weise bewaffnet, sind auf der Hut, wie Hartung. So mancher drehte sich nervös um, wenn er hinter sich Geräusche hörte, mit einer Hand die Stichwaffe greifend, besonders während der Nachtschicht. Andererseits birgt es auch Risiken, mit einer Mordwaffe an die Wade geschnallt herumzulaufen, weiß Hartung. Man könnte schnell selbst ins Visier der Kriminalpolizei geraten.

Markwart betritt die Hauptwerkstatt, wo er hofft Ernst Ahrens anzutreffen, aber er ist nicht dort. Er fragt die beiden Arbeiter, die dort mit Reparaturarbeiten beschäftigt sind. „Ist vor einer Stunde weg. Er sagte, er wollte zum Kraftwerk rüber, etwas überprüfen", hatten sie ihm erzählt. Der Kesselwärter im Kraftwerk hatte Ahrens aber nicht gesehen. Inzwischen war auch Meinecke nicht mehr zu sehen. Zuvor hatte er Markwart geradezu überwacht. Der Kriminalsekretär läuft über das Werksgelände, betritt verschiedene Gebäude aus denen er Maschinen- oder Arbeitslärm hört. Niemand weiß, wo Ahrens oder Meinecke stecken. Schließlich kündigt die Werkssirene den Feierabend für die Tagschicht an. Markwart postiert sich an der Pforte. Arbeiter strömen an ihm vorbei und verlassen das Werksgelände. Ahrens ist nicht dabei. Markwart beschließt in dessen Wohnung nachzusehen, ob er dort ist.

Geesthacht - zur gleichen Zeit

Tanzsäle haben alle denselben typischen Geruch, findet Nele als sie den Saal der Waldschänke an der Großen Bergstraße betritt – kalter Tabakrauch und Bierdunst und wenn zum Tanz aufgespielt wurde, kam eine Melange aus Schweiß und Kölnisch Wasser hinzu.

Heute trifft sich hier der Jungfrauenverein zu einer weiteren Probe für die Tanzaufführung zum Schützenfest im nächsten Monat. Es hatte sie ein wenig Überredungskunst bei ihrer Mutter gekostet, ihren von Vater auferlegten Stubenarrest vorzeitig zu beenden. Außerdem muss er es ja nicht erfahren, weil er auf Dienstreise ist. Sie ist früh dran, aber einige der jungen Frauen sind schon da und unterhalten sich angeregt. Linde ist unter ihnen. Fräulein Amalie, die Leiterin des Vereins, ist noch nicht da. Dafür aber Grete Harland, die den anderen offensichtlich etwas Aufregendes berichtet. Grete ist zwei Jahre älter als Nele und in einem freigeistigen Elternhaus aufgewachsen, worum Nele sie beneidet. Grete sieht ungewöhnlich aus, was auch an ihren mit Kajal geschminkten Augen und ihrer gewagten Frisur liegt, wofür Nele sie bewundert. Eine *Asta Nielsen Frisur*! Wie die berühmte dänische Schauspielerin trägt sie pechschwarzes, glattes, kurzes Haar, das ihr wie eine eng anliegende Haube gerade über die Ohren reicht. So eine Aufmachung würde Neles Vater nie erlauben und Fräulein Amalie wird wie immer mit einem vorwurfsvollen Kopfschütteln reagieren, aber das kümmert Grete nicht. Ebenso hebt sie sich durch ihr extravagantes Kleid von den anderen Frauen des Vereins ab. Leider kommt sie nur unregelmäßig zu den Vereinstreffen, aber Grete ist ohnehin die beste Tänzerin unter ihnen. Insbesondere mit den eher verpönten Schiebe- und Wackeltänzen, wie Tango, die Fräulein Amalie natürlich nicht unterrichtet, kennt sie sich aus. Grete ist trotzdem beliebt, weil meist etwas Besonderes passiert, wenn sie dabei ist. Gretes Vater ist Arzt, die Familie hat einen gewissen Wohlstand, was ihr ermöglicht, gelegentlich Theatervorstellungen, Tanzveranstaltungen oder einen jener Filme mit Asta Nielsen in einem Lichtspielhaus in Hamburg zu besuchen, natürlich nur in Begleitung ihrer Eltern oder vertrauenswürdigen Freunden der Familie. Sie ist auch die Einzige unter ihnen, die eine höhere Schule in Bergedorf besucht hat. Und Grete Harland besitzt ein Fahrrad, jenes auf dem Linde und Nele zusammen zum Korken gefahren waren.

„Es war so aufregend im Hansa Theater in Hamburg!", berichtet Grete begeistert ihren Zuhörerinnen. „Zuerst sind Akrobaten, Illusionskünstler und Clowns aufgetreten, dann gab es echtes Cabaret, wie in Paris. Die Tänzerinnen führten *Danse Infernale* auf, das ist Französisch und bedeutet Höllentanz. Eigentlich ist es aus einer Oper, Orpheus in der Unterwelt. Jedenfalls habe ich eine Schelllackplatte von meinem Vater mit dem Stück mitgebracht. Wir können den Tanz ausprobieren, solange Fräulein Amalie noch nicht da ist. Meint ihr, wir dürfen das Grammophon benutzen?" „Es gehört Herrn Ebert, dem Wirt, aber der hat bestimmt etwas dagegen, wenn wir daran herumspielen", gibt eines der Mädchen zu bedenken. „Ich will ja nicht daran herumspielen, sondern eine Schallplatte abspielen", lacht Grete. „Weißt du denn, wie man es in Gang setzt?", richtet Linde sich an Grete. „Klar, wir haben doch auch so eins zuhause." Grete nimmt vorsichtig die wertvolle Schallplatte aus der Pappschachtel und legt sie auf den Plattenteller. Dann zieht sie das Federwerk auf und setzt vorsichtig die Nadel auf die Platte. Nach einem kurzen Knistern ertönt ein schnelles Musikstück aus dem Grammophontrichter, das sofort ins Blut geht. „Auf der Bühne haben sie etwa so danach getanzt", erklärt Grete und galoppiert sogleich in einem wahrhaftig infernalischen Ritt durch den Saal, wobei sie ihr Kleid rafft und unschicklich hohe Beinwürfe vollführt. Inzwischen haben weitere Frauen den Saal betreten. „Kommt! Macht mit!", ruft sie den anderen zu, die noch mit offenem Mund dastehen. Linde hakt sich als erste bei ihr ein. Im Gleichtakt werfen sie ihre Beine nach oben und springen in einem wilden Galopp auf der Stelle. Ein weiteres Mädchen reiht sich ein. Die Musik geht wirklich ins Blut, findet auch Nele und schließt sich den Dreien an. „Die Tänzerinnen im Hansatheater laufen dann plötzlich auseinander, wobei sie laut jauchzen", ruft Grete, während sie aus der Gruppe ausschert und laut kreischend durch den Saal stolpert. Die anderen tun es ihr gleich, stürzen in wildem Galopp mit gerafften Röcken kreuz und quer durch den Saal, laute Jauchzer von sich gebend. „Was ist denn hier für ein Zirkus im Gange?", hören sie eine noch lautere Männerstimme. Der alte Ebert. „Wer hat euch erlaubt, das Grammophon zu benutzen? Und wo ist eigentlich Fräulein Amalie?" Die jungen Frauen beenden abrupt ihren wilden Tanz, stehen mit geröteten Gesichtern und etwas aus der Puste im Saal verteilt. Der Wirt schüttelt den Kopf. „Ihr seid hier doch nicht im Hühnerstall! Was ist das überhaupt für eine Musik?", fragt er entrüstet. Er hebt die Nadel von der Schallplatte, so dass die Musik verstummt. „*Danse Infernale* von Jacques Offenbach, Herr Ebert. Ich habe die Schallplatte mitgebracht", antwortet Grete selbstbewusst und lächelt. Ebert mustert Grete und schüttelt den Kopf. „Tschack Offenbach? Kenn´ ich nich! Ist das etwa ein Franzmann? Macht nicht so einen Unsinn hier, Mädels! Man könnte ja denken, ihr spinnt." Er dreht sich um und verschwindet, weiterhin kopfschüttelnd. So ein Getobe und Gejohle hatte er zuletzt erlebt, als im August 1914 der Krieg ausbrach.

„So ein Stück sollten wir mal vorführen", schlägt Linde vor. „Den Männern würde es bestimmt gefallen", kichert jemand aus der Gruppe. Dann betritt endlich Fräulein Amalie den Saal. „Guten Tag, meine Damen, da bin ich!" „Guten Tag, Fräulein Amalie!", rufen mehrere im Chor. Sie klatscht in die Hände: „Also hopp-hopp! Kontertanz mit drei Kehren! Aufstellung im Quarre! Und eins und zwei und eins und zwei!"

Kiel, Polizeipräsidium an der Wilhelminenstraße - später Nachmittag

Mit Hilfe von Oberkommissar Dankert hatten Lehnhardt und Schilde noch kurz vor Dienstschluss im Einwohnermeldeamt die Wohnadresse von Fritz Freese herausbekommen. Der zuständige Beamte hatte die Adresse eben per Telefon durchgegeben. „Augustenstraße, das ist drüben am Ostufer in Gaarden, ein Arbeiterquartier direkt hinter den Werften", erklärt Dankert. „Wir würden gern heute Abend noch die Vernehmung des Herrn Freese durchführen, Herr Oberkommissar", spricht Lehnhardt. Dankert überlegt einen Augenblick. „In Ordnung, dann machen Sie das mal ohne die Kieler Kripo. Aber erstatten Sie mir morgen früh umgehend Bericht!" „Jawohl, selbstverständlich, Herr Oberkommissar! Wie kommen wir am schnellsten in die Augustenstraße?" „Immer die Fleethörn entlang, dann die Jensenstraße hinab. Dort an der Jensenbrücke fährt die Fähre ans Ostufer. Drüben geht ein öffentlicher Weg zwischen den Werftanlagen ins Gaardener Arbeiterquartier." Lehnhardt und Schilde bedanken sich und verlassen Dankerts Büro.

Ein beeindruckender Blick offenbart sich den beiden Polizeibeamten von der Fähre *Primus*, die schwarz aus beiden Schornsteinen qualmt, auf die ausgedehnten Werftanlagen. Gleich drei Großwerften, die Howaldtswerke, die Germania Werft und die ehemalige Kaiserliche Werft, die seit kurzem Reichswerft heißt, reihen sich am Ostufer aneinander. Über der Einfahrt zur Reichswerft erstreckt sich das gewaltige Gerüst der Schwebefähre, seit einiger Zeit ein Wahrzeichen der Fördestadt. Allerdings sind die meisten Helgen der Werften leer, alles sieht recht verlassen aus. Nur an einem Ausrüstungskai bei Howaldt wird auf einem kleineren Dampfer gearbeitet. Dennoch liegt über dem Ostufer eine Dunstglocke aus Kohlenrauch.

Schilde entdeckt Freeses Namen am Briefkasten im Vorderhaus einer grauen Mietkaserne. Vorher waren sie suchend die Augustenstraße entlanggegangen und argwöhnisch aus geöffneten Fenstern und von vor den Häusern herumstehenden Männern beobachtet worden. Schilde kam sich vor, wie auf dem Sümpel in Geesthacht.

Geesthacht, auf dem Gelände der Heilstätte Edmundsthal-Siemerswalde - zur gleichen Zeit

Grete Harland, Nele Schilde und Rieke Cassens, die junge Laborantin, die ebenfalls Mitglied des Geesthachter Jungfrauenvereins ist, sitzen auf der Veranda von Gretes Elternhaus. Jede von ihnen hat eine Tasse heiße Schokolade und einen kleinen Teller mit süßem Gebäck vor sich stehen. Serviert hatte ein Dienstmädchen. Nele ist das erste Mal bei Grete zuhause eingeladen. Sie ist noch nie auf dem Gelände der Heilstätte gewesen. Ohne triftigen Grund durfte man das Gelände nicht betreten, aber heute hatte Grete sie mit hineingenommen, indem sie dem Mann an der Pforte nur freundlich zuwinkte. Sie hatte die beiden eingeladen, auf eine heiße Schokolade mit zu ihr zu kommen. „Wohnt Doktor Johannes Ritter auch in diesem Haus?", fragt Rieke. „Nein, sein Haus liegt auf der anderen Seite des Geländes direkt am hohen Elbufer." „Dann wohnt ihr ganz allein in dem schönen Haus?", staunt Nele. „Das Dienstpersonal wohnt auch hier", antwortet Grete.

Später machen sich die drei auf den Weg zu einem Aussichtsturm, mitten im Wald gelegen. „Die Gebäude hier sind alle nach den Kindern des Stifters, Herrn Edmund Siemers, benannt", erklärt Grete, „Hans-Haus, Kurt-Haus, Thekla-Haus, und so weiter, lustig nicht wahr!"

Nele kennt Rieke Cassens nur flüchtig. Sie hatte einmal erzählt, dass sie in einem Laboratorium arbeitet. Auch sie kam nur selten zum Jungfrauenverein, weil sie in Krümmel wohnt. Sie scheint jedenfalls sehr nett zu sein, findet Nele. Linde hatte sich den dreien nicht angeschlossen, obwohl Grete auch sie eingeladen hatte. Sie müsse schnell weg, hatte Linde beteuert. Wahrscheinlich, so vermutet Nele, trifft sie sich mit diesem Paul Hartung. Die drei gehen inzwischen einen ansteigenden Pfad entlang. Etwas entfernt entdeckt Nele einen Unterstand in dem einige Personen, eingehüllt in Decken, sitzen. „Sind das die Kranken?", flüstert Nele. Grete nickt und winkt den Leuten in dem Unterstand zu. „Es gehört zu Dr. Ritters Therapie, dass die Kranken soviel wie möglich an der frischen Waldluft sind. Dafür wurden extra diese Unterstände gebaut", erklärt

Grete. „Ist es eigentlich sehr ansteckend?", will Nele wissen und blickt etwas besorgt. „Man muss schon aufpassen, aber hier draußen auf die Entfernung kann dir nichts passieren." „Es gibt keinen Impfstoff gegen die Schwindsucht?", will Rieke wissen. „Nein, jedenfalls keinen, der ausreichend wirksam ist. Aber mein Vater sagt, im Pasteur-Institut in Paris arbeiten sie schon an einem besseren Impfstoff, aber ob es jemals gelingen wird, weiß man nicht." „Willst du eigentlich Ärztin werden?", fragt Rieke. Grete zuckt mit den Schultern. „Frauen dürfen jetzt studieren und du hast Abitur", setzt Rieke nach. „Ich weiß nicht. Das ist ziemlich anstrengend und ich müsste in eine andere Stadt ziehen, weg von Zuhause. Außerdem habe ich erstmal genug vom Lernen." „Ich würde gerne Chemie studieren, wenn ich könnte, aber ich habe keine höhere Schule besucht und würde nicht zum Studium zugelassen werden", entgegnet Rieke mit Unverständnis. „Aber du sagtest doch, dass du in einem Labor arbeitest", wendet Nele ein. „Schon, aber ich würde gern mehr über Naturwissenschaften wissen. Wenn man studiert hat, kann man eine richtige Wissenschaftlerin werden, wie Marie Curie", erklärt Rieke. „Und wenn du verheiratet bist und Kinder hast, was nützt dir dann die Wissenschaft?", gibt Grete zu bedenken. „Marie Curie hat Kinder und es trotzdem geschafft, eine berühmte Wissenschaftlerin zu werden", bemerkt Rieke. Wenn sie die Möglichkeit hätte, würde sie es in jedem Fall versuchen, sagt sie sich.

„So, da wären wir, Mädels!", ruft Grete fröhlich und weist nach vorn. Der Turm ist nur noch wenige Meter entfernt, unten herum trutzig aus grauem Zement, darüber ein filigranes Stahlgerüst mit einer Treppe, die auf die Aussichtsplattform führt. „Es ist ein Wasserturm, nicht wahr?", erkennt Rieke. Sie erinnert den großen Wasserturm der Dynamit-AG. Auch muss sie gleich daran denken, dass am Krümmler Wasserturm ein Toter hing, keine zwei Wochen ist es her und wie der Kriminalpolizist ihr die blutigen Schuhe von dem zweiten Toten gebracht hat. Die Nervosität, die auf der Fabrik wegen des Mörders herrschte, ist auch an ihr nicht spurlos vorbeigegangen. „Ja, es ist eigentlich ein Wasserturm, aber vor ein paar Jahren haben sie eine Aussichtsplattform oben drauf gebaut. Kommt, steigen wir hinauf! Die Aussicht ist großartig", sagt Grete und geht voran. Nele folgt ihr auf der schmalen Treppe, die außen am Wasserbehälter nach oben führt. Rieke geht als letztes ein paar Meter hinter den beiden. Plötzlich hört sie ein Knacken im Unterholz neben dem Turm. Dann erschrickt sie, als ein Mann kurz zu ihr hinsieht und dann eilig zwischen den Tannen verschwindet. „Grete! Nele! Habt ihr den auch gesehen?" flüstert sie. „Wen?" „Den Mann." „Nee, habe nur etwas Knacken gehört. War bestimmt nur ein Reh", erklärt Grete. „Unsinn, ich habe einen Mann gesehen. Er ist weggerannt, als er uns gesehen hat", beteuert Rieke. „Vielleicht war es der Pritschwalski, der Maschinist. Er kümmert sich auch um den Wasserturm. Er ist manchmal ein bisschen merkwürdig." Grete zuckt mit den Schultern. Sie erreichen die Aussichtsplattform von der man weit über das bewaldete Gelände bis zum anderen Elbufer blicken kann. „So eine schöne Aussicht!", staunt Nele. Schade, dass ich nicht öfter hier herkommen kann, denkt sie. Grete nestelt unter ihrem Kleid herum und zieht ein Zigarettenetui aus silbernem Metall unter ihrem Strumpfband hervor. „Rauchen wir eine, Mädels?" Rieke nimmt sich einen von den angebotenen Glimmstängeln und steckt ihn sich zwischen die Lippen. „Was ist mit dir Nele?", fragt Grete. „Ich weiß nicht. Ich habe noch nie geraucht. Nachher wird mir schlecht", wendet sie ein. „Ach was. Es wird Zeit, dass du es probierst." Grete hält ihr fordernd das Zigarettenetui hin. Nele nimmt sich zögerlich eine Zigarette. Sie hatte sich ja vorgenommen nicht mehr so brav zu sein. Vater kommt frühestens morgen aus Kiel zurück und Mutter konnte sie ja erzählen, dass es in der Waldschänke so verqualmt war, falls sie etwas riecht. „Zieh am Anfang nur ganz vorsichtig, sonst musst du husten", empfiehlt Rieke. Grete entzündet ein Streichholz und gibt Rieke und Nele Feuer. Nele inhaliert den Rauch und muss sofort husten. Grete klopft ihr auf die Schulter und kichert.

Kiel-Gaarden, Augustenstraße - zur gleichen Zeit

Eine Frau in Küchenschürze öffnet die Wohnungstür im dritten Stockwerk. „Frau Freese, nehme ich an?", sagt Lehnhardt. Die Frau nickt. „Guten Abend, Kriminalkommissar Lehnhardt, mein Kollege Kriminalassistent Schilde." Er hält ihr seine Dienstmarke hin. „Wir möchten gern Ihren Mann sprechen. Ist er zuhause?" „Kriminalpolizei? Ist etwas passiert?", fragt die Frau besorgt. „Gertrud! Wer ist denn da?", hören sie eine Männerstimme aus der Wohnung. Lehnhardt lächelt. „Also ist er zuhause. Dürften wir hereinkommen?" Die Frau tritt zur Seite und blickt verwundert. „Ja, bitte, mein Mann isst gerade zu Abend. Er sitzt in der Küche." Sie weist ihnen den Weg in eine große Wohnküche. Von der Augustenstraße flutet Abendlicht herein. Es scheint sich um eine der besseren Wohnungen im Vorderhaus der Mietkaserne zu handeln. Es riecht nach gebratenem Speck und Zwiebeln. Fritz Freese sitzt vor einem Teller Bratkartoffeln und einer Flasche Bier. „Fritz, die Männer sind von der Kriminalpolizei!", spricht Frau Freese. „Guten Abend, Herr Freese, Kommissar Lehnhardt, Kripo Hamburg, mein Kollege, Herr Schilde." Lehnhardt zeigt erneut seine Dienstmarke. „Hamburg?" „Ja, wir ermitteln in einer Mordserie, aber essen Sie erst in Ruhe zu ende. Dürfen wir uns setzen?" Freese blickt als ob er Ärger wittert und deutet auf die beiden freien Küchenstühle, während seine Frau den Raum verlässt. Freese beeilt sich mit dem Essen. Schilde läuft das Wasser im Mund zusammen. So einen Teller Bratkartoffeln, am besten mit einem gebratenen Hering und ein Glas Bier dazu hätte er jetzt auch gern.

„Herr Freese, Sie waren im Herbst 1914 in einer Ausbildungskompanie der 1. Matrosendivision hier in Kiel. Erinnern Sie noch Ihre Stubengenossen?" „Sind Sie etwa auch wegen dem Dietrich Ahrens hier? Ich habe Ihrem Kollegen damals schon alles erzählt", wundert Freese sich. „Wann haben Sie welchem Kollegen etwas erzählt?" „Weet ick nich mehr genau, wie der hieß. Grosalski oder Grosowski, so ein komplizierter Name jedenfalls. Hat mir auch soon Blechding hingehalten und gesagt er sei von der Kripo Kiel." „Und wann war das?" „Vor einem halben Jahr, war vor Weihnachten irgendwann." „Und dieser Polizist, namens Grosowski oder ähnlich hat Sie nach Herrn Dietrich Ahrens befragt?" „Naja, wegen dieser Sauerei damals, wat se dem angetan haben. Aber ich hatte da nix mit zu tun, habe ich Ihrem Kollegen schon gesagt." „Ach? Was wurde dem Matrosenanwärter Ahrens denn angetan?" „Na ja, offiziell soll es ja ein Unfall gewesen sein – sagt jedenfalls die Marine." „Und was war es tatsächlich?" „Hab ich Ihrem Kollegen doch allens schon vertellt!" „Dann erzählen Sie es uns bitte noch einmal, Herr Freese!" Schilde schlägt sein Notizbuch auf und hält sich zum Mitschreiben bereit, während Fritz Freese noch zögert. „Die Saukerle haben den Dietrich am Mast hochgezogen und dort hängen lassen", platzt er heraus." Lehnhardt wirft Schilde einen Blick zu, bevor er mit dem Verhör fortfährt. „Dietrich Ahrens und Sie waren Stubengenossen, das wissen wir schon. Wer war denn noch in Ihrer Stube damals." Freese überlegt einen Augenblick. „Na ja, der Dietrich Ahrens, wegen dem sind Sie ja wohl hier, dann erinnere ich noch Zantek, Priller, Arpelt. Die anderen Namen fallen mir gerade nicht ein, Herr Kommissar." „Horst Seiler, Walter Pritschwalski und Alois Sachs?" „Genau! So hießen die!", ruft Freese und nimmt einen Schluck Bier. „Was passierte am 25. Oktober 1914, am Tag bevor Dietrich Ahrens starb?" „Starb? Die haben den auf dem Gewissen! Haben den ja dauernd gepiesackt", erregt Freese sich, „aber durftest ja nix sagen damals, war ja Kriegsrecht." „Der Reihe nach, Herr Freese!", fordert Lehnhardt. „Also der Dietrich stellte sich mit allem ziemlich schusselig an, lernte nicht richtig schwimmen, brachte kaum einen Knoten zustande und war auch nicht schwindelfrei. Schrieb stattdessen dauernd Briefe und las Bücher. Der war bei der Marine völlig fehl am Platz, wenn Sie mich fragen." „Was passierte am 25. Oktober 1914, Herr Freese?", fragt Lehnhardt leicht genervt. „Die ganze Stube musste Sonderexerzieren, weil Dietrich wieder irgendetwas nicht auf die Reihe kriegte. Das passierte öfters. Jedenfalls am Abend haben Zantek, Arpelt, Priller und Pritschwalski sich den Kerl geschnappt, um ihm eine Abreibung zu verpassen. Später erfuhr ich, dass sie ihn mit `nem Seil verschnürt und am Mast hochgezogen haben." „Wann haben Sie und die anderen denn davon erfahren, dass Ihr Kamerad dort am Mast hing?" „Spät am Abend, als die vier zurückkamen. Ich war ja schon eingedöst in meiner Koje. Da habe ich so mit einem Ohr mitgekriegt, was sie gemacht haben." „Und niemand von den Stubenkameraden hat dem Ahrens geholfen?", entrüstet Lehnhardt sich. „Nee, wir haben doch schon halb gepennt. Ich dachte, dass Zantek ihn dort eine Zeitlang hängen lassen wollte und ihn später wieder runterholt. Die anderen dachten das wohl auch. Hat er aber nicht gemacht, der Zantek. Er war ja Stubenältester. Der hat immer angesagt, wo es langgeht, dem rutschte manchmal auch die Hand aus, wenn ihm einer dumm kam." „Aber an jenem Abend haben Sie, Seiler und Sachs sich zurückgehalten?" „Ja, Zantek wollte, dass wir alle mitmachen. Der hat alle angestachelt, aber der Bayer ist wortlos auf die Latrine verschwunden und erstmal nicht zurückgekommen, Seiler und ich haben uns geweigert bei sowas mitzumachen, obwohl wir an diesem Tag alle sauer auf den Ahrens waren." „Was für ein Mast war das, wo sie ihn hochzogen? Auf einem Schiff?" „Nee, da stand damals so ein Übungsmast am Ende des Exerzierplatzes." „Und das hat sonst niemand gemerkt, dass er dort hing?" „Nee, war ja nach dem Zapfenstreich." „Hat der Matrosenanwärter Ahrens denn nicht um Hilfe gerufen, als er da hing?" „Weiß nicht. Ich habe jedenfalls nichts gehört. War ja nicht dabei, sondern die ganze Zeit auf der Stube." „Und wann wurde der Ahrens dort am Mast entdeckt?" „Beim Frühappell um sechs Uhr dreißig. Aber da war er schon mausetot. Das hältste nicht stundenlang aus, an so einem Seil hängen. Da macht irgendwann der Kreislauf schlapp. Außerdem ist es Ende Oktober ja ganz schön kalt in der Nacht." „Haben Sie gesehen, wie sie den Matrosenanwärter Ahrens vom Mast geholt haben?" „Ja, wie sie das Seil gelöst und ihn heruntergelassen haben, konnten wir erkennen, obwohl es noch dunkel war. Dann kamen schon die Sanis angerannt, danach ein Arzt aus dem Lazarett. Der hat ihn kurz untersucht und den Kopf geschüttelt. Dann haben sie ihn weggebracht." „Er ist also nicht abgestürzt?" „Nein, habe ich doch schon gesagt. Die haben ihn langsam am Seil abgelassen." „Wie viele Männer haben das beobachtet?" „Zwanzig Mann waren das bestimmt, die das gesehen haben." Ihre Stubengenossen waren auch Zeugen, als sie den Matrosenanwärter Ahrens vom Mast holten?" Freese überlegt einen Augenblick. „Der

Sachs stand neben mir, wer sonst noch dabei war, weiß ich nicht mehr." „Was für einen Knoten haben Ihre Stubengenossen denn benutzt, um den Herrn Ahrens zu verschnüren?" „Herr Kommissar! Sie können Fragen stellen. So dicht stand ich nicht daneben. Wahrscheinlich einen Palstek, den benutzt man auch für den Rettungsbund, um eine Person abzuseilen, lernt jeder Matrose! Hab´ ich Ihrem Kollegen damals schon gesagt." Schilde notiert eifrig in sein Notizbuch. „Wurden Sie und Ihre Kameraden von Stube 4 denn zu dem Fall verhört?" „Den Zantek als Stubenältesten haben Sie verhört. Keine Ahnung, was der denen erzählt hat." „Und wie hat die Marineführung darauf reagiert?" „Haben das unter den Teppich gekehrt. Sie haben uns erzählt, dass es ein Unfall war. Der Dietrich sei vom Mast gestürzt und wer etwas anderes behauptet, müsse mit Konsequenzen rechnen, von wegen Kriegsrecht. Parole: Schnauze halten!" Lehnhardt wirft Schilde einen weiteren Blick zu. „Alles mitgeschrieben?" „Ja, soviel zum Thema Kameradschaft", schüttelt er den Kopf. „Wissen Sie noch, wer damals Ihr Kompaniechef war?" Freese überlegt. „Ein Oberleutnant zur See war das, den Namen erinnere ich nicht mehr." War der Herr Oberleutnant dabei, als man den Toten vom Mast holte? „Weiß ich nicht, glaube nicht." Lehnhardt schüttelt erneut den Kopf. Na gut, denkt er, das ist nicht unser Bier, welche Sauerei sich fast sechs Jahre zuvor bei der Kaiserlichen Marine abgespielt hat. Da kann sich die Kieler Kriminalpolizei drum kümmern, wenn die Marine sie lässt. Er hatte die beiden Mordfälle in Krümmel aufzuklären. Es ist still geworden in der Küche der Eheleute Freese. Im anderen Zimmer hört man leise Kinderstimmen und die von Frau Freese. „Sie haben Kinder, Herr Freese?", fragt Lehnhardt unvermittelt. „Ja, Gerda ist vier und Rudolf fünf Jahre alt. Sie sollten längst schlafen. War´s das jetzt, Herr Kommissar?" „Nein. Kommen wir zu dem angeblichen Kollegen von der Kieler Kriminalpolizei, der Sie damals befragt hat. Dem haben Sie die gleiche Geschichte erzählt, wie uns?" „Wieso angeblicher Kollege? Was soll das eigentlich? Ich habe da nicht mitgemacht damals. Ich bin unschuldig!", regt Freese sich auf. „Antworten Sie auf meine Frage. Haben Sie dem Herrn Grosalski oder wie der hieß, damals das Gleiche erzählt?" „Ja, so ungefähr. Ganz genau weet ick dat nich mehr."

„Haben Sie ihm die Namen Herbert Zantek, Josef Arpelt, Walter Pritschwalski und Adolph Priller genannt?" „Ja, die waren das doch! Und der Mann sagte doch, er wäre von der Polizei." „Wie hat der Mann reagiert, als Sie die Namen nannten?" „Grimmig genickt hat er und sich die Namen aufgeschrieben. Ach ja, er wollte auch wissen, aus welcher Gegend die stammten." Lehnhardt sieht ihn herausfordernd an. „Und? Haben Sie ihm gesagt, wo die Männer herkamen?" Freese schüttelt den Kopf. „Ich wusste nur, dass der Alois aus Bayern stammte. Ein paar von den anderen lebten vorher in der Gegend von Hamburg, glaube ich." „Und das haben Sie dem Herrn Grosalski gesagt?" Freese zuckt mit den Schultern. „Ja, vermutlich!" Lehnhardt schüttelt ärgerlich den Kopf. „Ist Ihnen sonst etwas an dem Mann aufgefallen?" „Nee." „Versuchen Sie bitte trotzdem zu beschreiben, wie der Mann aussah." Freese schüttelt den Kopf. „Kann ich nicht." „War er groß? Dick? Dünn? Alt? Jung? Haarfarbe? Augenfarbe? Schnurrbart oder Vollbart? Blass oder rotgesichtig? Irgendwas muss Ihnen doch einfallen, Herrgott nochmal!" „Ungefähr so mittelgroß und `nen Bart hatte er." Wie groß? Größer oder kleiner als Sie?" „Etwa so groß, wie mein Mann, aber kräftiger", mischt sich Frau Freese ein, die gerade die Küche betritt. „Sie haben ihn auch gesehen, Frau Freese?" „Ja, ich habe ihn hereingelassen, genau wie Sie vorhin." „Können Sie sich an den Namen erinnern?" Sie überlegt einen Augenblick. „Kaschinski oder so. Genau weiß ich das nicht mehr." „Können Sie ihn beschreiben?" „Naja, nicht dick, nicht dünn, braune Haare, braune Augen, Schnauzbart und am Kinn so einen schmalen Bartstreifen." „Der Schnauzbart, war das so einer wie der von meinem Kollegen hier? Oder eher so ein schmaler wie Charly Chaplin einen hat?" Sie lacht, „nein kein Kaiser-Wilhelm-Bart und erst recht kein Chaplin-Bart, aber ziemlich buschig war er." „Danke, sehr gut, Frau Freese. Ist Ihnen noch mehr aufgefallen?" Sie überlegt einen Augenblick. „Ja seine Hände. Kräftige schwielige Hände, wie wenn einer schwer arbeitet. Kriminalbeamte haben nicht solche Hände." Sie blickt auf Lehnhardts Hand. „Und wie der gesprochen hat", ergänzt Frau Freese. „Ja? Wie hat er denn gesprochen?" „Also nicht so wie die Leute hier sprechen." „Mein Kollege und ich sind ja auch nicht aus Kiel und haben eine andere

Sprachfärbung." „Nee, anders, jedenfalls vonne Küste war der nicht!" „Frau Freese, Sie haben uns gerade sehr geholfen. Hätten Sie einen Bleistift und ein Radiergummi?"

Lehnhardt fertigt mehrere Bleistiftskizzen in Schildes Notizbuch an, radiert, verändert immer wieder die Augenpartie, den Bart die Frisur und die Form des Gesichts, bis Frau Freese zustimmend nickt. „Ja, so sah er ungefähr aus. Sie können wirklich gut zeichnen, Herr Kommissar!" Was sagen Sie, Herr Freese, sah er so aus, wie auf meiner Zeichnung?" „Weet ick nich, kann sein. Kann mir Gesichter nicht merken." Lehnhardt und Schilde blicken sich an. „Kennen wir den nicht irgendwo her?", brummt Schilde. „Und wat soll dat nu bringen? Sie brauchen doch nur bei der Kieler Kripo zu fragen. Da müssen Sie den Kerl doch nicht erst aufmalen", meckert Fritz Freese. „Vielleicht war es gar kein Polizist, der Sie vernommen hat, Herr Freese", sagt Schilde. „Gut, ich denke, wir sind hier fertig. Vielen Dank für Ihre Hilfe. Sollte der Kerl nochmal hier auftauchen, melden Sie dies bitte umgehend dem Herrn Kriminaloberkommissar Dankert bei der Kieler Kripo", weist Lehnhardt an und nickt dem Ehepaar Freese zu. „Meinen Sie, der kommt nochmal wieder?", fragt Freese jetzt doch etwas besorgt. „Wahrscheinlich nicht. Ach, sagen Sie, wo finden wir denn das nächste Polizeirevier hier im Stadtteil?" „In der Pickert-Kaserne, weiter die Straße hinauf kommen Sie direkt darauf zu. Die alte Marinekaserne wurde vor kurzem von der Polizei übernommen", erklärt Freese. „Danke, guten Abend."

Als die beiden Polizisten auf die Augustenstraße treten, dämmert es bereits. Unter einer Laterne sieht Lehnhardt sich seine Zeichnung nochmals an. „Verdammt nochmal! Habe ich unbewusst jemanden aufgezeichnet, der Ähnlichkeit mit dem Meinecke hat. Selbst wenn der sich als falscher Kripo Beamter ausgegeben hat, macht das keinen Sinn. Der hat doch gar nichts mit der Marine zu tun gehabt", sinniert er. „Vielleicht sind es zwei Mörder", überlegt Schilde, „Außerdem hat der Markwart an der Seilbahn Fingerabdrücke von dem Meinecke gefunden und verdächtig verhalten, hat er sich auch." Lehnhardt schüttelt zweifelnd den Kopf. Er ist sich nicht sicher. Er hat auch Zweifel, ob das Gesicht, das er gezeichnet hat, tatsächlich dem Meinecke ähnelt. Außerdem kann man sich falsche Bärte ankleben und echte abrasieren. Es hilft ja nichts! Irgendeine Entscheidung ist jetzt zu treffen, sagt er sich. „Kommen Sie, Herr Schilde. Wir informieren erstmal die Kollegen in Geesthacht. Wie ich den Markwart kenne, hockt der noch im Polizeirevier vor seiner Schultafel und möglicherweise hat er heute ja etwas herausgefunden. Dass Kommissar Froschleib etwas herausgefunden haben könnte, kann er sich nicht vorstellen."

Geesthacht, auf dem Gelände der Lungenheilstätte Edmundsthal-Siemerswalde - zur gleichen Zeit

Walter Pritschwalski lässt sich ein spätes Abendbrot schmecken. Die Sonne ist bereits untergegangen, es dämmert. Durch das offene Fenster strömt frische Waldluft herein und der Gesang der Amseln übertönt die dumpfen Geräusche aus der Maschinenhalle nebenan. Das Schicksal meinte es gut mit ihm, resümiert er einmal mehr. Glück im Unglück, anders kann man es nicht nennen. Nach seiner schlimmen Rauchvergiftung, die er sich vier Jahre zuvor auf der brennenden Derfflinger zugezogen hatte, wurde er aus dem Dienst der Marine in einem erbarmungswürdigen Zustand entlassen. Viele Wochen hatte er in einem Lazarett verbracht, ohne dass sich sein Zustand wesentlich änderte. Kaum zehn Schritte konnte er damals gehen, dann fehlte seiner zerstörten Lunge der Atem. Dazu kamen Schwindelanfälle und Angstzustände. Hier auf der Lungenheilstätte Edmundsthal-Siemerswalde, während des Krieges Reservelazarett, hatte man neuartige Behandlungsmethoden, eigentlich für Tuberkulosekranke. Der gute Doktor Ritter hatte ihm seine spezielle Kur verordnet, so dass es ihm allmählich besser ging. An schwere Arbeit ist trotzdem nicht zu denken. Eines Tages, kurz vor seiner geplanten Entlassung aus der Heilstätte gab es einen Defekt an der Dampfmaschine, welche einen Generator antreibt, der die Anstalt mit Strom versorgt. Der zuständige Maschinist war damals gerade zum Kriegsdienst an die Front eingezogen worden. Pritschwalski besah sich den Schaden, schließlich hatte er fast zwei Jahre im Maschinenraum eines Schlachtkreuzers gedient. Mit Hilfe des Heizers und eines weiteren Patienten brachte er die Maschine wieder zum Laufen, woraufhin man ihm die Stelle des Maschinisten anbot – das Beste was ihm passieren konnte. Zu der Arbeitsstelle gehört eine kleine Dienstwohnung, direkt neben dem Maschinenhaus und gute Verpflegung. Dort lebt er jetzt mit seiner lieben Frau und seinen drei Kindern.

Margot Pritschwalski erschrickt, als sie durch das Küchenfenster sieht, lässt sich aber nichts anmerken. Sie will ihren Mann nicht unnötig aufregen. Sie weiß von seinen Angstzuständen und seinem

Herzrasen, obwohl er nie mit ihr darüber gesprochen hatte. Wer war das nur gewesen vor ihrem Fenster. Johann, der Heizer, war es jedenfalls nicht und die Patienten laufen um diese Zeit nicht mehr draußen herum. Doktor Ritter kurierte nach einem strengen täglichen Zeitplan. Kurz darauf tritt sie vor die Haustür und sieht sich nochmal um. Nichts - nur der abendliche Gesang der Vögel und ein leises Blätterrauschen und natürlich das sonore Stampfen der Dampfmaschine aus dem Maschinenhaus. Aber es war jemand am Fenster gewesen, da ist sie ganz sicher.

Die Wege von Nele und Rieke trennen sich vor dem Gelände der stillgelegten Glasfabrik. „Du willst zu Fuß nach Krümmel laufen? Es wird doch gleich dunkel und wo doch ein Mörder hier in der Gegend herumläuft", sagt Nele. Sie hatten auf dem Aussichtsturm ein wenig die Zeit vergessen. „Wie soll ich denn sonst nach Hause kommen", entgegnet Rieke, „also auf Wiedersehen, Nele. Vielleicht sehen wir uns mal wieder beim Jungfrauenverein", verabschiedet Rieke sich und eilt davon. Schade, dass sie in Krümmel wohnt und nicht so oft hier herkommen kann, denkt Nele. Sie ist wirklich nett. Überhaupt war es ein aufregender Abend mit den beiden, obwohl sie ein flaues Gefühl in der Magengegend und einen unangenehmen Geschmack im Mund hat von den beiden Zigaretten, die sie geraucht hatte.

Ich werde es gerade so schaffen noch in der Dämmerung nach Hause zu kommen, wenn ich mich beeile, überlegt Rieke und beschleunigt ihren Schritt. Ängstlich ist sie eigentlich nicht, sie war den Weg an der Elbe entlang schon oft allein in der Abenddämmerung gegangen, aber heute hat sie ein mulmiges Gefühl, wegen des Mannes den sie am Aussichtsturm gesehen hatte. Wenn es der Maschinist, dieser Herr Pritschwalski war, weshalb hatte er sich so komisch verhalten und war geflüchtet. Nur für den Bruchteil einer Sekunde hatten sich ihre Blicke gekreuzt, aber es reichte, dass sie eine Gänsehaut bekam. Irgendwie kam ihr das Gesicht bekannt vor, aber sie kann es trotzdem niemandem zuordnen. Dass sie einem Mörder begegnen könnte, beunruhigt sie sehr. Vielleicht steigere ich mich nur in etwas hinein und alles ist ganz harmlos, versucht sie sich zu beruhigen, was ihr nicht gelingt. Nervös blickt sie sich um, als sie an der Osterquelle vorbeieilt, wo es modrig riecht und um diese Zeit immer so unheimlich ist. Vielleicht hätte ich doch die Straße durch den Wald nehmen sollen, aber der Weg am Elbufer entlang ist viel schöner und kürzer, überlegt sie.

Verdammt, das hätte nicht passieren dürfen, dass diese junge Frau mich so angestarrt hat. Auf der Fabrik in Krümmel arbeiten nicht viele Frauen. Es war diese Laborantin, sie lief ja mehrmals am Tag mit irgendwelchen Proben über das Werksgelände. Vermutlich hat auch sie mich erkannt. Weshalb treiben diese jungen Weiber sich auch am Abend an diesem Turm herum. Ich habe alles, was ich wissen muss erkundet. Mit etwas Glück werde ich sehr bald mein Werk vollenden können. Ein guter Plan, wie ich Walter Pritschwalski in die Falle locken werde. Der Aussichtsturm auf dem Gelände der Heilstätte ist ein würdiger Platz der Demütigung für mein drittes Opfer und der Rache und Genugtuung für mich. Aber jetzt sollte ich mich zunächst um diese Laborantin kümmern. Wie leichtsinnig von ihr in der Dämmerung allein am Elbufer entlang zu laufen.

Zu spät bemerkt Rieke eine Person, die ihr eilig vom Edmundsthaler Hafen entgegenkommt. Sie bleibt stehen, zu Tode erschrocken, ihr Herz pocht wie ein Dampfhammer. Sie lässt zwei wertvolle Sekunden verstreichen, bevor sie sich umdreht und davon rennt. Der Mörder! Er wird mich kriegen, denkt sie voller Panik. Wie konnte ich nur so unvorsichtig sein. Dann stolpert sie und stürzt auf dem schmalen Pfad.

Kiel-Gaarden - wenig später

„Nein, ganz sicher bin ich mir nicht, der Bart von dem Meinecke ist am Kinn anders und er ist auch größer als Freese", gibt Lehnhardt zu bedenken, „aber sei`s drum, wir können uns irren. Dennoch, auch wenn es Ärger mit dem Staatsanwalt gibt, Froschleib und Markwart sollen ihn so schnell wie möglich festnehmen. Hoffentlich erreichen wir die beiden um diese Zeit noch." Kurz darauf melden sie sich an der Pforte der Pickert-Kaserne. „Guten Abend, Kommissar Lehnhardt, mein Kollege Kriminalassistent Schilde. Wir müssen in einer dringenden dienstlichen Angelegenheit telefonieren, ein Ferngespräch." Er zeigt seine Polizeimarke. „Kripo Hamburg? Und da wollen Sie von hier ein Telefongespräch führen?" „Wenn es recht ist – ja!" „Da muss ich erstmal sehen." Der Schupo blättert in einem schmalen Buch. „Es ist dringend. Wir ermitteln in einem Mordfall. Also sehen Sie zu, dass uns jemand ein Diensttelefon zur Verfügung stellt!", fordert Lehnhardt, so beherrscht, wie es die Situation gebietet. „Mord? Da sind wir nicht zuständig, waren Sie schon drüben in der Wilhelminenstraße?" „Verständigen Sie bitte sofort Ihren Vorgesetzten. Sofort!", schnauzt Lehnhardt. Endlich kurbelt der sture Beamte an seinem Telefon. „Herr Leutnant, hier sind zwei Beamte von der Hamburger Kriminalpolizei, wollen dringend telefonieren, ein dienstliches Ferngespräch."

Einige Minuten nachdem Lehnhardt das Gespräch nach Geesthacht bei der Vermittlung angemeldet hat, steht die Verbindung. Pehmöller ist am Apparat. Seine Stimme ist durch die Störgeräusche in der Leitung nur leise zu hören. „Lehnhardt hier. Hören Sie Herr Pehmöller! Ist Kommissar Froschleib oder Kriminalsekretär Markwart da?", brüllt er in den Hörer. „Nee, um diese Zeit? Froschleib hat Feierabend gemacht und der Markwart war vorhin einmal kurz hier und hat nur nach seinem Chef gefragt." „Versuchen Sie bitte einen der beiden oder am besten alle beide zu erreichen und bringen Sie die Kollegen zunächst ins Polizeirevier. Ich rufe etwa in einer halben Stunde wieder an!" „Jawohl, Herr Kommissar!", schnarrt Pehmöller und legt auf. „Jetzt brauche ich ein Bier! Nutzen wir die

Zeit und sehen, ob wir in der Eckkneipe, die Straße herunter auch etwas zu essen bekommen", schlägt Lehnhardt vor.

Das Augusteneck ist verqualmt und voll mit Werftarbeitern oder solche, die dort einmal Arbeit hatten, als es auf den Werften mehr zu tun gab. Ein lautes Stimmengewirr hängt in dem Schankraum. Lehnhardt und Schilde werden argwöhnisch betrachtet. Sie gehören hier eindeutig nicht her. Schilde meint auch sofort zu erkennen, dass einige Gespräche mit vermutlich konspirativem Inhalt gedämpfter geführt werden oder ganz unterbrochen werden. Kommunistisches Gesindel - Aufstand und Revolte liegen in der Luft, findet er. Am liebsten würde er gleich wieder verschwinden und was Anständiges zu essen gibt es hier bestimmt auch nicht. Aber Lehnhardt drängt sich bereits energisch an den Tresen durch. „Seid ihr von den Politischen oder was?", fragt einer der Männer unverhohlen. „Bitte was?", fragt Lehnhardt. „Na, Staatspolizei, Spitzel halt!" Mehrere Männer umringen die beiden grimmig. „Nee, da liegt ihr ziemlich falsch, Männer. Wir sind nur Handelsvertreter, die Durst auf ein Bier haben", bemerkt Lehnhardt trocken. „Handelsvertreter? Für Hosenträger oder was? Wer´s glaubt wird selig!", knurrt der Mann und mustert Schilde mit seiner stattlichen Figur. „Können wir mal zwei Bier und paar Frikadellen mit Senf bekommen?", ruft Lehnhardt dem Wirt zu. Der zapft wortlos zwei Gläser Bier. „Herr Lehnhardt, ich glaube, das ist keine gute Idee, hier die Kneipe", flüstert Schilde. „Ach was", wiegelt Lehnhardt ab und lacht. Er legt ein paar Münzen auf den Tresen. Kurz darauf bahnen die beiden sich mit einem Teller Frikadellen und ihren Biergläsern einen Weg durch das Gedränge. „Mach ma´ Platz für die Hosenträger-Vertreter!", johlt einer der Männer. Gelächter. Das Stimmengewirr ist wieder angeschwollen. Schilde und Lehnhardt haben Platz in einer Nische mit schmalem Stehtisch gefunden. Nach kurzer Zeit nimmt man sie kaum mehr als Fremde wahr.

„Also, Herr Schilde, bevor wir in Geesthacht anrufen, gehen wir Ihre Notizen nochmal Stück für Stück durch", spricht Lehnhardt, während er noch an seiner Frikadelle kaut. „Das Motiv ist Rache", sagt Schilde. „Sieht so aus, aber nicht zu früh festlegen", mahnt

Lehnhardt. „Angenommen, der Mann, der sich bei unserem Ehepaar Freese als offensichtlich falscher Kripo Beamter vorgestellt hat, ist der Täter. Dann wissen wir über ihn was?", fragt Lehnhardt weiter. „Kräftige Statur, kräftige, schwielige Hände, charakteristischer Bart und seine Sprache, nicht von der Küste, hat die Frau erkannt. Meinecke stammt aus Stettin, die Beschreibung könnte passen, aber einen typischen Dialekt habe ich bei ihm nicht bemerkt. Er lebt ja auch schon ein paar Jahre in Geesthacht.", bemerkt Schilde. „Außerdem liegt Stettin, genau wie Kiel an der Ostseeküste. Und dieser Vormann Ahrens?" „Schwer zu sagen. Alter Geesthachter ist der jedenfalls nicht", sagt Schilde. „Ahrens könnte trotzdem ein Verwandter von diesem Dietrich Ahrens sein, Meinecke wohl eher nicht. Daher ist es unwahrscheinlich, dass ausgerechnet Meinecke ein Rachemotiv hat", resümiert Lehnhardt.

Geesthacht, Elbufer, nahe der Osterquelle - Abenddämmerung

„Haben Sie sich wehgetan?", hört Rieke Cassens eine besorgte Männerstimme. Sie versucht sich aufzurichten zittert am ganzen Körper. „Bitte tun Sie mir nichts", fleht sie. „Warum sollte ich Ihnen etwas tun? Kommen Sie, ich helfe Ihnen auf. Ich wollte Sie nicht erschrecken. Aber Sie sollten bei der Dunkelheit nicht allein hier herumspazieren." „Ich ... ich ...", stammelt die Laborantin. „Brauchen Sie Hilfe? Wo müssen Sie denn hin?" „Sie tun mir wirklich nichts?" „Aber nein. Ich tue doch einer jungen Frau nichts zuleide. Was denken Sie?" Kann ich dem Kerl vertrauen? Böse sieht er eigentlich nicht aus, aber wer weiß, denkt sie, als sie in sein Gesicht mit der Narbe an der Stirn sieht. „Wovor haben Sie denn solche Angst?" „Ich muss weiter!" sagt sie. „Richtung Krümmel? Sie sehen doch gleich nichts mehr." Wenn ich allein weiter Richtung Krümmel gehe, kann er mir später auflauern, aber wenn er der Mörder ist, könnte er mich auch gleich hier meucheln und in die Elbe werfen. Erst jetzt sieht sie ihm genauer ins Gesicht. Ist es der Mann, den sie vorhin am Aussichtsturm gesehen hat? Sie kann es nicht sagen. „Wer sind Sie?", fragt sie. „Ich bin Paul Hartung, arbeite seit ein paar Tagen bei der Dynamit-AG. Habe heute länger gearbeitet." „Ich arbeite auch dort", sagt sie und fragt sich gleich, ob sie ihm das hätte verraten sollen. „Kommen Sie erstmal mit nach Geesthacht. Ich kann Sie zu einer Bekannten von mir bringen, Sieglinde Wollenweber." Er ist ein Bekannter von Linde, überlegt Rieke und ist etwas beruhigter. Es ist vielleicht das Sicherste und ich habe sowieso keine Wahl. Bis zu den ersten Häusern am Katzberg sind es nur wenige Minuten, sagt sie sich. „Sie arbeiten im Büro der Fabrik?", fragt er, während sie nebeneinander hergehen. „Im Laboratorium." „Interessant. Dachte nicht, dass dort Frauen arbeiten", bemerkt er. „Bin ja auch die einzige Frau dort."

Markwart sitzt in der Gaststätte *Zur Post* vor einem Glas Fassbrause und grübelt über seine Erkenntnisse des Nachmittags. Gibt es bereits ein weiteres Opfer? Er hatte den Ahrens vernehmen wollen. Zunächst wollte er ihn wegen der vermuteten Diebstähle in ein Gespräch verwickeln. Manchmal geben die Befragten dann etwas

Preis, was sie bei direkter Ansprache nicht getan hätten. So hatte er es auf einem Lehrgang für Kriminalpolizisten gelernt und so hatte er es auch heute geplant. Aber Ahrens war nirgends aufzufinden. Niemand hatte ihn seit der Mittagspause gesehen. Liegt er bereits ermordet irgendwo auf dem weitläufigen Gelände der Dynamit-AG? Würden sie ihn in den nächsten Tagen an einem der hohen Schlote hängend finden? Verschnürt mit einem Palstek? Auch der Meinecke, der ihm, Markwart, selten von der Seite wich, war am Nachmittag nicht auffindbar – verdächtig! Zunächst hatte er versucht Ahrens in seiner Wohnung aufzusuchen. Die Adresse hatte er im Personalbüro der Fabrik erfragt. Hunfeld war mürrisch, wie er ihn bereits kannte. Ahrens ist ledig. Er bewohnt nur ein Zimmer, das er als Untermieter in einem der geräumigen Beamtenwohnhäuser gemietet hat. Aber auch dort hatte man ihn am Morgen zuletzt gesehen. Vielleicht ist auch alles nur Zufall und die beiden hatten am Nachmittag in irgendeinem entlegenen Winkel der Fabrik zu tun. Dennoch hatte er am frühen Abend versucht Kommissar Froschleib zu informieren, aber in seinem Zimmer im Hotel Deutsches Haus hatte er ihn ebensowenig angetroffen, wie im Geesthachter Polizeirevier.

„Herr Kriminalsekretär! Gut, dass Sie da sind." Schupo Pehmöller poltert über die Dielen des Gastraumes. Zwei weitere Gäste blicken alarmiert auf. „Müssen Sie hier durch den Raum posaunen, dass ich bei der Kripo bin?", zischt Markwart. „Tschuldigung! Es kam gerade ein dringender Anruf aus Kiel – Kommissar Lehnhardt. Er ruft in einer halben Stunde zurück! Ich soll Sie und den Kommissar Froschleib in die Wache holen", berichtet Pehmöller hinter vorgehaltener Hand. Markwart springt auf. „Na, dann los! Haben Sie Kommissar Froschleib schon informiert. „Nein noch nicht." „Gehen Sie ins Hotel *Deutsches Haus* rüber, dort logiert er. Ich laufe schon zur Wache", weist Markwart an. Als er von der Elbstraße kommend, die Bergedorfer Straße überqueren will, erkennt er im Licht einer Gaslaterne ein junges Paar. Die beiden scheinen es eilig zu haben, was seinen Polizisteninstinkt weckt. Paul Hartung erkennt er sofort. „Guten Abend, die Herrschaften", grüßt er. Die beiden drehen sich erschrocken zu ihm um. Offensichtlich hatten sie ihn nicht kommen sehen. Die junge Frau erkennt er jetzt auch, Fräulein Cassens, die versierte Laborantin. Sie und Hartung? Um diese Zeit? Gerade hatte es von der nahen Sankt- Salvatoris-Kirche halb zehn geschlagen. Es ist fast dunkel. „Herr Kriminal ...", stammelt Rieke. „Alles in Ordnung mit Ihnen, Fräulein Cassens?", fragt Markwart, als er Schmutzspuren an ihrer Kleidung und ihren Händen entdeckt. „Ist etwas passiert?" Er wirft Hartung einen forschenden Blick zu. „Ich bin auf dem Nachhauseweg an der Elbe gestürzt. Der Herr Hartung kam zufällig vorbei und half mir. Da es schon dunkel wurde, bringt er mich jetzt zu Sieglinde Wollenweber, einer Bekannten. Aber ich müsste in Krümmel anrufen, weil sich meine Familie bestimmt schon Sorgen macht, wo ich bleibe." „Kommen Sie mit! Sie können vom Polizeirevier aus telefonieren. Ich schulde Ihnen ohnehin noch einen Gefallen", sagt Markwart und lächelt. Sie blickt Hartung an, der aussieht, als ob er jeden Augenblick fliehen will. „Sie können nach Hause gehen, Herr Hartung, ich kümmere mich um Fräulein Cassens. Nett von Ihnen, dass Sie sich der jungen Dame angenommen haben. Auf Wiedersehen." Markwart lächelt süffisant und führt die Laborantin in Richtung Polizeirevier.

„Ich werde die Pforte der Dynamit-AG anrufen. Sie werden jemanden zu meinen Eltern schicken, der dort Bescheid sagt", erklärt Rieke. „Ich erledige das für Sie. Nehmen Sie am besten dort Platz", bietet Markwart an und betätigt die Kurbel des Telefonapparates.

Zehn Minuten später erscheint Pehmöller mit Kommissar Froschleib, der äußerst mürrisch dreinblickt. Aber das wundert Markwart längst nicht mehr. „Markwart! Wo haben Sie den ganzen Tag gesteckt?" „Ich habe die Ermittlungen auf der Dynamit-AG fortgesetzt, Herr Kommissar!" „Ich bin Ihr Vorgesetzter. Sie haben sich bei mir zu melden. Ich bin Ihre Alleingänge allmählich leid!", meckert er. Dann erblickt er Rieke, die in einer Zimmerecke auf einem Bürostuhl sitzt und wartet. „Was macht das junge Fräulein hier? Hat sie etwas angestellt?" „Nein hat sie nicht. Sie braucht gerade Hilfe. Außerdem hat sie der Polizei bereits einmal einen Dienst erwiesen. Sie arbeitet im Labor der Dynamitfabrik und hat Untersuchungen für uns getätigt", erklärt Markwart gequält. „Auch das ist gegen die

Vorschriften. Das sollten Sie wissen, Markwart!" Das Telefon klingelt. Da Froschleib direkt neben dem Apparat steht, greift er sich sofort den Hörer. „Polizeirevier Geesthacht, Kriminalkommissar Waldemar Froschleib!", bellt er in den Hörer. Das Fräulein vom Amt meldet ein Ferngespräch aus Kiel. Kurz darauf ist Lehnhardt dran. Er berichtet Froschleib in Kürze, was sie bei der Matrosendivision herausgefunden hatten, dass ein gewisser Dietrich Ahrens aus Opladen von seinen Kameraden Zantek, Arpelt, Priller und Prischwalski zu Tode gebracht wurde. Dass er an einen Übungsmast gehängt und ebenso verschnürt aufgefunden wurde, wie der Mörder in Krümmel es mit seinen Opfern zu tun pflegte. Er berichtet weiter von der Vernehmung der Eheleute Freese, denen der mutmaßliche Täter sich als Beamter der Kriminalpolizei Kiel ausgegeben und wohl auf diesem Wege herausbekommen habe, wer den Tod von Dietrich Ahrens zu verantworten hat. Das Motiv könnte Rache für den Mord an dem Matrosenanwärter Ahrens im Oktober 1914 sein. Eine Beschreibung passt sehr vage zu dem Wachschutzleiter Meinecke. Allerdings sagte diese Frau Freese, dass er sich nicht wie jemand aus dem Norden Deutschlands anhörte. Diesen Ernst Ahrens, den Vormann, sollten wir ebenfalls dringend überprüfen. Immerhin gibt es diese Namensgleichheit." „Haben Sie überprüft, ob der Mann, der das Ehepaar Freese vernommen hat, tatsächlich ein Kollege der Kripo Kiel war?", fragt Froschleib. „Nein, noch nicht. Das ist zweitrangig. Wir werden das gleich morgen früh klären. Dennoch reichen die Verdachtsmomente aus, um Meinecke und Ahrens vorläufig festzunehmen, so schnell wie möglich!" „Meinecke und Ahrens festnehmen? So schnell wie möglich?", wiederholt Froschleib entrüstet. „Herr Lehnhardt, wissen Sie wie spät es ist?" „Ja, viertel nach zehn. Ist das ein Problem, Herr Kollege?", fragt Lehnhardt trocken. Markwart, der dicht neben seinem Vorgesetzten stehend, nur den letzten Satz, nämlich Ahrens und Meinecke festzunehmen, mitbekommen hat, ruft mit lauter Stimme: „Ahrens und Meinecke sind seit heute Nachmittag verschwunden!" Froschleib wirft ihm einen ungnädigen Blick zu, weil er sich erdreistet, sich in das Telefonat seines Vorgesetzten einzumischen. „Möglicherweise ist einer der beiden das nächste Opfer", setzt Markwart nach.

„Geben Sie mir mal den Kollegen Markwart!", fordert Lehnhardt am anderen Ende der Leitung. Froschleib reicht den Hörer wortlos weiter. „Herr Markwart, ich glaube nicht, dass dieser Ahrens oder der Wachschutzleiter Meinecke Opfer sind oder werden, aber da ist noch der Herr Pritschwalski, der auch in Geesthacht wohnt. Der Täter hat bereits zwei von den Männern, die den Matrosenanwärter Dietrich Ahrens mutmaßlich auf dem Gewissen haben, umgebracht und genauso zur Schau gestellt, wie der Dietrich Ahrens seinerzeit an diesem Mast zu Tode kam. Pritschwalski ist der letzte von den Vieren, der noch lebt." „Wissen wir, wo Pritschwalski wohnt?", fragt Markwart. Nach einer kurzen Pause hört er Schildes Stimme: „Pritschwalski arbeitet in der Heilstätte Edmundsthal-Siemerswalde, sicher wohnt er dort auch."

Kommissar Froschleib räuspert sich umständlich, nachdem das Telefongespräch aus Kiel beendet ist. „Wenn der Herr Kommissar Lehnhardt der Meinung ist, nun, dann verhaften wir die beiden eben", spricht er ohne jede Überzeugung. „Was ist mit dem Pritschwalski? Wenn es sich um ein Rachemotiv wegen dieser Vorkommnisse bei der Marine in Kiel handelt, welche Kommissar Lehnhardt ausgeführt hat, ist er mit Sicherheit das nächste Opfer", gibt Markwart zu bedenken. „Um den kümmern wir uns später. Erstmal nehmen wir Ahrens und Meinecke fest. Also los!" Pehmöller bemerkt, dass man bei einer Festnahme vielleicht bewaffnet sein sollte und ob er die Waffenkammer aufschließen soll. Froschleib nickt ihm zu. Kurz darauf erscheint er mit einer Null-Acht in der Hand und einem Karabiner über der Schulter. „Pehmöller! Rücken Sie doch gleich mit der *Dicken Berta* dort an!", pflaumt Froschleib ihn an. Pehmöller bringt das Gewehr zurück und steckt sich die Null-Acht ins Holster. Froschleib wendet sich an Markwart. „Was mir zu denken gibt, Sie haben nirgends, an keinem der Tatorte Fingerabdrücke von diesem Ahrens gefunden, nicht wahr, Markwart? Und jener Dietrich Ahrens, der vor sechs Jahren in Kiel zu Tode kam, stammt doch gar nicht von hier", wendet er ein. „Erstens, Herr Kommissar Froschleib, die Tatsache, dass wir gar keine Fingerabdrücke von Ernst Ahrens fanden, kann auch für die Tat sprechen. Möglicherweise hat er Fingerabdrücke gezielt vermieden, indem er

Handschuhe trug. Und immerhin ist dieser Frau Freese aufgefallen, dass er keine norddeutsche Sprachfärbung hat. Das könnte bedeuten, dass das damalige Opfer nicht aus Geesthacht oder der Umgebung stammt", überlegt Markwart. „Eben, Herr Markwart, weder dieser Ahrens, noch Meinecke sprechen einen auffälligen Dialekt, nicht wahr?", bemerkt Froschleib. „Dieser Dietrich Ahrens stammt aus Opladen hat Kommissar Lehnhardt gesagt", erinnert Markwart. „Wo ist das denn?", fragt Froschleib und blickt Pehmöller an. „Weiß ich auch nicht, aber hier in der Nähe jedenfalls nicht." „Opladen liegt in der Nähe von Köln", hören sie die Stimme von Rieke Cassens. Keiner hatte mehr daran gedacht, dass sie immer noch brav auf dem Bürostuhl in der Ecke saß. „Woher wissen Sie das, Fräulein Cassens?", fragt Markwart. „Von meinem Vater. Ganz in der Nähe von Opladen, liegt ein weiteres Werk der Dynamit-Aktien-Gesellschaft, das Werk Schlebusch. Mein Vater hatte dort einmal zu tun." Die Männer blicken sich an. „Kommt unser Vormann Ernst Ahrens möglicherweise auch von dort? Dann sind die beiden tatsächlich verwandt. Haben Sie das nicht überprüft, Markwart?", schimpft Froschleib und schüttelt den Kopf. Markwart lässt es auf sich beruhen, dass sein Chef vor wenigen Augenblicken den Herrn Ahrens noch für unverdächtig hielt. „Ein Grund mehr, den Vormann Ahrens festzunehmen, meine Herren. Wo bekommen wir um diese Zeit ein Dienstfahrzeug her, um nach Krümmel zu gelangen?", fragt Froschleib. Ehe Pehmöller antworten kann, nämlich dass man erst bei der Fahrbereitschaft in Bergedorf anrufen müsse, es um diese Zeit allerdings schwierig sei, hören sie das Brummen eines Motors vor dem alten Pastorat. „Das geht ja verdammt schnell mit der Fahrbereitschaft", witzelt Markwart. Sie gehen nach draußen, wo ihnen ein Mann entgegenkommt. Auf der Straße steht im gelben Lichte einer Gaslaterne ein großes Automobil mit laufendem Motor. Am Steuer sitzt ein Chauffeur mit Staubkappe und Brille. „Guten Abend, die Herren. Doktor Cassens, mein Name. Ich möchte meine Tochter Rieke abholen. Sie ist doch hier bei Ihnen?" Markwart erkennt Doktor Cassens als jenen Mann, der ihn im Labor der Dynamitfabrik empfangen hatte. Ehe er den Chemiker begrüßen kann, drängt Kommissar Froschleib sich energisch dazwischen. „Das

Automobil ist für einen dringenden Einsatz der Kriminalpolizei beschlagnahmt!", verkündet er mit lauter Stimme und hält Herrn Doktor Cassens seine Polizeimarke unter die Nase. Markwart hält sich hinter Froschleibs Rücken mit einer Geste peinlicher Berührung die Hand vors Gesicht und schüttelt den Kopf. Der Chauffeur, es ist Hans Uhlig, hatte Froschleibs nassforsche Beschlagnahmung des Direktoren-Benz, trotz des laufenden Motors mitbekommen. Er schiebt die Schutzbrille in die Stirn, schaltet den Motor aus, steigt aus dem Wagen und lehnt sich mit vor der Brust verschränkten Armen an die Karosse. Natürlich würde er letztendlich nachgeben müssen, wenn die Kripo das Automobil beschlagnahmt, aber ganz widerstandslos wollte er dies nicht geschehen lassen.

Inzwischen hat Doktor Cassens unter milden Ermahnungen, gefälligst rechtzeitig bei Tageslicht nach Hause zu kommen, seine Tochter in Empfang genommen. Rieke überlegt die ganze Zeit, ob sie der Polizei von Ihrer Beobachtung am Wasserturm der Heilstätte berichten soll. Grete hatte ja vermutet, dass es möglicherweise der Herr Pritschwalski gewesen war. Und die Kriminalpolizei denkt, dass er das nächste Opfer ist. Und einen Turm gibt es dort auch. Markwart allein hätte sie vielleicht erzählt, dass dort ein Mann bei dem Turm herumschlich und offensichtlich nicht gesehen werden wollte. Vielleicht hatte es aber auch gar nichts zu bedeuten und dieser unfreundliche Kommissar Froschleib würde ihre Beobachtung ins Lächerliche ziehen. Bestimmt misst sie der Sache selbst zu viel Bedeutung bei und steigert sich in etwas hinein. Am Ende hält man sie noch für hysterisch. Gottseidank ist Vater jetzt hier. Sie entschuldigt sich bei ihm für die Unannehmlichkeiten.

Paul Hartung wirft kleine Steinchen an jenes Fenster, von dem er weiß, dass dort Lindes Bett steht. Seine Schritte hatten ihn ganz von allein hierher geführt, wo er doch eigentlich nur diese Laborantin zu Linde bringen wollte, weil die beiden sich offensichtlich kennen. Er will gerade ein weiteres Steinchen werfen, als sich das Fenster öffnet. Lindes Kopf erscheint. „Paul?", flüstert sie. „Warte!" Kurz darauf erscheint sie an der Haustür, zieht ihn hinein und küsst ihn. „Pscht!", macht sie dann. Die Treppe knarrt fürchterlich, als sie so vorsichtig wie möglich ins Obergeschoss schleichen. Linde schläft im gleichen Raum wie Henni und die beiden Kleinkinder. Ihr Bett ist lediglich durch einen Paravent abgetrennt. „Meine Cousine schläft. Trotzdem, keinen Mucks!", warnt sie Paul im Flüsterton, während sie sich durch das dunkle Zimmer tasten. „Deine Cousine schläft übrigens nicht", hören sie Hennis leise Stimme aus der Tiefe des Raumes, „und der Kerl verschwindet hier augenblicklich! Wenn Frau Galbert das mitkriegt, komme ich in Teufels Küche!" „Bitte Henni!", flüstert Linde. Henni ist inzwischen aufgestanden und steht mitten im Zimmer. „Nein, Linde! Du spinnst wohl, den Kerl mitten in der Nacht hier reinzulassen. Wenn es so dringend ist, geht doch in die Büsche, aber nicht hier in meiner Wohnung!"

Doktor Cassens hatte sich, während Froschleib mit dem Chauffeur um die Beschlagnahmung des Automobils stritt, einfach mit seiner Tochter auf die hintere Sitzbank gesetzt. Rieke hatte ihrem Vater gerade berichtet, dass die Kriminalpolizei wohl auch nach Krümmel muss. „Aber meine Herren, wir fahren doch ohnehin nach Krümmel. Wir haben alle Platz in dem Auto, wenn wir ein wenig zusammenrücken. Da nehmen wir Sie doch gerne mit!", ruft er Kommissar Froschleib zu. „Wo denken Sie hin. Dies ist eine Einsatzfahrt der Kriminalpolizei." „Erstmal ist das noch gar keine Fahrt", bemerkt Uhlig, der Chauffeur, der sich der Rückendeckung seines Chefs, Doktor Roewer, sicher ist. „Der Herr Direktor ist immer noch echauffiert über die Polizeiaktion auf dem Fabrikgelände vor wenigen Tagen und hat sich bereits bei Polizeioberrat Heinmöller beschwert, Herr Kommissar", sagt Uhlig mit ruhiger Stimme. „Steigen Sie sofort wieder aus!", fordert Froschleib Doktor Cassens auf. Markwart nickt Pehmöller zu. Vermutlich ist es das Ende meiner Karriere bei der Kripo Ratzeburg, denkt er und setzt sich neben Rieke. Pehmöller setzt sich nach vorn und weist auf das schmale Stück Sitzbank neben ihm. Froschleib steigt wütend ein. „Wir sprechen uns noch, Markwart. Das haben Sie nicht umsonst getan!", zischt er. Uhlig grinst und kurbelt den Motor an. Er steigt ein und wendet auf der Bergedorfer Straße.

„Halten Sie hier!", befiehlt Kommissar Froschleib, kurz nachdem sie Vater und Tochter Cassens vor ihrem Haus abgesetzt hatten. Uhlig bringt den schweren Mercedes auf dem Nobelplatz in Krümmel zum Stehen. Die drei Polizisten steigen aus dem Wagen. „Halten Sie sich hier zu unserer Verfügung!", trägt Froschleib dem Fahrer auf. „Auch das, Herr Kommissar, gern geschehen übrigens", spricht Hans Uhlig und schaltet den Motor aus. Markwart schlägt vor, zunächst die Wohnung von Ernst Ahrens aufzusuchen. Er war am Nachmittag ja bereits dort gewesen.

„In seinem Zimmer brennt kein Licht, wahrscheinlich schläft er bereits", bemerkt Markwart, als sie kurz darauf an der Tür des stattlichen Beamtenwohnhauses läuten. „Umso besser. Das vereinfacht die Festnahme", sagt Froschleib. Es dauert eine Zeit bis eine Frau durch die Tür fragt, wer so spät noch läutet. „Kriminalpolizei, Aufmachen!", befiehlt Kommissar Froschleib. Erschrocken öffnet die Frau. „Zu Herrn Ernst Ahrens. Er wohnt doch hier?" „Ja, oben, aber er ist schon wieder zur Nachtschicht." „Los Nachsehen, Pehmöller!" Der Schupo steigt die Treppe hinauf. „Seit wann ist er weg?" „Seit einer Stunde vielleicht", antwortet die Frau. „Das Zimmer ist versperrt", ruft Pehmöller von oben. „Aufbrechen!", weist Froschleib ihn an. „Warten Sie, ich habe doch einen Schlüssel", sagt die Frau und verschwindet eilig im Hausflur. „Berta, was ist denn los zu so später Stunde?", hören sie eine barsche Männerstimme. „Die Kriminalpolizei ist hier!", ruft sie und reicht Pehmöller den Schlüssel. „Wie lange war Herr Ahrens vorher denn hier?", fragt Markwart. „Och, nicht lange. Er war kurz oben und dann musste er auch schon wieder weg, arbeitet ja soviel der Herr Ahrens." „Im Zimmer ist keiner, Herr Kommissar. Alles unauffällig", bemerkt Pehmöller. „Na, dann weiter. Zur Fabrik!", weist Froschleib an. „Sollten wir bei der Gelegenheit nicht das Zimmer etwas genauer in Augenschein nehmen, Herr Kommissar?", schlägt Markwart vor. „Papperlapapp! Kommen Sie endlich!", schimpft Froschleib.

„Guten Abend, Herr Dietrichsen, begrüßt Markwart, den Wachmann an der Fabrikpforte. Dietrichsen hatte vor einigen Tagen das zweite Opfer an der Drahtseilbahn entdeckt. Der Wachmann nimmt

Haltung an und grüßt. „Ist der Herr Ahrens vor Kurzem hier bei Ihnen durchgekommen?" „Vormann Ahrens, jawohl, Herr Kriminal!" „Wann war das?" „Vor einer Stunde, obwohl er gar keine Nachtschicht hat, aber er wollte in der Werkstatt etwas erledigen." Hoffentlich nicht sein nächstes Opfer, denkt Markwart und fragt: „Also ist er jetzt noch auf dem Fabrikgelände?" „Jawohl. Hier raus ist er jedenfalls nicht wieder." „Gibt es weitere Ausgänge auf dem Gelände?", fragt Froschleib. „Naja, das Eisenbahntor an der schiefen Ebene, die Pforte bei der Drahtseilbahn und oben am Wald ist noch ein Tor. Aber die Tore sind alle verriegelt. Das kontrollieren meine Kollegen und ich jede Nacht." „Und wer hat die Schlüssel für die anderen Tore?" Der Wachdienstleiter, der Herr Direktor und sein Stellvertreter, Dr. Giesel, natürlich. Der Betriebsleiter der Werkseisenbahn hat den Schlüssel für das Eisenbahntor", zählt Diedrichsen auf. „Ist der Wachschutzleiter Meinecke zufällig hier?" „Nee, ist schon früh weg." „Und wer vertritt den Wachschutzleiter heute Nacht?", fragt Markwart. „Das bin dann wohl ich", sagt Diedrichsen. „Wie viele Männer haben Sie heute Nacht zur Verfügung? Wir müssen so schnell wie möglich, den Herrn Ahrens finden. „Wir sind heute nur zu dritt, aber die Pforte muss ständig bewacht werden." „Ich weiß, wo sich die Hauptwerkstatt befindet. Ich kann nachsehen, ob er dort ist", schlägt Markwart vor. „Wir sehen zusammen nach!" entscheidet Froschleib. „Haben Sie Handlampen für uns?"

Wald zwischen Krümmel und Geesthacht - Tag 10, in der Nacht zum Freitag

Höchste Zeit, mein Werk zu vollenden. Möglicherweise sind sie mir dicht auf den Fersen, aber ich habe immer noch einen ausreichenden Vorsprung. Sie können nicht wissen, was ich weiß und wo ich das nächste Mal zuschlagen werde. Sie tappen im Nebel. Einen Nachschlüssel für das Tor hinter den Patronierhütten anzufertigen, war für mich ein Leichtes gewesen. Dort bin ich schon mehrmals unbemerkt auf das Gelände der Fabrik gelangt oder hatte selbiges verlassen. So auch heute. Zu dumm nur, dass die junge Frau mir vorhin entwischt ist. Wenn dieser Kerl dort am Elbufer nicht zufällig vorbeigekommen wäre und sich ihr angenommen hätte, hätte ich diese Unsicherheit beseitigen können. Die Frau hatte mir nichts getan, aber sie gefährdet mein Vorhaben, wenn sie mich erkannt hat. Der Mond verbirgt sich hinter Wolken. Kurz schalte ich die Handlampe ein, um mich auf der schmalen Straße zu orientieren. Ich habe alles perfekt geplant. Das Seil, das Werkzeug, und etwas Proviant habe ich im Rucksack, den Dolch am Gürtel. Hinter dem nächsten Anstieg müsste ich bereits das Grundstück der Lungenheilstätte erreichen. Gut, dass ich das weitläufige Gelände in der letzten Zeit gründlich erkundet habe.

„Schon Mitternacht durch. Genug für heute. Abmarsch!", entscheidet Froschleib. Sie hatten die Werkstatt durchsucht. Einen Arbeiter hatten sie angetroffen. Der hatte Ahrens zuvor gesehen. Der käme gelegentlich unangemeldet vorbei, auch in der Nacht, weil ihm noch irgendetwas eingefallen ist, was dringend erledigt werden muss. So ist es wohl auch heute Nacht. Er habe Werkzeug eingepackt und sei verschwunden, wohin wisse er nicht. Vielleicht sind wir auf dem Holzweg, denkt Markwart und doch spricht jetzt fast alles dafür, dass Ahrens der Mörder ist. Oder ist es doch Meinecke, dessen Fingerabdrücke sich überall an der Drahtseilbahn befanden? Wir sollten ihm gleich auf den Pelz rücken. Mit dem stimmte ebenfalls etwas nicht. Aber er ist seit fast zwanzig Stunden auf den Beinen und todmüde, genau wie Pehmöller und Froschleib.

Hans Uhlig war gerade auf dem Fahrersitz eingeschlafen. Mit der Staubkappe auf dem Kopf und der großen Schutzbrille, in der sich das Licht einer nahen Gaslaterne spiegelt, sieht er aus, wie ein riesiges Insekt. Pehmöller klopft vorsichtig an der Autotür. „Würden Sie uns nach Geesthacht bringen, Herr Uhlig? Das wars dann auch für heute", bittet der Schupo. „Haben die Kriminalheinis Sie vorgeschickt? Trauen sich wohl nicht mehr", knurrt der Chauffeur. Etwas benommen steigt er aus dem Auto und bückt sich vor dem Kühler, um den Motor anzuwerfen. „Dafür habe ich aber mal was gut bei der Polizei!", stellt er klar. „Sicher, Herr Uhlig. Das findet sich", bestätigt Pehmöller. „Na, dann los!"

Gerade als er anfährt, erscheinen zwei Personen auf dem Nobelplatz im Licht der Autolampen, ein Mann und eine Frau. Sie winken aufgeregt. „Herr Doktor Cassens? Ist etwas passiert?", fragt Markwart. „Meiner Tochter ist noch etwas eingefallen. Wir glauben, dass es wichtig für Ihre Ermittlungen sein könnte!" Er weist auf Rieke, die mit roten Wangen hinter ihm steht.

Vier Stunden später ist Markwart wieder auf den Beinen. Draußen ist es noch dunkel. Gerade hat er sich seine Dienstwaffe umgeschnallt. Er hatte erneut vorschriftswidrig in der Arrestzelle des Geesthachter Polizeireviers wenige Stunden Nachtruhe gefunden. Pehmöller hatte ihn, wie vereinbart, geweckt. Auch Schutzpolizist Peters ist bereits in der Wache. „Na, hoffentlich sind die Kollegen aus Bergedorf rechtzeitig hier", bemerkt Markwart. „Herr Kommissar Froschleib pennt ja wohl noch!", vermutet Pehmöller. Der wird schon kommen. Die Festnahme unter seinem Kommando wird er sich nicht entgehen lassen, denkt Markwart, obwohl er noch in der Nacht Markwarts Theorie grundsätzlich in Frage gestellt hatte. Nämlich, dass man den Mörder heute morgen festnehmen könne, hoffentlich noch vor der Ausführung seines dritten Mordes an Walter Pritschwalski. Sollte Markwart sich tatsächlich irren und es würde sich als Stoß ins Leere entpuppen, würde sein Vorgesetzter ihn mit Kritik und Vorwurf überschütten. Sollte Markwart Recht behalten und sie wären erfolgreich, wird Froschleib für sich in Anspruch nehmen, dass der Fall selbstredend unter seiner klugen Führung gelöst wurde. Einiges spricht dafür, dass wir den Mörder heute tatsächlich fassen, dass diesmal die Kripo dem Mörder ein wenn auch winziges Stück voraus ist, macht Markwart sich Mut. Einen entscheidenden Hinweis hatte die junge Laborantin noch in der Nacht gegeben, nämlich dass sich dort auf dem Gelände der Heilstätte auch ein Turm befände und dort am Abend jemand herumgeschlichen war, der nicht erkannt werden wollte und sie sich zwar nicht sicher sei, aber das Gesicht schon einmal auf der Fabrik gesehen habe. Wo doch ein Herr Pritschwalski für den Wasserturm zuständig sei. Ihre Freundin Grete Harland, die auf dem Gelände lebt, hatte es erwähnt. Dass er das nächste Opfer sein könnte, habe sie doch zuvor in der Polizeiwache mitbekommen. Das passe doch irgendwie alles zusammen, hatte sie resümiert. Ganz erstaunlich, die junge Frau, musste Markwart einmal mehr feststellen. Froschleib hingegen fand, was dieses Laborfräulein sich in ihrem hübschen Köpfchen zusammengereimt hatte, entbehre jede kriminalistische Vernunft. Froschleibs Borniertheit, verursacht ihm allmählich Schmerzen.

Alles ist bereit. Das Seil befindet sich bereits auf dem Turm und die Wasserzufuhr zu den Einrichtungen der Heilstätte ist seit zwei Stunden unterbrochen. Wenn am Morgen der Wasserverbrauch ansteigt, wird der Druck in den Leitungen schnell fallen. Das wird den Maschinisten Pritschwalski auf den Plan rufen, um den Fehler zu beheben – hier direkt wo ich, der Richter, wie eine Zecke unter einem Blatt auf mein Opfer warte. „Nur noch wenige Augenblicke, Dietrich. Dann ist dein ungerechter Tod gesühnt!" Bei der Haushaltsauflösung meiner Eltern ein Jahr zuvor, habe ich Dietrichs Briefe gefunden. Er hatte sie im Herbst 1914 aus Kiel geschickt. Er hatte geschrieben, wie seine Stubengenossen in der Kaserne ihn tyrannisierten, aber er würde tapfer durchhalten, alles ertragen, seine vaterländischen Pflichten erfüllen und in der Kaiserlichen Hochseeflotte dienen. Mutter hatte die Briefe in ihrer Schatulle verwahrt. Ebenso den Brief von der Marinedivision Kiel mit der Todesnachricht – ein bedauerlicher Unfall! Dietrich, mein geliebter Bruder, den ich immer beschützen konnte, habe ich dort nicht beistehen können. Fortan bestimmte Wut, Rache und die Planung der Morde, mein Leben. Als ich herausgefunden hatte, dass Zantek und Pritschwalski sich wieder in Geesthacht aufhielten, hatte ich mich vom Dynamit Werk Schlehbusch, nahe meiner Heimatstadt Opladen in das Krümmler Werk der Dynamit-AG versetzen lassen und mit meinen Vorbereitungen begonnen. Zantek und Priller seien die Schlimmsten, hatte

Dietrich mehrmals in seinen Briefen erwähnt. Gut, dass Fritz Freese, ein Kieler Kamerad, meistens zu ihm hielt, hatte Dietrich ebenfalls in einem der Briefe betont. Den letzten Brief nachhause hatte nicht mehr mein Bruder abgeschickt, denn eine Notiz war beigefügt:

Die Wahrheit muss ans Licht! Es war kein Unfall! Dietrich Ahrens wurde von seinen Kameraden Herbert Zantek, Adolf Priller, Josef Arpelt und Walter Pritschwalski zu Tode gebracht, indem sie ihn mit einem Seil am Übungsmast hochzogen und die ganze Nacht dort hängen ließen!

Gut, dass ich diesen Freese in Kiel ausfindig machen konnte, und als falscher Kommissar getarnt, ihm Einzelheiten der damaligen Vorfälle entlocken konnte. Fritz Freese hatte glaubhaft bestätigt, wer Dietrich das angetan hatte. Freese vermutete, dass Alois Sachs es gewesen sein musste, der Dietrichs letzten Brief gefunden und abgeschickt hatte. Sachs ist tot, aber er hat letztendlich dafür gesorgt, dass die Wahrheit ans Licht kommt und die Schuld gesühnt werden kann.

Ich blicke zum Himmel. Allmählich zieht die Morgendämmerung herauf. Auf dem Gelände der Heilstätte ist Hufgetrappel zu hören, ein Fuhrwerk, danach das Scheppern von Milchkannen, die abgeladen werden. Ganz dünn schimmern die elektrischen Lampen durch die Bäume. Für die Dampfmaschine des Kraftwerkes müsste längst der Wasserdruck zu niedrig sein. Je früher Pritschwalski sich auf den Weg hierher macht, desto besser. Gestern Abend habe ich mich mit einem der Patienten der Heilstätte unterhalten und beiläufig nach dem Maschinisten gefragt. Danach habe ich den Pritschwalski eine Zeitlang beobachtet. Er ist zwar kräftig gebaut, scheint aber gesundheitlich angeschlagen, wie er sich bewegte. Diesmal muss alles viel schneller gehen als bei Zantek und Arpelt. Im Gegensatz zu diesem Pritschwalski habe ich die beiden anderen Kerle ja vor der Vollstreckung kennengelernt, Arpelt sogar selbst als Arbeiter aus dem Notstandsprogramm ausgewählt. Zantek war der schwierigere Delinquent, groß, kräftig, aggressiv und immer noch ein Verbrecher. Andersherum hatte der es mir leicht gemacht, indem er in den Nächten heimlich und ganz allein diese Munition herstellte, für wen auch immer. Als Zantek die Patronierhütte kurz verließ, um zu Pinkeln, habe ich ihn mit einem Faustschlag niedergestreckt und ihn in den Wald geschleppt, um die Sache zu vollenden. Ich hatte mir die Zeit genommen bis Zantek wieder zu sich kam, nur um ihm mitzuteilen, weshalb er jetzt sterben muss und man ihn verschnürt am Wasserturm hängend, finden wird. Ein ungläubiger Blick, bevor ich mit der stumpfen Seite des Handbeiles seinen Schädel zertrümmerte. Danach hatte ich ihn ein paar Tage in einer großen Holzkiste in einem stillgelegten Gebäude versteckt. Erst einige Tage später bot sich die Gelegenheit ihn am Wasserturm zu präsentieren. Zanteks Leiche dorthin zu bringen, war anstrengend, aber es hatte sich gelohnt, wie er dort hing. Josef Arpelt, der zweite dieser Dreckskerle, hatte sich, kaum, dass er Arbeit auf der Fabrik hatte, von den kriminellen Machenschaften dieses Wachschutzleiters vereinnahmen lassen. Möglicherwiese kannten die beiden sich schon vorher. Er hatte sich diesen Verbrechern angeschlossen, die die Fabrik bestahlen. Mit der alten Drahtseilbahn hatten sie ihr Diebesgut zur Elbe gebracht, wo ihre Komplizen es mit einem Boot abholten. Aber der Diebstahl ist mir gleichgültig. Arpelt habe ich in diesem Lagerraum gerichtet, bin ähnlich verfahren, wie bei Zantek. Mit sachlicher Kälte habe ich ihm in den letzten Sekunden seines Lebens in Kenntnis gesetzt, weshalb auch er jetzt sterben werde. Dann habe ich den Dolch in seine Brust gestoßen. Eigentlich habe ich auch ihn an den Wasserturm hängen wollen, aber das war zu gefährlich gewesen. Tage später erst ergab sich die Möglichkeit den Kerl an die Drahtseilbahn zu hängen. Wo bleibt nur der Pritschwalski? Über den schmalen Pfad aus dem Tal hinauf muss er kommen. Verdammt wo steckt er nur? Der Wasserdruck müsste doch längst stark gefallen sein. Je heller es wird, desto geringer ist meine Chance, rechtzeitig zu fliehen und davonzukommen. Zudem muss ich ihn sofort auf den Turm bringen, man würde ihn sicher bald vermissen und nach ihm suchen. Solange ich mit seiner Leiche auf dem Turm zu schaffen habe, ist mir der Fluchtweg versperrt. Aber wer soll mir auf dem Gelände einer Heilstätte schon gefährlich werden? So oder so, das Werk – mein Werk ist gleich vollbracht.

Endlich hält der Mannschaftswagen der Bergedorfer Polizei-Fahrbereitschaft vor dem alten Pastorat, wo Froschleib, Markwart, Pehmöller und Peters warten. Es ist bereits hell. In wenigen Minuten wird die Sonne aufgehen. Weil jeder Polizist heute Morgen gebraucht wurde, hatten sie den alten Mohrmann aus der Gemeindeverwaltung verdonnert, zumindest die Polizeiwache zu besetzen und den Telefondienst zu übernehmen. Neben dem Fahrer hockt

Wachtmeister Wiechmann. Auf der Pritsche sitzen vier Schupos mit Karabinern. Kommissar Froschleib tauscht den Platz mit Wiechmann. Die übrigen Männer sitzen hinten auf.

Der Portier der Lungenheilstätte glaubt seinen Augen kaum zu trauen, als ein Mannschaftswagen mit aufgesessener Schutzpolizei von der Großen Bergstraße heranrumpelt und vor seiner Schranke hupt. „Kriminalkommissar Waldemar Froschleib, wir müssen dringend zu Herrn Pritschwalski, der wohnt doch hier auf dem Gelände?", herrscht er den Portier an. „Oha, mit der ganzen *Kavallerie*, Herr Kommissar?", weist der Portier auf die Schutzpolizisten, die wie Soldaten anmuten mit ihren Gewehren. „Da muss ich aber den Herrn Doktor Ritter informieren." „Es ist Gefahr im Verzuge! Weisen Sie uns augenblicklich den Weg zu seiner Wohnstätte!" „Fahren Sie immer den Hauptweg weiter, bis Sie auf der linken Seite ein Schild sehen: Thekla-Haus. Dort finden Sie die Maschinenhalle, zu erkennen an dem großen Schornstein und im gleichen Gebäude lebt Herr Pritschwalski mit seiner Familie", weist der Portier sie ein. Der Fahrer gibt Gas. „Aber der Pritschwalski ist doch ein ganz ruhiger Geselle", sagt der Portier noch, jedoch Froschleib hört ihn nicht mehr.

„Dort muss es sein. Halten Sie hier!", befiehlt Froschleib und weist auf eine Halle mit Schornstein aus dem dunkler Rauch aufsteigt. Die Geräusche einer Maschine sind zu hören. Er steigt aus. „Markwart, Pehmöller mitkommen, die anderen absitzen!", befiehlt er. Wäre schön, wenn sein Vorgesetzter in Anbetracht dessen, dass sie gerade einen Mörder in die Falle locken wollen, nicht irgendwelche polizeilichen Befehle durch den Wald brüllen würde, denkt Markwart verdrossen. Ein Mann kommt ihnen von der Maschinenhalle entgegen und scheint seinen Augen nicht zu trauen, wegen der massiven Präsenz der Staatsmacht vor seiner Wohnung. „Herr Walter Pritschwalski?", fragt Froschleib. „Der bin ich", sagt der Mann und blickt sehr besorgt. „Sie haben sicher von den Mordfällen auf der Dynamit-AG in Krümmel gehört?" „Nein." Pritschwalski atmet schneller. Er ist sichtlich erregt. Tatsächlich hatte er noch nichts von den Mordfällen gehört. Er lebte hier im Wald mit seiner Familie und seinen Maschinen und er las keine Zeitungen. Wie er die Vergangenheit verdrängte, so auch vieles aus der Gegenwart. Seine Frau hält aufregende Neuigkeiten von ihm fern. Dass er vor wenigen Tagen ausgegangen war und ausgerechnet diesen Paul Hartung getroffen hatte, war ihm nicht gut bekommen. Zu viele Erinnerungen an den Krieg. Kommissar Froschleib erklärt: „Herr Pritschwalski, Sie sind in Gefahr! Es läuft ein Mörder frei herum, der zwei Ihrer Kameraden mit denen Sie zusammen in Kiel bei der Matrosendivision waren, umgebracht hat. Es kann sein, dass er auch Sie ..." Pritschwalski fasst sich an die Brust, atmet schwer und schwankt. Markwart und Pehmöller halten ihn. „Kippen Sie uns hier nicht aus den Latschen, Mann! Wir sind ja jetzt hier", herrscht Froschleib ihn an. „Es kann sein, dass sich der Mörder bereits auf dem Gelände der Lungenheilstätte befindet", erklärt Markwart, wofür er einen ungnädigen Blick seines Vorgesetzten einfängt, einfach das Wort ergriffen zu haben. „Waren Sie gestern Abend beim Wasserturm?" Pritschwalski schüttelt den Kopf. „Gestern Abend wurde eine verdächtige Person hier beim Wasserturm beobachtet. Jedenfalls müssen wir dorthin." „Johann, mein Heizer ist gerade auf dem Weg zum Wasserturm. Wir haben viel zu wenig Druck auf den Leitungen. Irgendetwas stimmt da nicht", stammelt Pritschwalski. „Wann ist ihr Heizer los?", fragt Markwart. „Eben gerade, als sie gekommen sind, habe ich ihn losgeschickt." „Wie weit ist es zum Wasserturm?" „Johann braucht vielleicht zehn Minuten dort hinauf." „Wir müssen ihn einholen. Zeigen Sie uns den Weg!" „Ich kann nicht so schnell mit meiner Lunge. Mit mir im Schlepptau, holen wir ihn niemals ein", stöhnt Pritschwalski und fasst sich schon wieder an die Brust. „Ich zeige Ihnen den Weg!", hören sie eine Frauenstimme. Sind Sie die Ehefrau?" Sie nickt. „Also los verlieren wir keine Zeit!"

Kiel, Polizeipräsidium Wilhelminenstraße – Tag 10 Freitag, früher Morgen

„Haben Sie gut geschlafen, meine Herren?", fragt Oberkommissar Dankert höflichkeitshalber. „Ging so. Die Nacht war kurz", sagt Lehnhardt. „Das Frühstück war ganz anständig!", ergänzt Schilde. „Nun, dann berichten Sie mal", fordert Dankert und weist auf die freien Stühle in seinem Büro. „Ich verspreche Ihnen einen ausführlichen schriftlichen Bericht, Herr Kollege, aber die Dinge in Geesthacht scheinen sich zuzuspitzen, deshalb sind wir so früh auf und in Eile. Aber eine ganz wichtige Frage habe ich: Hat ein Kollege der Kieler Kriminalpolizei vor etwa einem halben Jahr das Ehepaar Freese in der Augustenstraße zu diesem vermeintlichen Unfall bei der Matrosendivision vernommen? Sein Name könnte Grosalski Grosowski oder Kaschinski lauten. Das Ehepaar Freese war sich nicht so ganz sicher." Dankert sieht ihn entgeistert an. „Als Leiter der Mordkommission Kiel kann ich Ihnen versichern, dass meine Abteilung in den letzten Jahren in einem solchen Fall, wie Sie gestern geschildert haben, nicht ermittelt hat. Kollegen mit slawisch klingenden Nachnamen haben wir außerdem nicht. Wenn es um Kapitalverbrechen oder andere Delikte geht, muss ich erst in den entsprechenden Abteilungen fragen." Lehnhardt hält ihm die Zeichnung hin, die er nach Frau Freeses Beschreibung angefertigt hat. Dankert schüttelt den Kopf. „Den kenne ich nicht." „Wir vermuten, dass der Täter, den die Geesthachter Kollegen möglicherweise bereits festgenommen haben, sich bei den Eheleuten Freese als falscher Kripobeamter ausgegeben hat. Freese hat ihm dann unwissentlich die Hintergründe für sein Rachemotiv geliefert", erklärt Lehnhardt. „Ich fürchte Ihr Bericht wird wohl etwas ausführlicher", vermutet Oberkommissar Dankert. „Natürlich, Herr Kollege. Möglicherweise ist die Kieler Staatsanwaltschaft ja an den Vorgängen im Oktober 1914 bei der 1. Matrosendivision interessiert", tastet Lehnhardt sich vor. „Möglicherweise", brummt Dankert und knetet sein Kinn. „Das da noch was kommt, glaube ich ehrlich gesagt nicht. Sie sagten, die Männer, die den Matrosenanwärter Ahrens seinerzeit zu Tode brachten, leben ebenfalls nicht mehr?" „Den letzten von den Vieren versuchen unsere Kollegen in Geesthacht gerade zu retten. Er ist auch der letzte Zeuge, der uns sagen kann, was genau sich in der Nacht zum 26. Oktober 1914 bei der 1. Matrosendivision ereignet hat", sagt Lehnhardt, „und um das herauszufinden, würden wir gern im Polizeirevier Geesthacht anrufen." Dankert weist auf den klobigen schwarzen Apparat auf seinem Schreibtisch. „Bitteschön, die Herren." „Diesmal dürfen Sie Ihr Polizeirevier selbst anrufen, Herr Schilde", sagt Lehnhardt und lehnt sich in seinem Stuhl zurück.

Die Leitung nach Geesthacht steht nach kaum drei Minuten. Schilde hört die Stimme einer jungen Frau, die ihm sehr bekannt vorkommt. „Polizeirevier, Geesthacht, Nele Schilde." Hatte die Vermittlungsstelle falsch gestöpselt, und mit dem Anschluss der Gemeindeverwaltung verbunden oder was hatte das zu bedeuten, empört Schilde sich. „Nele!" „Papa?" „Nele, wo genau hast du das Telefon abgehoben?" „An deinem Schreibtisch im Polizeirevier, Papa. Ich ..." „Was geht dort vor?", donnert Schilde. „Papa ich ..." „Wo ist Kriminalsekretär Markwart oder Schutzpolizist Peters?" „Papa! Nun höre mir doch einmal zu!", stöhnt Nele. „Also, ich höre." „Als ich heute in der Frühe in die Gemeindeverwaltung wollte, kam Herr Mohrmann auf mich zu. Die Männer von der Kriminalpolizei hatten ihn angewiesen, den Telefondienst im Polizeirevier zu übernehmen, damit jemand ans Telefon gehen kann. Alle Polizisten werden heute Morgen bei einem Einsatz gebraucht. Herr Mohrmann hat aber gar keine Zeit und sagte, ich soll das mal übernehmen und alles aufschreiben, wenn jemand anruft." „Nicht zu fassen, da sitzt ein Backfisch am Telefon meines Polizeireviers", schimpft Schilde. „Soll ich jetzt etwas aufschreiben, Papa?" „Ja, äh nein. Weißt du etwas über den Einsatz? Wo sind die hin? Haben sie jemanden verhaftet? Wer leitet den Einsatz?" „Papa! Als Herr Mohrmann mich anwies, auf das Telefon aufzupassen, war doch niemand mehr hier von der Polizei." „Mache ja keinen Unsinn, Nele! Hörst du?" „Ja Papa!" „Ich rufe im Laufe des Morgens zurück. Auf Wiederhören." Schilde legt auf. „Einmal ist man auf Dienstreise und schon tanzen die Mäuse auf dem Tisch!", schnauft er. „Ihre Tochter hat Ihren Schreibtisch in Geesthacht bereits okkupiert, Herr Schilde?", lacht Lehnhardt. „Das ist nicht spaßig", brummt Schilde.

Geesthacht, auf dem Gelände der Heilstätte Edmundsthal-Siemerswalde - früher Morgen

Ernst Ahrens streift sich seine Handschuhe über und zückt seinen Dolch. „Na endlich, Pritschwalski. Gleich bist auch du gerichtet!", murmelt er, als er einen Mann in Arbeitskluft den Pfad heraufkommen sieht. Alle seine Sinne sind geschärft. Die Sonne ist bereits aufgegangen und schimmert durch die zart belaubten Zweige. Es gibt eine Reihe von Geräuschen von den Gebäuden im Tal. Er hatte auch den Motor eines Automobils und Stimmen aus der Ferne gehört, aber das ist sicher der übliche Betrieb. Pritschwalski ist nur noch zehn Meter entfernt. Ahrens spannt seine Muskeln. Ich werde ihn zu Boden reißen, ihm den Dolch an die Kehle setzen und ihn in den letzten Sekunden seines erbärmlichen Lebens mit seiner Tat konfrontieren und ihm schließlich mitteilen, dass sein Leichnam eine Zeitlang an diesem Turm hängen wird, genauso wie der arme Dietrich seinerzeit in Kiel – soviel Zeit muss sein. Er hört ein Knacken hinter sich. War dort jemand? Pritschwalski ist stehengeblieben und blickt sich um. Ist das überhaupt Walter Pritschwalski? Ahrens hört ein lautes Rascheln im Gebüsch neben ihm. Er fährt herum – nichts! Als er wieder auf den Pfad blickt, ist Pritschwalski verschwunden. „Herr Ernst Ahrens?" Angriffsbereit, den Dolch in der Hand, springt er auf und blickt in den Lauf eines Karabiners. „Weg mit dem Dolch! Hände hoch oder ich schieße!", sagt Schutzpolizist Pehmöller, der auf ihn angelegt hat, mit kräftiger Stimme. Ahrens sieht zwei weitere Polizisten mit Gewehren im Anschlag aus dem Wald kommen. „Wird's bald?", donnert Pehmöller und richtet das Gewehr noch etwas präziser auf seine Brust. Ahrens lässt den Dolch auf den Waldboden fallen und hebt die Hände über den Kopf. Der Kerl, den er für Pritschwalski gehalten hat, kommt von der anderen Seite auf ihn zu und richtet eine Luger auf seinen Oberkörper. Ahrens erkennt in ihm jenen Polizisten, dem er vor wenigen Tagen gezeigt hatte, wie man die Drahtseilbahn bedient. Tatsächlich ist es Markwart, mit der Mütze und Jacke eines Maschinisten bekleidet. Schließlich taucht auch noch dieser unsympathische Kommissar aus Ratzeburg auf, der letzte, dem er zugetraut hat, ihm auf die Schliche zu kommen. „Herr Ahrens, ich verhafte Sie, wegen des dringenden Tatverdachts

Herbert Zantek und Josef Arpelt ermordet zu haben, sowie für den Versuch Walter Pritschwalski zu töten. Abführen!", befiehlt Kommissar Froschleib und genießt die Sternstunde seiner Polizeikarriere.

Eine halbe Stunde später bereits, sitzt Ahrens mit Handfesseln in der Arrestzelle der Geesthachter Polizeiwache. „Verdammt nochmal! Wie konnten Sie es nur wissen?", grübelt er. Die Wachstube nebenan ist voller müder Polizeibeamter, in deren Mitte immer noch Nele Schilde am Schreibtisch ihres Vaters sitzt, einen Zettel voller Notizen vor sich liegend. „Bekommen wir hier mal eine Kanne Kaffee und ein paar Brötchen?", ruft Pehmöller in den Raum. „Wenn ein Verbrecher gefasst wurde, gibt der Einsatzleiter normalerweise Kaffee und Kuchen aus", bemerkt Wachtmeister Wiechmann demonstrativ mit einem Seitenblick auf Froschleib. „Ja, das kenne ich auch so!", bekräftigt einer der Bergedorfer Polizisten. „Männer! Ich muss doch zunächst die Staatsanwaltschaft informieren", erklärt Froschleib mit vor Stolz geschwollener Brust. Nele räumt den Schreibtisch ihres Vaters und wendet sich an Markwart. „Es haben eine Menge Leute angerufen, Herr Kriminalsekretär. Ich habe alles aufgeschrieben. Mein Vater und Kommissar Lehnhardt waren die ersten. Ein Herr Doktor Roewer von der Dynamit-AG bittet um Rückruf, ebenso Herr Doktor Ritter von der Lungenheilstätte, dann Herr Polizeioberrat Heinmöller aus Hamburg, der hat schon zweimal nach dem Verlauf des Einsatzes gefragt. Herr Oberwachtmeister Krogmann hat aus Krümmel angerufen. Er lässt mitteilen, dass der Tatverdächtige sich nicht in seiner Wohnung aufhält. Ich habe alle vertröstet" „Sehr gut, Fräulein Schilde. Was für eine schöne Handschrift Sie haben", lobt Markwart.

Als Froschleib nach Beendigung seines Gespräches mit der Staatsanwaltschaft, den Hörer auflegt, ruft jemand erneut durch den Raum, wo der Kaffee und Kuchen bleibt. Froschleib reicht Markwart ein paar Münzen. „Kümmern Sie sich mal darum und nehmen das junge Fräulein gleich mit!" „Sehr großzügig, Herr Kommissar. Das wird aber ein üppiges Frühstück!", mokiert er sich über die geizige Spende seines Vorgesetzten, wofür dem gerade jegliche

Wahrnehmung fehlt, denn das Telefon läutet schon wieder. Froschleib hebt ab. Die Vermittlung meldet ein Ferngespräch aus Kiel,
dann ist Lehnhardt dran. „Kommissar Froschleib, haben Sie den
mutmaßlichen Mörder festnehmen können?" „Jawohl! Ich habe ihn
persönlich quasi unmittelbar vor Ausführung der Tat verhaftet. Den
Dolch hielt er bereits in der Hand! Ein Seil, um sein Opfer an den
dortigen Wasserturm zu hängen, hatte er ebenfalls dabei. Die Beweislast ist erdrückend. Er sitzt jetzt in der Arrestzelle in Geesthacht.
Die Staatsanwaltschaft ist bereits in Kenntnis gesetzt", schnarrt
Froschleib. „Na, da gratuliere ich Ihnen zur erfolgreichen Festnahme
und insbesondere Kriminalsekretär Markwart zum Fahndungserfolg. Hat Ahrens die Morde bereits gestanden?" Froschleib hat es die
Sprache verschlagen, wegen der unerhörten Bemerkung zum Fahndungserfolg seines Untergebenen Kriminalsekretär Markwart.
„Hallo Kommissar, sind Sie noch dran?", fragt Lehnhardt. „Äh, ja,
also der Täter, er war vollkommen perplex, hat nicht auf unsere Fragen geantwortet und sich widerstandslos abführen lassen. Wir sind
gerade erst vom Einsatz zurück und haben mit der Vernehmung
noch nicht begonnen." „Das ist gut. Warten Sie bitte mit der Vernehmung bis wir zurück sind. Wir haben hier in Kiel weitere Fakten
zum Fall gewonnen, die wir in die Vernehmung einfließen lassen
sollten. Oberwachtmeister Schilde und ich nehmen den nächsten
Zug nach Altona. Wir werden im Laufe des Nachmittags in Geesthacht eintreffen."

Froschleib spürt wieder seinen Magen. Es war die Bemerkung
von Lehnhardt zu Markwarts angeblichem Fahndungserfolg. Was
erdreistete sich dieser Hamburger Kommissar, er solle mit der Vernehmung warten? Benimmt sich, als ob er das Kommando führt. Er,
Kommissar Waldemar Froschleib, und niemand sonst hatte den
Mörder abführen lassen! Dennoch hält er inne. Seine Magenschmer-
zen werden schlimmer, die lange anstrengende Nacht steckt ihm in
den Knochen. Markwart und Nele betreten die Wachstube und tragen ein Blech mit Butterkuchen und zwei bauchige Kaffeekannen
herein. Markwart hatte den Großteil aus seiner Tasche bezahlt. „Na
endlich!", ruft Wachtmeister Wiechmann. Die Männer machen sich
freudig über den Kuchen her.

„Markwart! Ich werde mich ins Hotel zurückziehen, bis Kommissar Lehnhardt hier ist. Mein Magen! Sorgen Sie für eine sichere Bewachung des Gefangenen und sagen mir rechtzeitig Bescheid, wenn die Vernehmung beginnt!", spricht Froschleib mit gequälter Stimme und verlässt das Polizeirevier.

Krümmel, Fabrikgelände der Dynamit-AG - zur gleichen Zeit

Von Dampf umhüllt liegt die Seemine in der Vorrichtung. Langsam tropft der Sprengstoff aus den nach unten zeigenden Zündhörnern. Paul Hartung ist allein im Gebäude. Bei Arbeitsbeginn hatte er unbemerkt einige leere Blechbehältnisse aus der Werkstatt mit hierher gebracht. Jetzt ist die Gelegenheit, den Sprengstoff abzufüllen, überlegt er. Seit drei Tagen hatte er nichts mehr von der Organisation Consul gehört. Hartung greift sich einen der Blechbehälter und befestigt ihn mit Draht unter der Mine, sodass der geschmolzene Sprengstoff hinein läuft. Eine Zeitlang beobachtet er wie sich das Behältnis langsam füllt. Es ist möglich und es ist sogar sehr einfach, überlegt er. Dann hört er Stimmen vor dem Gebäude, Ewald Niedern und ein weiterer Kollege bringen die nächste Mine heran. Hartung entfernt den halbvollen Behälter mit dem flüssigen TNT und stellt ihn in eine Nische hinter einer dicken Rohrleitung. „Sie haben den Mörder verhaftet, angeblich ist es Vormann Ahrens", berichtet Niedern. „So ein Schwein, dieser Kollegenmörder!", erregt sich der Arbeiter. „Eine Sorge weniger", sagt Hartung. „Kann dich gut verstehen, Paul. Der Kerl hatte es auf ehemalige Marinesoldaten abgesehen und du warst doch auf einem Kriegsschiff", mutmaßt Niedern. „Das stimmt zwar, aber ich wüsste nicht, weshalb der Ahrens mich umbringen sollte", sagt Paul. Er hätte in den letzten Tagen die Gelegenheit gehabt, mir einen Dolch in den Rücken zu rammen, denkt er. „Der Zantek, soll ja selbst ein Verbrecher gewesen sein, hat illegal Munition hergestellt, wer weiß was er damit vorhatte", sagt Niedern. „Vielleicht hängt es mit den Diebstählen zusammen", fährt der Vormann fort, „man munkelt, einige von den Arbeitern des Notstandsprogramms haben Material der Fabrik mit der alten Drahtseilbahn nach draußen geschafft, aber dabei muss ihnen jemand geholfen haben, der sich auskennt. Jedenfalls stellen die jetzt mehr Wachen auf und kontrollieren strenger, Paul!" Hartung beschließt, keinen weiteren Sprengstoff beiseite zu schaffen. Ihm würde schon etwas einfallen, falls Leutnant von Reichenberg noch einmal auftauchen sollte.

Altona, vor dem Bahnhof - mittags

Schilde und Lehnhardt treten durch das gewaltige Backsteintor der mit Türmen im neogotischen Stil verzierten Fassade des Altonaer Hauptbahnhofes. Zwischen einer Reihe von Pferdedroschken und Automobilen, entdeckt Lehnhardt den grünen Opel der Fahrbereitschaft der Kriminalpolizei. „Wenigstens das klappt", bemerkt Lehnhardt und weist auf den Wagen. Die Reichsbahn hatte sich erneut eine dreiviertel Stunde Verspätung auf der Reise von Kiel nach Altona geleistet. Die beiden laden ihre Koffer in den Opel, während der Fahrer den Motor ankurbelt. Schilde ist den ganzen Vormittag schon mürrisch. Endlich gelingt in Geesthacht die Aufklärung einer spektakulären Mordserie mit Festnahme des Täters und er, der leitende Oberwachtmeister ist nicht vor Ort. Und das nur weil dieser Lehnhardt ihn mit nach Kiel geschleppt hat. Lehnhardt scheint seine Gedanken zu erraten. „Wir beide müssen unseren Erfolg nicht verstecken, Herr Schilde. Ohne unsere Ermittlungsergebnisse hätten die Kollegen in Geesthacht heute morgen niemanden festnehmen können. Vermutlich wäre Pritschwalski jetzt tot." „Wahrscheinlich haben Sie recht. Trotzdem wäre ich lieber in Geesthacht geblieben", brummt Schilde. Gerade fahren sie über die Lombardsbrücke. Schilde blickt über die Binnenalster auf die Türme der Hansestadt. „Was halten Sie eigentlich von dem Markwart?", fragt Lehnhardt. „Bisschen grün hinter den Ohren, aber ein fähiger junger Kollege", muss Schilde zugeben. „Wäre er womöglich eine sinnvolle Unterstützung für die Kriminalpolizei Geesthacht?" „Wie meinen Sie das denn? Wollen Sie mir jemanden vor die Nase setzen?", echauffiert Schilde sich. „Sie beide würden sich gut ergänzen. Sie mit Ihrer langjährigen Erfahrung und Ortskenntnis und er mit seiner modernen Ausbildung, finden Sie nicht auch?" Schilde sagt zunächst nichts. Nach einer Weile fragt er: „Geht das denn so einfach? Markwart gehört doch der preußischen Kriminalpolizei an und wir gehören zu Hamburg." „Ach, zurzeit wird mal wieder alles umgekrempelt, aus der Sicherheitspolizei wird Ordnungspolizei und ob es demnächst noch eine Trennung von Preußischer und Hamburger Polizei geben wird, möchte ich bezweifeln."

Geesthacht, Polizeirevier - nachmittags

„Die Beweislast ist erdrückend, Herr Ahrens! Geben Sie die Morde an Herbert Zantek und Josef Arpelt und den Versuch Walter Pritschwalski zu töten zu!", fordert Kommissar Lehnhardt, nachdem er ihn in Kenntnis gesetzt hat, was sie in Kiel herausgefunden hatten und was Fritz Freese ausgesagt hat. Man hatte den Gefangenen aus seiner Zelle geholt und in eines der Bürozimmer der Gemeindeverwaltung im gleichen Gebäude gebracht. Ahrens trägt immer noch Handfesseln. Schilde steht im Raum, seine Dienstwaffe umgeschnallt. Markwart führt Protokoll und Froschleib sitzt auf einem Stuhl in der Ecke und beobachtet die Vernehmung. Ahrens schweigt. „Sie haben Ihre Opfer mit viel Aufwand aufgehängt, Herr Ahrens", versucht Lehnhardt ihn aus der Reserve zu locken, „Sie haben uns damit auf Ihre Spur gebracht, wissen Sie das?" In Ahrens erstarrtes Gesicht beginnt es zu arbeiten. „Diese verdammten Kerle haben meinen Bruder auf grausame Weise gedemütigt und ermordet. Die hatten nichts anderes als den Tod verdient!", spricht Ahrens schließlich. Er wirkt immer noch seltsam abwesend. „Einmal davon abgesehen, dass wir im Deutschen Reich eine Gewaltenteilung haben, das heißt, es ist Sache der Polizei, Straftäter festzunehmen und Aufgabe der Justiz und Gesetzgebung dafür zu sorgen, wie mit Straftätern zu verfahren ist, haben Sie sich bei Ihrer Selbstjustiz von den vagen Aussagen eines einzelnen Marinekameraden ihres Bruders Dietrich Ahrens leiten lassen." „Nein, es geht auch aus den Briefen hervor, welche Dietrich im Herbst 1914 geschickt hatte, sowie einer Handnotiz eines weiteren Angehörigen der Marine." „Welche Briefe, Herr Ahrens?" Nach kurzem Zögern berichtet der Gefangene mit monotoner emotionsloser Stimme, wie er auf die Briefe gestoßen war und wie er die Morde geplant und ausgeführt hatte. „Haben Sie diese Briefe noch, Herr Ahrens?" Der Gefangene schweigt. „Die Briefe könnten der Kieler Staatsanwaltschaft helfen, bei der Marine Ermittlungen durchzuführen." „Zwei der vier Mörder meines Bruders habe ich gerichtet, den dritten hat das gerechte Schicksal ereilt, den vierten soll der Teufel holen! Ich habe nichts mehr hinzuzufügen", antwortet Ahrens mit leerem Blick. Lehnhardt schüttelt den Kopf. „Herr Ahrens, wir bringen Sie jetzt nach Hamburg und führen Sie heute noch dem Haftrichter vor!"

Eine Stunde später, sind die Bergedorfer Schupos, Wachtmeister Wiechmann und Kommissar Lehnhardt zusammen mit dem Gefangenen abgerückt. Kommissar Froschleib war ebenfalls abgereist. Markwart und Schilde blicken sich an. „Ich verstehe diesen Kerl nicht, schüttelt Schilde den Kopf, „wie kann nach so langer Zeit ein so starkes Rachemotiv entstehen, dass er monatelang die Morde plant und zwei Menschen kaltblütig und brutal umbringt? Durch das zur Schau stellen der Opfer hat er doch ganz bewusst riskiert, gefasst zu werden und auf dem Schafott zu landen." „Die menschliche Psyche ist häufig schwer zu fassen. Viele Männer hat dieser schreckliche Krieg zu Tieren gemacht. Außerdem ist Rache eine Speise, die kalt am besten schmeckt, Herr Schilde", bemerkt Markwart. „Jetzt werden Sie aber poetisch, Herr Kriminalsekretär!" „Altes Sprichwort – ist nicht von mir", sagt Markwart, der gerade die Schultafel mit seinem Ermittlungsschema wischt. Das Dreieck mit den Namen *Hunfeld - Hartung – Doktor Aurelius* lässt er stehen und setzt ein großes Fragezeichen hinein. Dann schreibt er Meineckes Namen auf die Tafel und umkreist ihn. Der Mörder ist verhaftet und dennoch sind nicht alle Fragen geklärt", bemerkt er. „Das denke ich auch", bestätigt Schilde. „Diese vier Männer sind sicher nicht koscher, aber wir sollten uns zunächst den Pritschwalski vornehmen und ihn mit dem Vorfall vom 25. Oktober 1914 konfrontieren", schlägt der Kriminalsekretär vor. Schilde nickt müde. „Vielleicht sollten wir es sofort tun. Ich meine, solange ich noch hier in Geesthacht bin." „Einverstanden", sagt Schilde.

Als die beiden Polizeibeamten zehn Minuten später, Schilde immer noch in Zivil, obwohl er sich ohne seine Uniform unvollkommen fühlt, die Große Bergstraße hinaufgehen, bemerkt Markwart: „Ach, Herr Schilde, Ihre Tochter hat sich heute Morgen großartig bewährt, wie sie allein die Stellung im Polizeirevier gehalten hat. Sie hat alle Gespräche akkurat dokumentiert." Schilde nickt, ein weiterer Dorn in seinem Fleisch, dass seine Tochter heute mitten im Geschehen seines Polizeireviers stand. Dann hatte sie auch noch, vorlaut wie sie ist, sich eilfertig erboten das Vernehmungsprotokoll aus Kiel mit der Schreibmaschine ins Reine zu schreiben. Er hatte es nicht verhindern können, weil Lehnhardt bereits zustimmte, ehe er etwas sagen konnte. Immerhin hatte er Nele aufs Strengste ermahnt, dass nichts, aber auch gar nichts aus dem Protokoll nach draußen dringen darf. Andererseits, wenn Markwart seine Tochter derart lobt, beginnt er sich möglicherweise für Nele zu interessieren. Weshalb auch nicht. Markwart scheint ein anständiger Mensch und fähiger Polizeibeamter zu sein. Schon mehrmals hatte ihn der Gedanke gestreift, dass er ein würdiger Schwiegersohn wäre.

Schilde klopft an der Wohnungstür des Maschinisten. Margot Pritschwalski öffnet. „Polizei Geesthacht. Wir haben noch ein paar Fragen an Ihren Mann, Frau Pritschwalski", erklärt Schilde und zeigt seine Polizeimarke. „Er ist in der Maschinenhalle, nebenan", antwortet sie.

Walter Pritschwalski erschrickt ganz fürchterlich, als mitten in dem Getöse der Dampfmaschine zwei Männer hinter ihm stehen. Dann erkennt er die Polizisten und wird blass. „Können wir uns irgendwo unterhalten, wo es leiser ist?", brüllt Schilde in sein Ohr. Sie gehen nach draußen. „Also, der Mörder, welcher Ihnen heute Morgen nach dem Leben trachtete, ist hinter Gittern. So weit so gut, Herr Pritschwalski." „Ja, was wollen Sie dann noch von mir?", fragt er unsicher. „Erinnern Sie den 25. Oktober 1914?", fragt Markwart. Pritschwalski schüttelt den Kopf. „Sie waren damals bei der 1. Matrosendivision in Kiel, nicht wahr?" „Ja, das kann sein", spricht er unsicher. „Spielen Sie nicht den Ahnungslosen, Herr Pritschwalski. Sie erinnern sich an Ihren Stubenkameraden Dietrich Ahrens?" „Ja, der abgestürzt ist, damals." „Das wissen Sie also noch." „Nein, äh ja." „Was ist also am späten Abend des 25. Oktober 1914 vorgefallen, Herr Pritschwalski?" „Das ist bald sechs Jahre her, das erinnere ich nicht mehr." Der Maschinist atmet schneller, fasst sich an die Brust. Frau Pritschwalski kommt heran. „Mein Mann ist krank! Nehmen Sie bitte Rücksicht! Der Tag war aufregend genug für ihn", mahnt sie und fasst ihren Mann am Arm. „Wollen Sie sich vielleicht setzen, bevor wir weitermachen? Gehen wir in Ihre Wohnung!", schlägt

Schilde vor. Margot Pritschwalski wirft ihm einen grimmigen Blick zu und schüttelt den Kopf. Dennoch gehen sie ins Haus und nehmen am Küchentisch Platz. Frau Pritschwalski steht mit vorwurfsvollem Blick dabei, auch zwei Kinder sind hereingekommen und blicken ängstlich. „Wir möchten gern mit Ihrem Mann allein sprechen, Frau Pritschwalski", spricht Markwart mit sanfter Stimme. Als sie mit dem Maschinisten allein sind, fragt Markwart: „Weshalb, glauben Sie, wollte der Mann Sie umbringen heute Morgen, genau wie er es zuvor mit den Herren Zantek und Arpelt getan hat?" Pritschwalski beginnt zu zittern, er steht auf, taumelt zum Fenster. Er würgt und schnappt nach Luft. Markwart steht auf, legt Pritschwalski die Hand auf die Schulter. „Geht's wieder?" Er füllt einen Becher Wasser aus einer Kanne und reicht ihn dem Maschinisten. Als Walter Pritschwalski wieder am Küchentisch sitzt, fragt Markwart: „Nun, haben Sie jetzt eine Idee, weshalb der Mörder ..." „Hören Sie auf! Ich war es nicht", krächzt Pritschwalski. „Was waren Sie nicht?" „Ich habe Dietrich nicht angerührt. Zantek und Priller haben ihn an dem Mast hochgezogen." Markwart hat den Eindruck, dass der Befragte kurz vor einem Nervenzusammenbruch ist und erwägt die Befragung abzubrechen. „Aber Sie standen dabei?" „Ja, ich wollte das nicht, aber der Zantek hat uns bedroht", lamentiert Pritschwalski mit brechender Stimme. Margot Pritschwalski betritt die Küche. „Jetzt reicht es!", schimpft sie. „Mein Mann hat seine Gesundheit für diesen verdammten Krieg geopfert! Sie sollten sich schämen!" „Wir sind ohnehin gerade fertig", sagt Markwart überraschend und erhebt sich. Sie lassen einen schluchzenden Mann und eine wütende Frau am Küchentisch zurück.

Schweigend gehen die beiden die Straße durch die Lungenheilstätte hinab. „Sie haben es gehört, er stand nur dabei, hat Dietrich Ahrens nicht angerührt", sagt Markwart nach einer Weile. „Mitgegangen – mitgehangen!", murmelt Schilde. „Glauben Sie ihm?" Markwart schüttelt den Kopf. „Ich weiß es nicht. Vorgespielt hat er uns die Szene eben jedenfalls nicht, aber ich denke, wir sind unserer Berufsehre heute ausreichend nachgekommen und wissen was wir der Kieler Kripo ins Protokoll schreiben. Außerdem, retten wir ihm ja nicht am Morgen das Leben, während wir ihn am Abend mit unserer Fragerei umbringen", resümiert Markwart. „Genau genommen, haben wir nicht Pritschwalski das Leben gerettet, sondern seinem Heizer", stellt Schilde richtig. „Gut möglich, Herr Schilde. Ach, würden Sie mir nachher Ihr Dienstfahrrad ausleihen?" „Mein Schlachtross? Steckt Nele etwa dahinter?", fragt Schilde. „Nein, ganz bestimmt nicht. Ich brauche es für private Zwecke und bringe es Morgen zurück." Wer`s glaubt, wird selig, schmunzelt Schilde.

Eine Stunde später klopft Kriminalsekretär Markwart an einem stattlichen Beamtenwohnhaus am Nobelplatz in Krümmel. Herzklopfen gehört wohl dazu, sagt er sich. Die Tür wird geöffnet. „Ja bitte?", fragt eine gut gekleidete, reifere Frau, offensichtlich die Dame des Hauses. „Sebastian Markwart, mein Name. Ist wohl das Fräulein Rieke Cassens zu sprechen?" „Das weiß ich nicht, junger Mann", antwortet sie und mustert ihn einen Augenblick mit strenger Miene. „Aber Sie können sie ja mal fragen", schmunzelt sie. „Rieke! Besuch für dich!", ruft die Dame und zieht sich lächelnd zurück. Rieke kommt beschwingt die Treppe im Haus herunter. „Nanu, der Herr Kriminal", spricht sie mit gespieltem Erstaunen und lächelt. „Fräulein Cassens. Sie haben der Polizei nun schon zweimal geholfen, aber als Polizist bin ich gar nicht hier." Plötzlich sind ihm die vorher zurechtgelegten Worte entfallen. „Sondern?", fragt die Laborantin. „Um Sie ... um mit Ihnen ... also ich wollte ..." „Ja?" „... Sie fragen, ob Sie ... also ich würde Sie gern ausführen, zum Essen und zum Tanzen, morgen Abend? Für eine sichere Heimfahrt werde ich selbstverständlich sorgen." Sie mustert ihn und lässt einige für Markwart unerträgliche Sekunden verstreichen. „Sehr gern", sagt sie schließlich und lächelt. „Ich hole Sie um sechs Uhr am Abend hier ab. Ist das in Ordnung?" Sie blickt an ihm vorbei, wo am Gartenzaun das Fahrrad lehnt. „Etwa mit dem Fahrrad, Herr Markwart?" „Selbstverständlich nicht, Fräulein Cassens. Ich werde mich um eine Droschke kümmern." „Dann bis morgen Abend", sagt sie. „Ja, bis morgen Abend. Ich freue mich darauf, Fräulein Cassens, auf Wiedersehen." Er zieht seinen Hut und geht die kleine Treppe hinab, steigt auf das Schlachtross und dreht eine Runde auf der Straße, um ihr noch einmal zuzuwinken. Dann macht er sich äußerst beschwingt auf den Rückweg.

Polizeirevier Geesthacht, Tag 11- Samstagmorgen

Schilde sitzt an seinem Schreibtisch und liest in der Zeitung die Berichte über die Festnahme des *Turmmörders*, wie man ihn inzwischen nennt. Der Oberwachtmeister genießt auch ein wenig die Ruhe nach all der Aufregung. Die auswärtigen Kollegen waren abgereist. Nur Markwart ist noch in der Gegend, hatte sich ja das Schlachtross ausgeliehen, zu welchem Behufe auch immer. Offensichtlich hat er es nicht eilig, Geesthacht zu verlassen. Möglicherweise hat das tatsächlich etwas mit Nele zu tun, vermutet er.

„Guten Morgen, Herr Schilde. Rundstück und Kaffee gefällig?" Kriminalsekretär Sebastian Markwart, offensichtlich in allerbester Laune, steht in der Tür. „Herr Markwart, so früh auf den Beinen?", wundert Schilde sich und weist auf den Stuhl vor seinem Schreibtisch. Markwart stellt die Kaffeekanne und einen Teller mit gebutterten Brötchen vor ihm hin. „Wollen Sie sich einschleimen bei mir oder ist das Fahrrad schon wieder kaputt?", bemerkt Schilde. „Ersteres sozusagen, dem Fahrrad geht es gut, Herr Oberwachtmeister", entgegnet Markwart zu Schildes Überraschung und schenkt Kaffee in zwei Tassen. Der Kriminalsekretär lässt einen Augenblick verstreichen, holt tief Luft und spricht: „Kommissar Lehnhardt hatte mir gestern den Vorschlag gemacht, doch eine Versetzung nach Geesthacht zu beantragen." Schilde gibt einen Grunzlaut von sich. „Sie bleiben selbstverständlich der leitende Polizeibeamte vor Ort", beteuert Markwart. „Das glauben Sie doch selbst nicht. Irgendwann befördert man Sie zum Kommissar und dann schicken Sie mich auf Streife", vermutet Schilde. Markwart winkt ab. „Ich heiße nicht Froschleib! Aber ich denke, wir beide waren ein ganz gutes Gespann in den letzten zehn Tagen und außerdem habe ich ja noch keinen Versetzungsantrag gestellt und ob dem stattgegeben wird, steht ebenfalls in den Sternen." Schilde nimmt einen Schluck Kaffee. „Dann stellen Sie mal Ihren Antrag auf Versetzung, Herr Markwart, aber eins ist klar: Mein Schreibtisch bleibt hier am Fenster, Ihrer kommt dort drüben hin!", grinst Schilde, beißt in eines der Rundstücke und schiebt ihm den Teller hin.

Die beiden Wassertürme sind heute noch als Lost Places in den Wäldern östlich von Geesthacht vorhanden.

Bereits von Thomas Clemens erschienen

ABGESPRUNGEN

Johannes Seibel, Sohn eines Hamburger Hoteliers ist schon seit seiner frühen Kindheit mit Rebecca Weintraub, Tochter eines jüdischen Uhrmachers im Hamburger Grindelviertel befreundet. Beide verleben eine zunächst unbeschwerte Kindheit bis am Horizont die düsteren Wolken der Nazidiktatur heraufziehen. Die sich entwickelnde zarte Liebesbeziehung zwischen Johannes und Rebecca steht unter einem denkbar schlechten Stern. Die beiden werden durch die Wirren der Zeit getrennt.

Ein mitreißender Roman über die ebenso bewegte wie tragische Epoche der 20er bis 40er Jahre des vergangenen Jahrhunderts mit Schauplätzen in Hamburg, Paris und New York.

Erschienen 2020 bei tredition

ISBN:
Paperback   978-3-347-07715-7
e-Book   978-3-347-07716-4

DAS BAND, DAS UNS TRENNT

Joe Seibel verschlägt es als Mitarbeiter der CIA in das Nachkriegsdeutschland der 50er Jahre. Aus einer anfänglich harmlosen Informantentätigkeit wird ein gefährlicher Agentenjob von dem seine Frau Rebecca zunächst nichts ahnt. Als Joe in immer brisantere Missionen gerät, wird seine Ehe auf eine harte Probe gestellt. Die gemeinsame Tochter Rahel erlebt ihre Kindheit und Jugend als Wechselbad aus familierer Geborgenheit, Veränderung und Aufbruch in eine neue Zeit

Ein ebenso packender wie gefühlvoller Familienroman der 50er und 60er Jahre über Liebe, Trennung und die gesellschaftlichen Umbrüche der Zeit. Die vielschichtige Handlung führt den Leser in die USA, nach Europa und in den Nahen Osten.

Erschienen 2023 bei tredition

ISBN:
Paperback   978-3-347-72743-4
e-Book   978-3-347-72745-8

Zeitfracht Medien GmbH
Ferdinand-Jühlke-Straße 7
99095 Erfurt, Deutschland
produktsicherheit@kolibri360.de